LA LOI

ROGER VAILLAND

LA LOI

roman

GALLIMARD
5, rue Sébastien-Bottin, Paris-VIIᵉ
180ᵉ édition

Il a été tiré de l'édition originale de cet ouvrage, quinze exemplaires sur vélin de Hollande Van Gelder, savoir dix exemplaires numérotés de 1 à 10 et cinq, hors commerce, marqués de A à E, et quatre-vingts exemplaires sur vélin pur fil Lafuma-Navarre, savoir soixante-quinze exemplaires numérotés de 11 à 85 et cinq, hors commerce, marqués de F à J

A l'angle de la Grande Place et de la rue Garibaldi, la préture de Porto Manacore fait face au palais de Frédéric II de Souabe. C'est un bâtiment nu, à quatre étages : au rez-de-chaussée la prison, au premier le commissariat de police, au deuxième le tribunal, au troisième l'appartement du commissaire de police, au quatrième celui du juge.

A l'heure de la sieste, au mois d'août, la petite ville est déserte. Seuls les chômeurs, les *disoccupati*, les désoccupés sont à leur poste, tout autour de la Grande Place, debout le long des murs, les bras au corps, immobiles, muets.

Derrière les jalousies de la prison, entrebâillées vers le ciel, les prisonniers chantent :

Tourne, ma beauté, tourne...

Les désoccupés écoutent chanter les prisonniers, mais ne chantent pas.

Dans sa chambre du quatrième étage de la préture donna Lucrezia a été réveillée par le chant des prisonniers.

Donna Lucrezia est superbe, à demi allongée sur le lit, appuyée sur un coude, la poitrine découverte dans l'échancrure du déshabillé, la crinière noire, répandue en désordre, qui lui descend jusqu'aux reins. En France on la jugerait peut-être trop grande et trop forte. Dans cette province du sud de l'Italie où les femmes ne sont jamais tant sollicitées que

lorsqu'elles sont prêtes à faire leurs couches, on la
proclame la plus belle. Ses yeux ne sont pas grands;
mais ils expriment toujours quelque chose, avec intensité; en cette période de sa vie, c'est le plus souvent
la colère, la haine ou une indifférence hostile.

Dès son arrivée à Porto Manacore, dix ans plus
tôt, au lendemain de ses noces, tout le monde l'a
appelée *donna*, bien qu'elle fût l'épouse d'un magistrat de dernier rang et qu'on ne sût rien de sa jeunesse qui s'était déroulée dans la grande ville de
Foggia; elle est l'une des nombreuses filles d'un chef
de bureau à la préfecture. A Porto Manacore n'est
donna que la fille ou la femme d'un propriétaire
terrien de vieille souche. Mais personne ne l'a jamais
appelée *signora*, madame ou, comme on dit aux
étrangères qu'on veut honorer, *Signoria*, Sa Sei-
gneurie. Elle est à l'évidence donna, *domina* comme
l'impératrice des Romains, la maîtresse, la patronne.

Son mari, le juge Alessandro, entre dans la chambre et s'approche d'elle. Elle le repousse.

— Tu ne m'aimes plus, dit le juge.

Elle ne répond pas, se lève, va jusqu'à la fenêtre
et entr'ouvre les persiennes. Une bouffée de chaleur
enveloppe son visage. Les prisonniers chantent maintenant une *canzonetta* napolitaine, primée au dernier festival de la radio. Donna Lucrezia se penche
et voit des mains accrochées à l'une des jalousies de
la prison; puis elle distingue dans la nuit d'entre les
planchettes de la jalousie deux grands yeux qui la
regardent. L'homme parle à ses compagnons,
d'autres yeux s'allument, le chant s'interrompt,
donna Lucrezia rejette la tête en arrière.

Maintenant, elle regarde devant elle, sans se pen-
cher.

Sur la terrasse de l'Hôtel des Postes, les postiers

dorment, étendus sur des chaises longues, à l'ombre
de la tour de Frédéric II de Souabe. Des volubilis,
aux grandes fleurs bleu turquoise, grimpent depuis
la terrasse jusqu'au sommet de la tour. Leurs corolles
s'ouvrent à l'aube et se fermeront à cinq heures,
quand le soleil les atteindra. Il en a été ainsi tous les
étés depuis que son mari l'a amenée de Foggia à
Porto Manacore, jeune épousée.

Tout autour de la Grande Place, le long des murs,
les désoccupés attendent que passe un métayer ou un
régisseur qui ait besoin de quelqu'un pour une bri-
cole; mais les métayers et les régisseurs ont rarement
besoin des chômeurs, leurs familles suffisant à l'entretien des jardins d'orangers et de citronniers et aux
maigres cultures dans la terre desséchée des oliveraies.

A droite de la Grande Place, des ouvriers sus-
pendent des globes électriques aux branches du pin
géant (qu'on dit avoir été planté par Murat, maré-
chal de France et roi de Naples). Ce soir la municipalité offre un bal aux estivants.

La place se termine en terrasse, au-dessus du port
et de la mer. Donna Lucrezia regarde la mer. Elle
est du même bleu depuis la fin du printemps. Elle
est là. Elle n'a pas bougé depuis des mois.

Le juge Alessandro s'approche par-derrière et
pose la main sur la hanche de sa femme.

— A quoi penses-tu ? demande-t-il.

Elle se retourne. Il est plus petit qu'elle. Il a mai-
gri au cours des derniers mois et sa ceinture est trop
large. Elle s'aperçoit qu'il tremble et que de grosses
gouttes de sueur perlent sur ses tempes.

— Tu as oublié de prendre ta quinine, dit-elle.

Il va jusqu'à la table de toilette, verse de l'eau du
broc dans le verre à dents et avale deux pilules

roses. Il est malarique, comme la plupart des habitants de la région.

— Je ne pense jamais, dit-elle.

Le juge Alessandro passe dans son bureau et ouvre un ouvrage que son libraire de Foggia vient de retrouver pour lui et de lui faire parvenir : *Del Vecchio Alberto, La Legislazione di Federico II Imperatore, Torino,* 1874. Frédéric II de Souabe, empereur des Romains et roi de Naples, de Sicile et des Pouilles, au xiiie siècle, est son héros. Mais la fièvre monte et il ne peut pas suivre le texte. Il s'allonge sur l'étroit divan où il passe les nuits depuis que donna Lucrezia exige de faire chambre à part.

Dans la pièce voisine les enfants se disputent. La domestique doit dormir au frais, dans la cage de l'escalier ou au greffe de la prison; les après-midi d'été, elle ne peut pas respirer dans sa chambre, sous les combles. Donna Lucrezia passe dans la chambre aux enfants et fait ce qu'il faut faire, en silence.

Les prisonniers chantent pour l'heure une chanson de Charles Trenet, dont ils ne comprennent pas les paroles et qui prend dans leur bouche le ton d'une complainte. Les soirs d'été un haut-parleur diffuse sur la Grande Place tout le programme de la radio italienne *Secondo* et le répertoire des prisonniers est infini.

— Laisse-moi toucher, demande Tonio.

Il avance la main vers le sein qui gonfle la blouse de toile.

Mariette tape sec sur la main.

— Je t'en supplie, dit Tonio.

— Je ne veux pas, dit-elle.

Il l'a coincée sous le perron de la maison à colonnades, dans une zone d'ombre. Tout autour d'eux, le soleil d'août, le *solleone*, le soleil-lion embrase le marais. Dans la maison, tout le monde dort encore, du lourd sommeil de la sieste.

Tonio saisit le poignet de la jeune fille, la pousse contre le mur et se serre contre elle.

— Laisse-moi ou j'appelle...

Elle se débat et réussit à le repousser. Mais il reste tout contre elle.

— Mariette, souffle-t-il, Mariette, *ti voglio tanto bene*, je t'aime tant... laisse-moi au moins toucher...

— Va faire tes chienneries avec ma sœur!

— Si tu voulais... je laisserais tout... les enfants, la femme, don Cesare... je t'emmènerai dans le Nord...

Maria, femme de Tonio, sœur aînée de Mariette, apparaît sur le perron. En six ans, Tonio lui a fait cinq enfants; le ventre tombe sur les cuisses et les seins sur le ventre.

— Te voilà encore après elle! crie-t-elle.

— Ne réveille pas don Cesare, dit Tonio.

— Et toi, crie-t-elle à Mariette, pourquoi le cherches-tu?

— Je ne le cherche pas, dit Mariette, c'est lui qui me tourne tout le temps autour.

— Vous allez réveiller don Cesare, proteste Tonio.

Julia, mère de Maria et de Mariette, s'avance à son tour sur le perron. Elle n'a pas cinquante ans, mais elle est déformée, difforme comme les racines de figuier de Barbarie que la mer rejette sur la plage, maigre, desséchée, la peau jaunie et les yeux injectés de sang par la malaria.

— Je ne veux pas de ton homme, crie Mariette à sa sœur. C'est lui qui se colle tout le temps à moi.

Julia à son tour attaque Mariette.

— Si tu ne te plais pas ici, lui crie-t-elle, tu n'as qu'à t'en aller.

Mariette lève la tête vers sa mère et sa sœur.

— Criez tant que vous voudrez, dit-elle, je n'irai pas chez le Lombard.

— Tu préfères voler les hommes des autres, crie la vieille Julia.

Une persienne s'ouvre entre les colonnades du premier étage. Don Cesare s'avance sur le balcon. Le silence se fait aussitôt.

Don Cesare a soixante-douze ans; sauf un peu d'embonpoint, il n'a pas changé depuis qu'il a été capitaine de la cavalerie royale (à la fin de la Première Guerre mondiale); il se tient aussi droit et demeure le meilleur chasseur de la région.

Derrière don Cesare, dans l'ombre de la chambre, se dessine la silhouette d'Elvire.

Elvire aussi est fille de la vieille Julia. Maria a vingt-huit ans, Elvire vingt-quatre, Mariette dix-sept. Julia et Maria ont été en leur temps les maîtresses de don Cesare. Elvire partage désormais son lit. Mariette est encore fille.

— Tonio, dit don Cesare, écoute-moi.

— Je vous écoute, don Cesare, répond Tonio.

Il avance jusque sous le balcon. Il va pieds nus, son pantalon est rapiécé, il ne porte pas de chemise, mais sa veste blanche est fraîchement amidonnée. Don Cesare a toujours exigé que ses hommes de confiance portent des vestes blanches et impeccables. Tonio, depuis qu'il a épousé Maria, est l'homme de confiance de don Cesare.

De son balcon, don Cesare voit tout le marais et, au delà, le lac dont le déversoir se fraie un chemin jusqu'à la mer parmi les roseaux et les bambous et

baigne le terre-plein, devant le perron de la maison
à colonnades; plus loin, les bancs de sable de l'isthme
et, plus loin encore, toute la baie de Porto Manacore.
Don Cesare regarde la mer qui n'a pas bougé depuis
des mois.

— Je vous écoute, don Cesare, répète Tonio.

Julia et Maria rentrent dans la maison. Mariette
disparaît d'un pas léger parmi les bambous, vers
l'une des huttes de roseaux où vivent les familles des
pêcheurs de don Cesare.

— Voilà, dit don Cesare à Tonio, tu vas aller à
Porto Manacore.

— Je vais aller à Manacore, répond Tonio.

— Tu passeras à la poste... chez don Ottavio...
au bureau des *Sels et Tabacs*...

Tonio répète à mesure pour montrer qu'il a bien
compris.

— Tu n'oublieras rien? demande don Cesare.

Tonio répète de nouveau tout ce qu'il a à faire.

— Comment irai-je à Manacore? demande Tonio.

— Comment penses-tu y aller? demande don
Cesare.

— Je pourrais peut-être prendre la Lambretta,
dit Tonio.

— Si cela te fait tellement plaisir, prends donc la
Lambretta.

— Merci, don Cesare.

— Maintenant, dit don Cesare, je vais travailler.
Préviens-les de ne pas faire de bruit.

— Elles se tairont, dit Tonio. Je vous le promets.

L'heure de la sieste est passée. Don Cesare voit
ses pêcheurs qui sortent des huttes de roseaux dispersées çà et là dans le marais et se dirigent vers
le terre-plein où sèchent les filets. Il rentre dans sa
chambre, puis passe dans la salle aux antiques.

Tonio rejoint les femmes, dans la grande salle du bas.

— Maria, dit-il, apporte-moi mes chaussures.

— Tes chaussures, demande Maria, pourquoi donc tes chaussures?

— Don Cesare m'a permis de prendre la Lambretta!

— Et pourquoi don Cesare t'a-t-il permis de prendre la Lambretta?

— Il m'envoie à Manacore.

— Tu ne peux donc pas aller à pied à Manacore?

— Il m'a dit de prendre la Lambretta.

— Le bruit du moteur le dérange dans son travail, dit Maria.

— Il n'a jamais aimé les moteurs, dit la vieille Julia. Si le gouvernement ne s'était pas fâché, don Cesare n'aurait jamais permis qu'on fît venir la route jusqu'ici.

— Il est de bonne humeur aujourd'hui, explique Elvire. Ce matin un pêcheur lui a apporté un antique.

Mariette rentre, apportant les poissons pour le repas du soir. Elle les pose sous la cheminée, dans l'angle de la grande salle. Puis elle s'accoude à la fenêtre, tournant le dos aux autres. Elle est nue sous la blouse de toile blanche qui lui tombe jusqu'aux genoux.

Maria va chercher les chaussures de Tonio, suspendues à une poutre à côté de ses chaussures à elle et de celles d'Elvire et de Mariette; elles ne les mettent que les jours de fête ou pour aller à la messe à Porto Manacore.

Tonio regarde Mariette qui lui tourne le dos, accoudée à la fenêtre.

Maria revient avec les chaussures.

— Qu'est-ce que tu regardes? demande-t-elle.

— Mets-moi les chaussures, dit Tonio.

Il s'assoit sur le banc, devant la table seigneuriale au plateau d'olivier d'un seul tenant. Personne
d'autre que don Cesare ne s'assoit jamais dans le
grand fauteuil napolitain du XVIIIe siècle, aux accoudoirs de bois doré tourneboulés en forme de magots.

— Don Cesare est bien fou, dit Maria, de t'avoir
permis de prendre la Lambretta. Dieu sait où tu vas
courir et à quelle heure tu vas rentrer.

Elle s'agenouille devant lui et lui met les chaussures.

— Si je rencontre don Ruggero, dit Tonio, je lui
prouverai que notre Lambretta va plus vite que sa
Vespa.

— Est-ce donc vrai, demande Mariette sans se
retourner, est-ce donc vrai que don Cesare t'a permis de prendre la Lambretta?

— Pourquoi don Cesare ne me permettrait-il pas
de prendre la Lambretta? Ne suis-je pas son homme
de confiance?

Tonio regarde Mariette. Le soleil qui commence
à décliner tombe sur les reins de la jeune fille et
cerne le creux d'ombre que dessine la blouse de toile
entre les deux cuisses.

— Moi aussi, je sais conduire une Lambretta, dit
Mariette.

— Qui t'a appris? demande Tonio.

— Tu n'as tout de même pas été assez fou,
demande Maria à Tonio, pour la laisser conduire la
Lambretta de don Cesare?

— Suffit, femme, dit Tonio.

Il se lève, descend à l'écurie et sort la Lambretta
qu'il dresse sur ses cales, devant la maison, sur le
terre-plein. Les femmes le suivent. Des enfants

sortent d'un peu partout et s'approchent. Les
pêcheurs abandonnent les filets qu'ils étaient en train
de plier et font cercle.

— Apportez-moi de l'eau, dit Tonio.

Julia et Maria vont puiser des seaux d'eau dans le
déversoir du lac. Tonio lance l'eau à toute volée dans
les roues et sur les pare-boue de la Lambretta. Puis
il éponge et frotte à la peau de chamois.

— Alors comme ça, dit un pêcheur, don Cesare
t'a permis de prendre la Lambretta?

— C'est bien normal, dit Maria.

Mariette se tient à l'écart, contre le perron.

Tonio titille le carburateur pour faire monter l'essence. Il vérifie que le levier de vitesse soit au point
mort. Il règle la poignée des gaz, d'un air réfléchi,
un peu plus, un peu moins.

Les pêcheurs s'approchent davantage, les enfants
entre leurs jambes.

Tonio lance la pédale de démarrage. Un coup de
talon, deux coups de talon, le moteur part. Il joue
avec la poignée et le bruit du moteur croît, décroît,
s'emballe, s'apaise.

— C'est une machine! dit un pêcheur.

— Ça tourne plus rond qu'une Vespa, dit un autre
pêcheur.

— Moi, dit un troisième, je crois que je préférerais
tout de même une Vespa.

— Si don Cesare a acheté une Lambretta, reprend
le premier, c'est qu'il aura appris que c'est une meilleure machine.

Tonio relève les cales et enjambe la selle. Il accélère encore une fois, au point mort.

Mariette s'avance rapidement.

— Emmène-moi, dit-elle.

— Tu vois bien que c'est toi qui le cherches! crie Maria.

— Je me moque pas mal de lui, dit Mariette. Mais je veux qu'il m'emmène sur la Lambretta.

Mariette pose les deux mains sur le guidon.

— Tonio, demande-t-elle, permets-moi de monter derrière toi.

Maria s'est placée de l'autre côté de la Lambretta et les regarde tous les deux.

— Il aurait fallu demander la permission à don Cesare, dit Tonio.

— Don Cesare permettra, dit Mariette.

— On ne peut pas savoir.

— Je vais lui demander.

— Voyez donc ça, intervient Elvire, elle prétend déranger don Cesare!

— Réfléchis, dit Tonio à Mariette. Don Cesare ne permet pas qu'on le dérange pendant qu'il travaille.

— Es-tu son homme de confiance ou ne l'es-tu pas? demande Mariette. Emmène-moi!

— Je suis son homme de confiance, c'est certain, dit Tonio. Mais il m'a chargé de commissions tout à fait sérieuses. C'est pour cela qu'il m'a permis de prendre la Lambretta. Je te le demande, est-ce qu'on emmène une jeune fille quand on est chargé d'une mission importante?

Mariette lâche le guidon et s'écarte.

— *Femminuccia!* crie-t-elle.

Elle se retourne et se dirige vers le perron.

Tonio démarre, accélère et disparaît entre les bambous, vers le pont.

Les pêcheurs regardent Mariette qui gravit les marches du perron. Ils plaisantent à voix très haute pour qu'elle les entende bien.

— Ça veut de l'homme, dit l'un.

— Faute d'homme, dit un autre, elle aurait bien enfourché la Lambretta.

— Une machine comme ça, dit le troisième, c'est dur.

Ils rient tous les trois, sans quitter des yeux la jeune fille dont la marche rapide plaque la blouse sur les cuisses.

Du haut du perron, elle leur lance :

— Allez plutôt retrouver vos chèvres, hommes!

Les hommes du marais ont la réputation de préférer la fréquentation des chèvres à celle de leurs femmes.

Mariette rentre dans la maison. On entend la Lambretta qui, le pont franchi, roule sur l'autre rive du déversoir, derrière le rideau de bambous.

Le commissaire Attilio avait prolongé la sieste. Il fut réveillé par les enfants du juge Alessandro et de donna Lucrezia, qui faisaient du tapage dans l'appartement au-dessus.

Il alla, torse nu, à la table de toilette et vaporisa ses joues et ses aisselles à l'eau de lavande. C'était un bel homme, dans la quarantaine. Il se coiffa avec soin et fixa ses ondulations avec un nouveau cosmétique américain qui ne graisse pas. Il avait de grands yeux noirs, avec des cernes qui lui mangeaient la moitié du visage. Il mit la chemise blanche que sa femme Anna avait préparée sur la commode; l'été, il changeait de chemise deux fois par jour. Il choisit une cravate assortie à son costume de toile. Il se mit à fredonner la chanson de Charles Trenet que chantaient tout à l'heure les prisonniers, mais, lui, il comprenait les paroles; il avait étudié le français au lycée; il était licencié en droit.

Il mit la veste et tira sur les pans, pour s'assurer qu'elle tombait droit. Il plaça dans la boutonnière un œillet cueilli au plant arborescent, sur la fenêtre.

Il passa dans le salon où sa femme Anna et Giuseppina, la fille du quincaillier de la rue Garibaldi, étaient en train de tricoter.

Anna est molle, grasse et blonde. Son père est un magistrat de Lucera, la capitale judiciaire de la province, près de Foggia; sa famille y est estimée depuis longtemps; on retrouve son nom dans les archives du XIIIᵉ siècle; le juge Alessandro affirme qu'elle descend d'un des Souabes que l'empereur Frédéric II amena avec lui, quand il fit de Lucera la capitale de son royaume d'Italie méridionale.

Giuseppina est maigre, le cheveu noir, l'œil brillant des malariques. La fièvre n'a pas encore jauni ses joues, comme il est arrivé au juge et à la Julia de don Cesare; elle a le teint mat des terres cuites. Le juge prétend qu'elle descend des Sarrasins que Frédéric II arma contre le pape, quand il n'eut plus confiance dans ses reîtres, et dont une compagnie tint garnison à Porto Manacore.

Giuseppina était en train de tricoter aux aiguilles un soutien-gorge, une bande enroulée en colimaçon, qui doublera le volume de son sein et en accentuera la pointe; cette année-là, Lollobrigida et Sophia Loren donnaient le ton à toutes les plages d'Italie.

— Monsieur le commissaire, demanda Giuseppina, voulez-vous me faire un plaisir?

— Est-ce que je t'ai jamais rien refusé? répondit en riant le commissaire.

— Dites-moi que c'est accordé.

— Promets-lui, demanda Anna.

— Je vois que vous êtes d'accord, dit le commissaire. Voulez-vous que je vous envoie chercher des glaces?

— Nous n'avons pas besoin de vous pour manger des glaces, dit en riant Giuseppina. Voilà ce que je veux vous demander : permettez à madame Anna de venir demain matin avec moi à la plage.

— Voilà, dit Anna.

— Anna t'accompagne à la plage, avec les enfants, chaque fois qu'elle en a envie, répondit le commissaire.

— Vous savez bien ce que je veux dire, insista Giuseppina.

— Dis-le donc.

— Permettez-lui de se baigner avec moi.

— C'était donc cela que vous aviez combiné!

— C'est oui?

— C'est non, dit-il sèchement.

— Il n'y a plus que les paysannes qui ne se baignent pas, dit Giuseppina.

— De quoi ai-je l'air, en robe de plage, protesta Anna, quand toutes les autres femmes sont en maillot?

— Cette saison, poursuivit Giuseppina, même la femme de l'avocat Salgado s'est décidée à se baigner.

— Elle porte un maillot, ajouta Anna, qui dénude le dos jusqu'aux reins.

— Donna Lucrezia ne se baigne pas, dit le commissaire, et je suis sûr qu'elle ne s'en plaint pas.

— La Lucrezia, s'écria Anna, est trop fière pour se baigner à Manacore. Je ne sais même pas si elle daignerait se montrer à Rimini. Il lui faudrait Venise.

— Vous avez peur qu'on voie votre femme en maillot? demanda Giuseppina.

— Ça ne regarde que moi.

Giuseppina plante ses yeux brillants de malarique droit dans les yeux du commissaire Attilio.

— Nous en reparlerons, dit-elle.

— Petite garce, dit-il.

— Qu'est-ce que vous avez encore tous les deux? demanda Anna.

— Votre mari est un arriéré, dit Giuseppina. Il ne veut pas que vous viviez avec votre temps. Il voudrait pouvoir vous enfermer au couvent. Vous étiez bien plus heureuse à Lucera.

— C'est bien vrai, dit Anna.

— Ça t'arrangerait sans doute qu'elle y retourne, dit le commissaire à Giuseppina.

— Je l'y accompagnerai bien volontiers.

— Je n'en suis pas tellement sûr.

— Calmez-vous, tous les deux, dit Anna.

Le salon est meublé dans le style du royaume de Naples à la fin du siècle dernier. Canapés et fauteuils hauts et étroits, table de marbre à pieds Louis XVI, grands rideaux de peluche rouge. Une tapisserie peuple de lions et de tigres tout un pan de mur. Une haute glace encadrée de plâtre doré est posée sur une large potiche, plantée de fleurs artificielles, drapée de peluche rouge. L'ancienne lampe à huile sous la statue de la Madone a été remplacée par une ampoule électrique rouge, toujours allumée. L'ensemble a été donné en dot par la famille de Lucera.

— La lampe de la Madone a encore une fois claqué, dit le commissaire.

Il alla jusqu'à la Madone, se signa et dévissa l'ampoule, puis il entr'ouvrit les persiennes et l'examina dans la lumière du jour. Une bouffée de chaleur et le chant des prisonniers entrèrent dans la pièce.

— C'est la dixième fois, dit le commissaire, que je dois changer cette ampoule.

Anna fit les cornes avec l'index et l'auriculaire, conjuration classique.

— Il y a je ne sais quoi dans cette maison, dit-elle.

— Un je ne sais quoi qui fait gagner de l'argent à l'électricien, dit Giuseppina.

— Toi, dit le commissaire, tu ne crois à rien.

Giuseppina plia dans un vieux numéro du *Tempo* le soutien-gorge qu'elle était en train de tricoter.

— Je crois à ce qu'il faut croire, dit-elle.

Le commissaire Attilio se toucha l'aîne, autre conjuration.

— Je vous fais peur, monsieur le commissaire? demanda Giuseppina.

Elle rit. Elle est lippue comme une négresse, ses dents sont jaunes.

— Je dois descendre au bureau, dit le commissaire.

— Tu as beaucoup de travail? demanda Anna.

— L'affaire du campeur suisse...

— Celui qui s'est fait voler un demi-million de lires?

— Oui, dit le commissaire, à côté de la villa de don Cesare.

— Est-ce qu'on laisse un demi-million de lires dans sa voiture? demande Anna.

— Est-ce qu'on passe la nuit dans le marais? dit en riant le commissaire. Il aura pris la malaria.

— Je m'en vais aussi, dit Giuseppina.

— Tu t'en vas déjà? demanda Anna.

— Je dois repasser ma robe pour le bal de ce soir.

— Tu vas au bal ce soir? demanda le commissaire.

— Je n'ai pas de mari pour me cloîtrer à la maison.

— Vous deux, dit Anna, ne recommencez pas à vous disputer.

Le commissaire et Giuseppina sortirent ensemble.

La préture est un ancien palais, construit par les rois angevins, en face du palais de Frédéric II de Souabe, après que le fils de celui-ci, le roi Manfred, eut été battu par eux. Les paliers sont pleins de recoins sombres.

Le commissaire Attilio poussa Giuseppina dans un angle de la vieille muraille et l'enlaça.

— Donne-moi un baiser, dit-il.

— Non, dit-elle.

Les bras tendus, les mains à plat sur la poitrine de l'homme, elle le repoussait. Mais du même mouvement elle collait son ventre à lui. Elle rit.

— Rien qu'un baiser, insista-t-il.

— Non, dit-elle.

— Pourquoi hier oui, aujourd'hui non?

— C'est comme cela.

Elle a du nerf et le commissaire ne parvint pas à faire plier les deux bras maigres qui tenaient ses épaules à distance. Elle riait. Dans l'ombre il ne distinguait que les grands yeux fiévreux et les grosses lèvres soulignées de rouge.

— Je t'en prie, dit le commissaire.

— Demande mieux que cela!

— Je t'en supplie.

— Dis-moi : je t'en supplie, Giuseppina aimée.

— Je t'en supplie, Giuseppina aimée.

Arc-boutée au mur, le ventre en avant, elle continuait cependant à maintenir à distance les épaules de l'homme.

— Tu laisseras demain matin ta femme venir à la plage avec moi?

— Oui.

— En maillot de bain?

— Oui.

— Jure-le!

— Je le jure.

— Jure-le sur la Madone!

— Je le jure sur la Madone.

Giuseppina plia les coudes et se laissa embrasser. Elle embrasse bien. Il la caressa et elle se laissa caresser.

— Je t'attendrai, dit-il, avec la voiture, à la sortie du bal.

— Non, dit-elle. On nous verrait.

— Je t'attendrai près du pont, au bout de la plage. Nous irons dans la pinède.

— Tu sais bien que je ne veux pas être la maîtresse d'un homme marié.

— Je ne ferai que ce que tu voudras.

— C'est peut-être moi, dit-elle, qui ne pourrai pas me tenir.

— Tant mieux.

— Tu connais mes conditions, dit-elle.

— Mais, protesta-t-il, c'est déjà comme si tu étais ma maîtresse.

Elle profita de ce qu'il parlait pour se dégager.

— Non, dit-elle, ce n'est pas du tout la même chose. Heureusement pour moi.

Elle était déjà sur la première marche de l'escalier. Elle chantonna le proverbe méridional :

Baci e pizzichi
Non fanno buchit [1]*!*

Puis descendit l'escalier en courant.

De la fenêtre de son bureau, le commissaire Attilio observait Tonio qui tournait lentement autour de la Grande Place, sur la Lambretta.

---

[1]. Les baisers et les pinçons — Ne font pas de trous.

Le commissaire adjoint attendait, des rapports dans la main.

— Avec quel argent, lui demanda le commissaire, le Tonio de don Cesare s'est-il acheté une Lambretta ?

— Je me suis déjà posé la question, répondit l'adjoint.

— Bien sûr, ajouta-t-il.

— Je me suis renseigné, continua-t-il. L'argent du Suisse n'a rien à voir avec la Lambretta. C'est don Cesare qui l'a payée.

— C'était bien ce que je pensais, dit le commissaire. Tonio est trop petite tête pour un coup d'un demi-million de lires.

Il sourit.

— Don Cesare sur une Lambretta. Je voudrais voir ça.

— On n'a jamais vu don Cesare sur sa Lambretta.

— Pourquoi l'a-t-il achetée ?

— Il doit y avoir quelque fille là-dessous.

— Sous quoi ? demanda le commissaire.

Il rit. L'adjoint aussi.

— Si j'étais riche comme don Cesare, dit le commissaire; je me paierais une Alfa-Romeo.

— Laquelle ?

— La Giulietta, carrossée sport.

— Moi, dit l'adjoint, je crois que je préférerais une Lancia : l'Aurelia.

L'adjoint n'a pas de voiture. Le commissaire a une Fiat *Mille Cento* dont le paiement par mensualités lui coûte un tiers de son traitement. Le juge Alessandro, homme de culture, a une vieille Topolino achetée d'occasion.

Le commissaire et l'adjoint en revinrent à l'affaire du Suisse. L'enquête piétinait.

Le vol avait eu lieu quinze jours plus tôt.

Le Suisse faisait du camping avec sa femme et ses trois enfants, treize, quinze et dix-sept ans. Ils voyageaient dans une voiture américaine d'un type déjà ancien, haute sur roues et à gros pneus, ce qui expliquait qu'ils eussent réussi à l'amener jusque sur la plage de l'isthme qui sépare la mer du lac salé de don Cesare.

Ils étaient arrivés l'avant-veille du vol. Ils avaient dressé deux tentes à côté de la voiture, l'une pour l'homme et la femme, l'autre pour les enfants.

Les deux premiers jours, ils avaient fait des achats chez les jardiniers et les pêcheurs de don Cesare.

Au moment du vol, à midi, le Suisse et ses trois enfants nageaient côte à côte, à une cinquantaine de mètres du rivage, à moins de cent cinquante mètres de leur camp.

La femme lisait sous sa tente.

Le veston de l'homme était posé sur le siège arrière de la voiture, le portefeuille dans la poche intérieure du veston et cinq cent mille lires en billets de dix mille dans le portefeuille. Les portières étaient fermées, les vitres ouvertes.

De onze heures à midi trente, ni l'homme ni les enfants ni la femme n'avaient vu personne, ni à proximité du camp ni, à perte de vue, sur toute l'étendue de la plage.

L'isthme, qu'on appelle ainsi, est plus précisément un *lido*, un banc de sable formé au cours des âges par les alluvions charriées par les torrents de la montagne. Il est long de plusieurs kilomètres, large, selon les endroits, de cent cinquante à trois cents mètres. Le sable se gonfle en dunes le long du lac, se fait plage le long de la mer. Deux accès seulement : côté Porto Manacore, un pont sur le déversoir du lac, au pied de la maison à colonnades, demeure de don

Cesare; à l'autre extrémité, un poste de douane.

Le témoignage des gens de don Cesare était formel : personne depuis l'aube jusqu'à midi n'avait franchi le pont, sauf deux paysans de Calalunga venus couper des bambous dans le marais et dont l'emploi du temps avait été contrôlé.

Et personne n'avait demandé passage aux douaniers.

Donc le voleur n'était pas venu dans l'isthme par voie de terre, ou bien il s'était caché dans les dunes avant l'aube.

Le commissaire avait examiné les lieux. En se dissimulant dans les plis des dunes et derrière les buissons de romarin, on pouvait approcher à couvert jusqu'à une cinquantaine de mètres du camp. Mais comment atteindre les dunes sans être vu des gens de don Cesare? Voilà la question que se posaient maintenant les policiers.

— Tout de même, dit l'adjoint, je me demande ce que lisait la Suissesse... pour n'avoir rien vu, ni entendu... sans doute des cochonneries...

— Les Suissesses sont froides, dit le commissaire.

— Si elles étaient tellement froides, elles ne viendraient pas chercher des mâles dans nos pays.

— Elle a eu une histoire ici? demanda vivement le commissaire.

— Pas que je sache, dit l'adjoint.

— Ces choses-là se savent tout de suite, dit le commissaire. Dès qu'il s'agit de femelle, nos hommes ne savent plus tenir leur langue...

On frappa légèrement à la porte et le juge Alessandro entra. Lui aussi était préoccupé par l'affaire du Suisse. Le courrier de l'après-midi avait amené une lettre impérative du parquet de Lucera pour qu'il « diligente » l'instruction de la plainte contre inconnu

déposée par le campeur. Le consulat helvétique de
Rome avait fait une démarche au Palais Chigi. Le
Suisse faisait partie du conseil d'administration d'une
société qui plaçait des fonds dans l'industrie pétro-
lière italienne...

— Un financier, s'étonna le commissaire. Et plutôt que de descendre dans un bon hôtel, il s'amuse
à camper sur une dune, à côté d'un marais malarique. C'est bien une idée de Suisse...

— Si vous aviez arrêté le voleur, protesta le juge,
je ne me ferais pas encore une fois taper sur les
doigts par le parquet.

Il avait passé une vieille veste de laine pour descendre chez le commissaire. Il marchait à travers
le bureau, l'œil brillant, suant et grelottant.

— *Caro amico*, *carissimo*, dit le commissaire,
asseyez-vous, je vous en supplie.

Le juge se laissa aller dans un fauteuil, face au
bureau.

L'adjoint passa dans la pièce voisine, laissant la
porte ouverte.

Le juge alluma une cigarette. La fièvre donnait
au tabac un goût de fiel. Il écrasa la cigarette.

Le commissaire fit le point de l'enquête.

Les indicateurs n'ont rien indiqué. Ni à Manacore, ni dans les villes voisines, ni à Porto Albanese,
ni à Foggia aucune dépense anormale n'a été remarquée; rien à signaler ni dans les maisons de plaisir
ni dans les bijouteries.

— C'est bien la première fois qu'un demi-million de lires entre en circulation à Manacore sans
que personne s'en aperçoive...

— On ne laisse pas traîner une fortune sur le siège
d'une voiture, s'écria le juge.

— En Suisse, on ne vole pas, dit le commissaire.

— Les Suisses mangent à leur faim, dit violemment le juge.

Le commissaire baissa la voix.

— Doucement *caro*, doucement. Mon adjoint vous écoute. Il va raconter que vous êtes socialiste.

Le juge baissa la voix.

— N'est-ce pas une provocation, demanda-t-il, que de laisser traîner un demi-million de lires dans un pays de chômeurs et de crève-la-faim ? C'est le Suisse que j'aimerais arrêter.

— Moi, dit le commissaire, mon métier est d'arrêter le voleur. Votre ami don Cesare ne me facilite pas la tâche...

Il reprit son exposé.

Le voleur n'a pu s'approcher du camp qu'en se dissimulant dans les plis des dunes. Bon. Comment atteindre les dunes ? ou à pied ou en bateau. Bon. Le voleur n'est pas venu à pied; on l'aurait vu. Donc il est venu en bateau. En utilisant les nacelles du marais et du lac, on peut, par toutes sortes de passes entre les roseaux, se glisser à l'abri de tout regard jusqu'aux dunes. Bon. Seuls les gens de don Cesare connaissent les passes entre les roseaux, et la plupart des nacelles leur appartiennent. Donc le voleur fait partie de la maison de don Cesare ou y a trouvé un complice. Voilà le raisonnement du commissaire.

Don Cesare avait exigé d'assister à l'interrogatoire de ses gens.

Cela avait duré toute une journée, lui assis dans son monumental fauteuil napolitain à magots de bois doré, le commissaire et les policiers sur des bancs.

Lorsque don Cesare estimait qu'un de ses hommes avait assez répondu, il lui disait :

— Va-t'en.

Les policiers protestaient. Ils avaient encore des questions à poser.

— Je le connais, disait don Cesare. Il n'a plus rien à vous dire.

Et il répétait à l'homme :

— Va-t'en.

Impossible d'interroger les femmes. Il leur avait interdit de répondre.

— Je me porte garant des femmes et des filles de ma maison.

Le lendemain, il avait interdit sa porte au commissaire.

Les policiers avaient bien essayé de poursuivre leur travail, en allant de l'une à l'autre des huttes de roseaux dispersées dans le marais. Les huttes se vidaient à leur approche. Ou bien ils n'y trouvaient que des vieilles femmes qui ne voyaient plus, qui n'entendaient plus, « qu'est-ce que je peux bien vous dire, Messieurs? » Les policiers au demeurant n'aiment guère s'aventurer dans le marais; beaucoup de huttes ne sont accessibles qu'à bord d'une nacelle; c'est la plus légère des embarcations, faite de trois planches assemblées, à fond plat, haute et étroite, si mince qu'elle ne paraît tenir en équilibre que par l'élan donné; l'eau ne porte pas et si l'on y plonge la main, on touche aussitôt la vase, la boue immémoriale qui aspire, engloutit et éteint.

Le marais est coupé çà et là d'étroits remblais de terre battue. On y rencontre don Cesare, marchant à grands pas, fusil au bras, suivi de Tonio qui porte la gibecière, en quête des *oiseaux de fer* de la légende de Diomède, faune spéciale au marais et au lac. Il passe sans dire un mot, sans accorder un regard, il faut se tenir en équilibre sur le bord du remblai pour ne pas être renversé par lui. Tonio le suit, dans sa veste blanche amidonnée, aussi muet que lui. Ils marchent sans bruit, bottés de caoutchouc. Ils disparaissent derrière les roseaux. On entend soudain un battement d'ailes, un coup de feu tout proche, le glissement d'une nacelle dans les roseaux.

— Il faut comprendre don Cesare, dit le juge. Il a été élevé dans la tradition féodale. Il est trop vieux pour s'en dégager.

— Vous voilà bien, s'écria le commissaire, quand un grand propriétaire a besoin d'être défendu, c'est toujours un socialiste qui se trouve là pour plaider sa cause.

— Confisquons! confisquons! s'écria le juge. Mais pas pour le seul profit des prêtres...

Ils s'engagèrent dans une de leurs disputes habituelles. Le commissaire est démochrétien.

Tonio fait lentement le tour de la place, sur la Lambretta.

Les désoccupés suivent du regard Tonio. Leur œil, comme la fleur du tournesol au soleil, tourne autour de la place en même temps que la Lambretta. C'est ainsi qu'ils regardent. Depuis le temps qu'ils sont debout, contre les murs de la Grande Place, ils ont désappris de bouger la tête. Leur prunelle se meut lentement dans l'orbite de l'œil, à la manière des méduses qui paraissent immobiles entre deux eaux mais accomplissent de longs parcours, et rien n'échappe à leur regard.

Tonio a terminé les commissions dont l'avait chargé don Cesare. Il a deux cents lires en poche, qu'il a pu soustraire à l'attention de Maria. Il se

demande ce qu'il va faire des deux cents lires; c'est
le prix d'une demi-journée de travail de femme,
d'un tiers de journée d'ouvrier agricole, d'un demi-
verre de scotch au bar des Sports (mais personne
n'y boit jamais de whisky; la bouteille est là pour
le jour où la plage de Manacore prendra, comme on
dit). Deux cents lires, c'est également le prix de
deux cents grammes d'huile d'olive, de deux litres de
vin et d'une passe au bordel; mais il n'y a pas de
bordel à Porto Manacore, et il faut dépenser six
cents lires d'autobus pour aller au plus proche, à
Porto Albanese.

Les désoccupés suivent Tonio des yeux, sans bouger
la tête. Don Cesare a peut-être besoin de quelqu'un
pour sarcler les vasques de ses orangers et de ses
citronniers. *Tonio ne nous regarde pas, il veut faire
durer son plaisir d'avoir à désigner l'un de nous, son
bon plaisir d'homme de confiance. S'il se rappelle que
je suis le cousin de sa femme, c'est moi qu'il choisira.
Mais peut-être don Cesare a-t-il plutôt besoin d'un
mousse pour aider ses pêcheurs? J'irai chercher le
fils à la maison.* Mais Tonio tourne autour de la
place, pour le seul plaisir de montrer la Lambretta.
Il se demande ce qu'il va faire de ses deux cents lires.

Le soleil commence à décliner vers les îles. La fille
du notaire, la fille de l'avocat Salgado et la fille de
don Ottavio s'avancent de front, venant de la via
Garibaldi; elles ouvrent la *passeggiata*, la promenade,
laquelle s'accomplit en tournant tout autour de la
Grande Place, dans le sens des aiguilles d'une montre.
Elles portent des robes de linon, citron, émeraude et
géranium, chacune gonflée par trois jupons superposés; quand l'une des jeunes filles trouve un prétexte pour courir quelques pas et se retourner brusquement, la robe, obéissant aux lois de la gravitation

s'ouvre comme une corolle et laisse entrevoir les dentelles blanches des trois jupons. Ces robes viennent de chez la plus renommée des couturières de Foggia, qui achète ses modèles à Rome. Après don Cesare, c'est don Ottavio qui possède le plus de terre à Porto Manacore. Mais la fille du notaire et celle de l'avocat Salgado peuvent dépenser autant pour leurs toilettes d'été que la fille de don Ottavio; leurs pères aussi possèdent des domaines, quoique moins considérables, et pourraient à la rigueur vivre du seul produit de leurs terres; s'ils exercent des professions (libérales), c'est par prudence; Mussolini, du temps qu'ils étaient étudiants, parlait de partager les terres; les démochrétiens à leur tour ont inscrit la réforme agraire sur leur programme; une profession est une assurance contre les démagogues.

Des filles et des fils d'estivants entrent à leur tour dans la *passeggiata*. Ce sont des Romains, enfants de Manacoréens émigrés dans la capitale, où ils exercent des emplois dans l'administration. Les jeunes filles portent pantalons et maillots de marin; les jeunes gens ont noué autour de leur cou des mouchoirs de couleurs vives; ils s'habillent comme ils ont vu dans *Oggi* qu'on le fait à Saint-Tropez.

Arrive à son tour le peuple de la Vieille Ville. Il surgit des ruelles qui descendent en pente raide du sanctuaire de Sainte-Ursule-d'Uria, des passages et des escaliers qui montent du port jusqu'aux cours intérieures du palais de Frédéric II de Souabe. Les jeunes filles portent pour la plupart une robe de toile faite à la maison mais, grâce aux *patrons* publiés dans les magazines à bon marché, c'est une robe à la mode de l'année; le peuple de Manacore a le goût sûr; c'est dans le sang; Porto Manacore était déjà une ville au vi* siècle avant Jésus-Christ.

Les jeunes filles de la Vieille Ville marchent, bras dessus, bras dessous, par trois ou quatre, lentement, en silence. Les garçons vont par groupes, lentement; ils ne parlent que lorsqu'ils s'arrêtent et sans éclats de voix. Les désoccupés, le long des murs, suivent les jeunes filles des yeux, sans bouger la tête. Il n'y a que les Romains qui parlent haut et rient aux éclats.

Les *guaglioni*, les gamins parvenus à l'âge ingrat rôdent, en quête d'un larcin, parmi les ouvriers en train de suspendre au pin du roi Murat les globes électriques pour le bal de ce soir. Pippo, leur chef, et Balbo, son lieutenant, nonchalamment accoudés à la balustrade de la terrasse, dressent un plan pour tirer parti de la confusion du bal.

Tonio continue à tourner autour de la place, sur la Lambretta. Il se demande ce qu'il va faire de ses deux cents lires. Bientôt la foule de la *passeggiata* aura envahi toute la plage, les vigiles urbains interdiront la circulation des véhicules et Tonio devra ranger la Lambretta. De voir tant de jeunes filles accroît son désir d'une femme qui n'ait pas le ventre gonflé comme sa Maria; il pense qu'il devrait garder les deux cents lires jusqu'au jour où il aura pu les doubler; alors, et si don Cesare l'autorise de nouveau à se servir de la Lambretta, il ira au bordel de Porto Albanese; aux deux cents lires pour la femme, ajoutons le prix de l'essence et les petits frais (on ne peut pas refuser une cigarette à une putain, on se trouve moralement obligé de donner au moins vingt lires à la *mammina* qui garde la porte), avec quatre cents lires, il pourra s'en tirer, il sera même à l'aise. La raison lui commande donc de ne pas dépenser ce soir les deux cents lires. Mais il est venu à Manacore sur la Lambretta et il ne peut pas repartir pour le marais sans avoir fait quelque chose d'exceptionnel; la jour-

née doit s'achever dans le luxe. Jouer à La Loi serait
une heureuse solution. Il est encore tôt, mais il n'est
pas impossible qu'une partie soit déjà en train, dans
quelque taverne de la Vieille Ville. Avec un peu de
chance à La Loi, Tonio pourra boire autant de vin
qu'il voudra, sans dépenser une lire. Avec un peu de
chance, il sera patron ou sous-patron selon La Loi.

Tonio pense que jouer à La Loi est aussi plaisant
que de faire l'amour à une femme qui ne veut pas,
mais sur laquelle on a des droits. Cela vaut de risquer
deux cents lires.

Il sera bientôt sept heures. Rue Garibaldi, le thermomètre du pharmacien indique encore 34 degrés à
l'ombre. La brise de mer n'est pas venue. La brise
de mer ne vient jamais cette année. C'est l'été des
vents de terre, le sirocco qui vient de Sicile, le libeccio
qui vient de Naples; on sait qu'ils soufflent, mais on
ne sent pas leur souffle, parce qu'ils frappent par-
derrière les hautes crêtes rocheuses qui surplombent
Porto Manacore, le lac et le marais; le sirocco est
détourné vers l'est, le libeccio vers l'ouest; ils font
le tour de la baie, l'un par l'est, l'autre par l'ouest,
comme deux grands bras protecteurs, et ils se rejoignent au large, comme les mains de deux bras arrondis autour de l'objet protégé. Voilà des mois que le
sirocco et le libeccio luttent au large de Porto Manacore. Le libeccio, né au Maroc, s'est chargé de nuages
au-dessus de la Méditerranée; le sirocco, né en Tuni-
sie, d'où il a sauté d'un bond en Sicile, est resté sec.
Le sirocco maintient au large les nuages que le libeccio pousse devant lui. Quand le sirocco l'emporte
sur le libeccio, le banc de nuages s'éloigne vers
l'ouest; quand le libeccio l'emporte sur le sirocco,
le banc de nuages envahit tout l'horizon; mais jamais
encore depuis la fin du printemps le libeccio n'a été

assez fort pour pousser ses nuages jusqu'à Porto Manacore. Jour après jour, les désoccupés, debout le long des murs de la Grande Place, ont suivi toutes les phases de la lutte qui se déroule au large. Mais jamais la moindre brise n'a effleuré Manacore, comme si les combattants du large avaient aspiré tout l'air de la baie, comme si tout l'espace entre les hautes crêtes rocheuses et le large formait un creux dans l'atmosphère, une poche vide d'air, l'intérieur d'une ventouse. Si l'on regarde avec une longue vue, du haut du sanctuaire de Sainte-Ursule-d'Uria, au sommet de la Vieille Ville, on aperçoit au large les crêtes des grandes lames que le sirocco et le libeccio se lancent l'un contre l'autre. Mais dans la baie de Porto Manacore la mer ne bouge pas; les contre-lames s'amortissent sur les bancs de sable; aux abords des plages, la mer stagne comme l'eau d'une mare; et quand, par extraordinaire, une contre-lame particulièrement puissante parvient à franchir tous les bancs de sable, elle gonfle lentement à la frange du rivage, comme le plomb qui se soulève dans le creuset au début de sa fusion, elle gonfle comme une cloque et vient doucement crever à la surface.

Tonio range la Lambretta, près de la terrasse qui domine le port et la baie, puis s'en va par les ruelles de la Vieille Ville, à la recherche d'une taverne où l'on joue à La Loi.

De sa fenêtre au troisième étage de la préture, Anna, la femme du commissaire, regarde la *passeggiata*. A Porto Manacore les filles des notables font la *passeggiata*, mais pas leurs femmes; dans les petites villes de l'intérieur, seulement les jeunes gens. Mme Anna pense que Porto Manacore est plus *avancé* que les villes de l'intérieur, mais moins *avancé* que Lucera. Elle n'a pas de chance d'avoir épousé un fonctionnaire qui a été nommé à Porto Manacore. « Ainsi va la vie », pense-t-elle.

Mme Anna regarde, au delà de la Grande Place, le port, où sont amarrées quelques barques de pêche. Avant la guerre, Porto Manacore faisait du trafic avec la côte dalmate; des vapeurs apportaient du bois et chargaient des oranges et des citrons; mais le gouvernement italien et le gouvernement yougoslave se sont brouillés et plus jamais un bateau n'entre dans le port. Le sable monte d'année en année le long de la jetée. Anna regarde le *vaporetto* qui vient de stopper à quelques centaines de mètres du môle; une barque s'en détache pour prendre des étrangers, arrivés dans l'après-midi, et qui vont aux îles, pour la chasse sous-marine. Le *vaporetto* repassera demain matin, retournant vers son port d'attache, Porto Albanese, ville exactement semblable à Porto Manacore, à cette différence près qu'on y trouve un bordel, dont les hommes ne cessent de parler. Les îles, ce sont trois rochers, sur lesquels vivent une centaine de pêcheurs qui louent l'été leurs maisons aux étrangers venus pour chasser sous la mer; pendant ces mois-là, ils couchent dans l'écurie, avec l'âne. Anna pense que même le *vaporetto* ne mène plus nulle part.

Juste au-dessus d'Anna, la femme du commissaire, donna Lucrezia, la femme du juge Alessandro, s'est postée dans l'entrebâillement de la persienne. Sa lourde chevelure est maintenant roulée en un strict chignon. Elle porte une robe à col fermé et à manches longues, dans son style habituel. Mais un souffle désordonné soulève le sage corsage. Elle regarde Francesco Brigante, l'étudiant en droit, qui vient de s'asseoir à la terrasse du bar des Sports, en face de la préture, sous la terrasse de la poste. Elle se répète à mi-voix : « Je l'aime, je l'aime. »

Francesco Brigante a choisi sa table de telle manière
qu'il puisse regarder les persiennes entrebâillées du
quatrième étage de la préture, sans que les autres
consommateurs puissent déceler la direction de son
regard. Il se murmure à lui-même : « Je l'aime, je
l'aime. »

Tout l'après-midi, le sirocco l'a lentement emporté
sur le libeccio et les nuages, derrière les îles, ne
forment qu'une frange enflammée par le soleil cou-
chant.

Le juge Alessandro et le commissaire Attilio continuaient à discuter à mi-voix, dans le bureau du
commissaire.

Par la porte ouverte, ils entendaient dans la pièce
voisine l'adjoint qui recevait hommes et femmes, en
quête de pièces administratives. Pour obtenir un
passeport, il faut rassembler entre dix et quinze
pièces. Dans les grandes villes, des officines spéciali-
sées se chargent de la recherche des *documenti*,
métier prospère. Sur la Grande Place, les désoccupés,
de temps en temps, tâtent leurs poches pour s'assurer
qu'ils n'ont pas perdu leurs *documenti* : carte d'iden-
tité, carte de chômage, livret militaire, certificats
d'employeurs et bien d'autres, salis, graisseux, déchi-
rés aux angles, cassés dans les pliures, infiniment
précieux. Un homme qui a perdu ses *documenti* n'a
plus de droits, plus d'existence légale; il est aboli.

Après les escarmouches politiques, menées sans
conviction, le commissaire en était venu, comme
d'habitude, à la préoccupation majeure de tous les
fonctionnaires du Sud : la mutation dans une ville
du Nord; elle ne vient jamais. Le juge Alessandro

était sans doute le seul magistrat de la province de
Foggia qui n'eût jamais demandé à être muté; le
culte de Frédéric II de Souabe le liait aux Pouilles.
Le commissaire Attilio avait un nouvel espoir;
sa femme avait fait connaissance, sur la plage, d'une
Romaine, amie intime de la nièce d'un cardinal.

Le juge continuait de grelotter dans sa veste de
laine.

— Ce n'est pas encore la bonne voie, coupa-t-il.
Il y a trop de nièces de cardinaux en Italie. Presque
autant que de désoccupés...

L'adjoint apparut sur le pas de la porte.

— C'est encore Mario le maçon. Il insiste pour
vous parler.

— Je n'ai pas le temps, dit le commissaire.

Une voix forte s'éleva dans la pièce voisine.

— Voilà deux ans que j'attends. Je réclame mon
passeport. C'est mon droit.

— Viens là, cria le commissaire.

L'homme entra, grand et fort, pantalon de toile,
semelles de corde. La chemise effrangée au col et aux
poignets.

— Excusez-moi, *caro amico*, dit le commissaire
au juge. Voilà un homme qui a des droits. Dans une
démocratie, l'homme qui a des droits est roi.

Le juge ne répondit pas. Il alluma une nouvelle
cigarette, tira une bouffée, fit la grimace et écrasa
la cigarette.

L'homme s'avança. Il tenait son chapeau à la main.
Il resta debout devant le bureau du commissaire.

— Alors? demanda le commissaire.

— Il y aura dans une semaine deux ans, j'ai fait
la demande d'un passeport pour la France, avec
toutes les pièces à l'appui, y compris le certificat de
mon employeur à l'étranger.

— Et alors?

— Je n'ai pas encore reçu mon passeport.

— Qu'est-ce que tu veux que j'y fasse?

— La constitution italienne donne à tout citoyen le droit d'aller librement à l'étranger.

— Tu connais bien la constitution!

— Oui, monsieur le Commissaire.

— Tu n'as jamais été condamné?

— J'ai été condamné à quinze jours de prison, pour avoir participé à l'occupation des terres en friche de don Ottavio, le 15 mars 1949.

— Tu étais le meneur.

— J'ai en effet encouragé les désoccupés à s'installer sur les terres en friche. Je l'ai reconnu devant le tribunal. Mais la condamnation a été amnistiée. Elle n'est pas mentionnée sur l'extrait de casier judiciaire que j'ai joint à ma demande de passeport. Donc, j'ai droit à mon passeport.

— Ce n'est sans doute pas l'avis de la préfecture.

— Je suis désoccupé. J'ai trouvé du travail en France. Je réclame mon droit.

— Réclame ton droit à la préfecture. C'est elle qui décide.

— La préfecture me renvoie à vous, dit l'homme.

— Il y en a qui savent s'arranger mieux que toi, dit le commissaire.

— Je ne comprends pas.

— Tu te souviens de Pietro, le charpentier?

— Non.

— On répond : non, monsieur le Commissaire.

— Non, monsieur le Commissaire, répéta l'homme.

— Moi, reprit le commissaire, je crois que tu t'en souviens.

— Non, monsieur le Commissaire.

— Pietro était un Rouge comme toi.

— Je ne sais pas, monsieur le Commissaire.

— Moi, je le sais. Je le sais, parce qu'il est venu ici avec la carte de son parti, de ton parti, et il l'a déchirée devant moi.

— Je ne sais pas, monsieur le Commissaire.

— La préfecture lui a accordé son passeport.

— J'exige mon droit, dit l'homme.

Le commissaire se tourna vers le juge.

— Vous voyez, *carissimo*, comme il est inutile d'essayer de rendre service aux gens.

Le juge jouait avec la cigarette éteinte. Il ne répondit pas.

— Je prendrai un avocat, dit l'homme.

— Je te conseille de prendre un bon avocat.

— Je ne prendrai pas un avocat de Porto Manacore.

Le commissaire sourit. Il était en mauvais termes avec les deux avocats de Porto Manacore.

— Je te souhaite bonne chance, dit-il.

L'homme ne bougeait pas.

— Je n'ai plus rien à te dire.

L'adjoint entraîna l'homme vers l'autre pièce, bras par-dessus l'épaule. L'homme se laissa lentement emmener.

— Tête de mule, lui disait le sous-commissaire en l'entraînant. Sacrée tête de mule. On te souffle ce qu'il faut faire. Tu ne comprends rien à ton intérêt...

Ils passèrent dans l'autre pièce.

— Vous ne respectez pas la loi, dit le juge.

Le commissaire repoussa son fauteuil.

— *Gentile amico*, commença-t-il...

— Si ceux qui sont chargés de faire respecter la loi, coupa le juge, si ceux-ci précisément...

Le commissaire se leva et, sur la pointe des pieds,

courut fermer la porte. Il se retourna, le doigt sur la bouche. Puis il leva les bras au ciel. Il esquissa toute une mimique du désespoir. Puis il rit.

— On croirait, *carissimo amico*, que vous avez juré de finir votre carrière à Porto Manacore.

— Pourquoi pas? demanda le juge.

— Feu Frédéric de Souabe ne vous fera pas avancer d'un échelon.

— Cet homme que vous empêchez d'aller gagner sa vie à l'étranger, dit le juge, a des enfants qui crèvent de faim.

Le commissaire se pencha vers le juge et le saisit par les épaules.

— Et nous, juge, et nous, ne sommes-nous pas en train de crever, dans cette ville dont personne n'a jamais réussi à s'échapper.

Tonio, homme de confiance de don Cesare, fut admis sixième à la partie qui était en train de se monter, sur l'initiative de Matteo Brigante, dans une taverne de la Vieille Ville. La Loi peut se jouer à cinq, à six, à sept et à plus; mais six fait un bon nombre. A Porto Manacore, Matteo Brigante contrôle tout, y compris La Loi. C'est un ancien quartier-maître de la Marine Royale. Il imposa son contrôle dès son retour dans la ville natale, en 1945, après la défaite. Il approche de la cinquantaine, mais il a gardé le style quartier-maître; on s'attend toujours à le voir brusquement porter un sifflet à la bouche. Une bouche mince, sous une moustache étroite, noire et drue, les lèvres toujours serrées, même quand il rit. Contrôlant tout, mais ne faisant rien, il n'a jamais été condamné par les tribunaux, sauf, bien avant la

guerre, pour avoir *accoltellato*, encoutelé un garçon
qui avait ravi la virginité d'une de ses sœurs. C'est
un crime qui lui fait honneur, un de ces *crimes d'honneur* pour lesquels les tribunaux du Sud ont toutes
les indulgences. Il contrôle les pêcheurs en barque, les
pêcheurs au *trabucco* et les pêcheurs à la dynamite.
Il contrôle les vendeurs de citrons, les acheteurs de
citrons et les voleurs de citrons. Il contrôle ceux qui
se font voler dans les pressoirs à olives et ceux qui
les volent. Il contrôle les contrebandiers qui s'en vont
accoster au large des yachts chargés de cigarettes
américaines et les douaniers qui rôdent le long de la
côte sur leurs canots à moteur, allumant soudain un
phare qui fouille toutes les anses, ou ne l'allumant
pas si Brigante a négocié le prix de leur nonchalance.
Il contrôle ceux qui font l'amour et ceux qui ne le
font pas, les cocus et ceux qui les font cocus. Il
donne des indications aux voleurs et des indications
à la police, ce qui lui permet de contrôler les voleurs
et la police. On le paie pour qu'il contrôle et on le
paie pour qu'il ne contrôle pas; il perçoit ainsi sa
taxe sur toute opération, commerciale ou non commerciale, qui s'effectue sur le territoire de Porto
Manacore et des communes voisines. Matteo Brigante
a tellement à contrôler qu'il a débauché Pizzaccio, le
mitron de la *pizzeria* et l'a pris à son service comme
contrôleur en second.

Ce soir, avant d'aller contrôler le bal offert par la
municipalité aux estivants, Brigante, le racketer, a
invité son lieutenant à jouer à La Loi. Pizzaccio est
le sobriquet de l'ancien mitron; cela pourrait se tra-
duire par « pizza à la manque »; de même, aux
temps héroïques de Florence, Lorenzaccio avait été
le *péjoratif* de Lorenzo.

Les autres partenaires de Tonio furent l'Américain,

ancien émigrant au Guatemala, revenu finir ses jours
au pays, où il a acheté une petite oliveraie; l'Australien, ancien émigrant aussi, qui fait le transport des
fruits et du poisson, sur sa camionnette; don Ruggero enfin, fils de don Ottavio, étudiant en droit à la
faculté de Naples, qui préfère, pendant les vacances,
courir les femmes des paysans de son père et s'eni-
vrer dans les tavernes plutôt que de flirter avec les
filles des notables de Manacore, des sottes, estime-
t-il.

Avec ses deux cents lires dérobées à la vigilance de
sa femme Maria, Tonio ne se trouvait pas à la hauteur de ses partenaires. Mais il pouvait faire face un
bon moment. L'enjeu pour chaque partie fut en effet
fixé à un litre de vin d'Andria, un rouge à 14 degrés,
à cent vingt lires. Pour six joueurs, il y a quatre perdants. Cent vingt divisé par quatre fait trente. Deux
cents divisé par trente fait six, reste vingt. Avec deux
cents lires, Tonio pouvait risquer six fois sa chance et
même sept fois, car le tavernier lui fera bien crédit de
dix lires. Ce n'est d'ailleurs ni l'argent risqué ni le
vin bu qui fait l'intérêt du jeu de La Loi, mais la loi
elle-même, amère quand on la subit, délectable quand
on l'impose.

La Loi se joue dans toute l'Italie méridionale. Elle
se décompose en deux phases. La première phase a
pour but de désigner un gagnant, qu'on appellera
padrone, patron; on l'exécute le plus rapidement possible, tantôt aux cartes, tantôt aux dés, on pourrait
aussi bien tirer le patron à la courte paille. Ce soir-là,
ils choisirent les tarots pour faire parler le sort.

Pizzaccio gagna le premier tour de tarots et fut
ainsi désigné patron.

Le tavernier apporta une cruche de vin qu'il posa
près de Pizzaccio; des hommes qui buvaient au comp-

toir s'approchèrent et firent cercle autour de la table.
Tout le monde se tut.

C'est après la désignation du patron que commence
la seconde phase du jeu de La Loi. Elle se décompose
en deux mouvements. D'abord le patron choisit un
sotto-padrone, un sous-patron.

Pizzaccio posa les yeux successivement sur chacun
des cinq autres joueurs, puis son regard revint sur
celui-ci, sur celui-là, feignant la perplexité. Il fit
attendre. Il connaît bien La Loi.

— Vas-y, dit le tavernier. Elle est cuite ta pizza.

— Elle n'est pas encore à point, dit Pizzaccio.

Il avait à ce moment-là les yeux sur Tonio.

— Tonio, commença-t-il, a une jolie belle-sœur...

Tous les regards se portèrent sur Tonio qui resta
immobile, les yeux baissés, les mains posées à plat
sur la table.

Le gagnant, le patron, qui fait la loi, a le droit de
dire et de ne pas dire, d'interroger et de répondre à
la place de l'interrogé, de louer et de blâmer, d'injurier, d'insinuer, de médire, de calomnier et de porter
atteinte à l'honneur; les perdants, qui subissent la
loi, ont le devoir de subir dans le silence et l'immobilité. Telle est la règle fondamentale du jeu de La
Loi.

— Il n'est pas sans intérêt, poursuivit Pizzaccio,
de se choisir un sous-patron qui ait une jolie belle-
sœur. Si je faisais Tonio sous-patron, il me prêterait
peut-être la Mariette...

Les regards restaient fixés sur Tonio. On savait
qu'il tournait autour de Mariette qui ne voulait pas
de lui. A Manacore, et surtout dans le marais, fausse
solitude où les regards de la parenté sont toujours à
l'affût, l'obsession des femmes de la famille, sœurs,
belles-sœurs, filles, affole les hommes. Pizzaccio vise

toujours juste; c'est un vrai plaisir que de l'écouter jouer à La Loi. Tonio resta immobile et muet, dans sa veste blanche fraîchement amidonnée. Bravo aussi pour lui.

— A bien réfléchir, dit lentement Pizzaccio, si je veux avoir la Mariette, c'est plutôt à Brigante que je dois m'adresser...

On n'ignorait pas que Matteo Brigante aussi tournait autour de Mariette, qu'il se rendait souvent à la maison à colonnades et que la jeune fille répondait par un rire provocant à ses propos à double sens. Quand Tonio le voyait franchir d'un pas tranquille le pont sur le déversoir du lac et se diriger vers la villa de don Cesare, son visage se fermait et il ne répondait pas au salut du visiteur, bien qu'il le craignît. Brigante aime les vierges. Les fiancés, les soupirants, les frères et les pères hésitent à s'attaquer au racketer. Mais le besoin de venger son honneur peut rendre fou. Brigante porte donc toujours sur lui son greffoir, arme redoutable, affûtée comme un rasoir, arme légale aussi, le plus commun des instruments de travail dans un pays de jardiniers, dangereuse et en règle avec la loi, comme Brigante lui-même; c'est le plus sournois des escrimeurs du greffoir. Jamais Tonio n'osera l'affronter à découvert. On n'ignorait rien de tout cela. C'est pourquoi les regards restaient fixés sur Tonio.

— Tu me passeras la Mariette? demanda Pizzaccio à Matteo Brigante.

— Quand j'aurai ouvert la route.

— Le chemin sera plus aisé, dit Pizzaccio. Je te nomme sous-patron.

Il y eut un murmure d'approbation. La partie s'engageait bien, net et sec, sans bavures.

Tonio n'avait pas cillé. Bravo aussi pour lui.

Avec la désignation du sous-patron s'achève le premier mouvement de la seconde phase du jeu de La Loi.

Les perdants payèrent. L'Américain, l'Australien, don Ruggero et Tonio donnèrent chacun trente lires au tavernier.

Pizzaccio, patron de la partie, se versa un verre de vin et y mit les lèvres. Ainsi commence, c'est la règle, le deuxième mouvement de la seconde phase du jeu de La Loi.

— Un vin de roi, s'écria Pizzaccio! Goûte-le, sous-patron.

Il était piquant d'entendre Pizzaccio parler en patron à Matteo Brigante, son patron dans la vie. Ces renversements de la hiérarchie, écho des saturnales de la Rome antique, aiguisent l'intérêt de La Loi.

Brigante se versa un verre de vin et goûta.

— Ce serait un péché, dit-il, que de donner un tel vin à des cochons.

— Fais comme tu veux, dit Pizzaccio, tu es le sous-patron.

Brigante vida le verre jusqu'au fond.

— J'en boirai bien un autre, dit-il.

— C'est ton droit, répondit Pizzaccio.

Brigante se versa un second verre. La cruche en contient sept. Il n'en restait plus que quatre.

Il arrive que le patron et le sous-patron boivent toute la cruche, sans offrir un seul verre aux perdants. C'est leur droit. Cela n'a d'intérêt qu'en fin de nuit, après de nombreuses parties et si le sort et la malignité se sont unis pour empêcher un ou plusieurs joueurs d'être promus, même une seule fois, patron ou sous-patron; leur exaspération s'accroît de voir ceux qui font la loi vider silencieusement la

cruche devant eux. Cet aiguillon n'est pas toujours
négligeable. Mais Pizzaccio et Brigante sont trop bons
joueurs pour l'utiliser en début de partie, quand chacun conserve le contrôle de ses nerfs.

Brigante vida lentement son second verre de vin.

— Je crève de soif, dit don Ruggero.

— On lui paie un verre? demanda Brigante.

— Fais comme tu veux, dit Pizzaccio.

Brigante remplit aussitôt le verre de don Ruggero.
Il n'eût pas été intéressant de faire languir un garçon
qui passe la plus grande partie de l'année à Naples
et qui est devenu indifférent aux malices de Porto
Manacore; il a le cœur trop haut placé, de naissance,
pour être humilié par les flèches des autres joueurs.
Don Ruggero est un médiocre partenaire. On l'admet
cependant volontiers, pour ne pas le vexer, parce
qu'il prête volontiers sa Vespa, son canoë, paie facilement à boire, et aussi parce que, quand il se pique
au jeu, il est capable de méchanceté, vertu la plus
précieuse à La Loi.

Il ne restait plus que trois verres dans la cruche.

— Tu me paies un verre? demanda l'Américain à
Brigante.

« Tu me paies un verre? » est la formule consacrée et la demande doit être faite au sous-patron et
non au patron. Don Ruggero a donc manqué à la
règle en criant à la cantonade « Je crève de soif ».
Pour toutes les raisons qui viennent d'être expli-
quées, sa faute n'a pas été relevée.

— On lui paie un verre? demanda Brigante à son
patron selon La Loi.

— Fais comme tu veux, dit Pizzaccio.

— Je ne crois pas que nous devions lui payer un
verre, dit Matteo Brigante. Il est trop pingre. Nous
ne devons pas encourager la pingrerie.

— Est-il vraiment pingre? demanda Pizzaccio.

— Encore plus pingre que ses oliviers, dit Brigante.

L'avarice de l'Américain était aussi notoire que le mauvais état de son oliveraie. Ceci était sans doute la cause de cela. L'Américain était rentré glorieux du Guatemala; il parlait des vergers miraculeux de l'United Fruit dont il avait régi une exploitation. Il avait oublié les habitudes cauteleuses du Sud; le marchand de biens lui avait vendu très cher des oliviers qui ne rapportaient plus; il en était resté fielleux. Brigante et Pizzaccio retournèrent longuement le fer dans la plaie. Les yeux des joueurs et des spectateurs ne quittaient pas l'Américain qui verdissait davantage. Il aura dans la nuit une crise de malaria. Il se tenait bien cependant, ne disant mot, ne bougeant pas. Plaisante victime, mais on avait préféré Tonio; les blessures liées aux défaites de l'amour sont les plus divertissantes à voir infliger.

— Tu me paies à boire? demanda à son tour l'Australien.

Il demanda d'une voix assurée, étant en affaires avec Brigante qui n'a pas intérêt à le brimer. Il transporte dans sa camionette, sous les caisses de fruits, les cartouches de cigarettes américaines recueillies le long de la côte; il en fait toujours un compte exact au racketer qui peut ainsi vérifier les déclarations des contrebandiers. Dans le cas de l'Australien, comme dans celui de don Ruggero, les intérêts les plus habituels des joueurs entrent en contradiction avec les nécessités de La Loi; le réel infléchit les lois du théâtre; il n'y a pas de jeu qui ne soit régi que par ses propres règles; même dans les jeux de pur hasard, comme la roulette, celui qui n'est pas gêné de perdre a plus de chances de gagner.

Pizzaccio et Brigante firent quelques mauvaises
plaisanteries, pour la forme, et l'Australien eut son
vin.

Puis Pizzaccio se versa un verre et le but lentement, en silence. C'était son privilège de patron. Il
s'adressa à Tonio :

— Tu ne demandes rien?

— Non, répondit Tonio.

— C'est ton droit.

Brigante avala d'un trait le dernier verre. Ainsi
s'acheva la première partie de la soirée.

Les tarots désignèrent l'Américain pour patron de
la deuxième partie. Il se choisit don Ruggero pour
sous-patron, l'estimant le seul joueur assez hardi
pour humilier, si l'occasion s'en présentait, Matteo
Brigante. Mais don Ruggero s'ennuyait. Il pensait
à la chasse aux étrangères dans les rues de Naples, au
débarquer du bateau de Capri, aux Anglaises, aux
Suédoises, aux Américaines, hypocrites chasseresses
se déguisant en gibier, aux Françaises même qui
depuis quelques années se joignent à la horde, —
les Français ont sans doute perdu leur proverbiale
virilité; Mussolini, pensait don Ruggero, avait eu
raison de parler de la décadence de cette nation. Il
mena le jeu distraitement, buvant lui-même trois
verres coup sur coup; plus tôt il sera ivre, plus vite
sera terminée cette ennuyeuse soirée de province.
Quand Tonio lui demanda « Vous me payez un
verre? », il répondit « non », sans donner d'explication; humilier Tonio n'était pas un plaisir à sa
mesure; il aurait aussi bien répondu « oui »; ce fut
presque par hasard qu'il répondit « non »; ou peut-
être parce que l'air contraint de Tonio lui avait rappelé une étrangère qui, le lendemain, avait feint de
ne se souvenir de rien.

On commença aussitôt la troisième partie. Les tarots désignèrent pour patron Brigante qui se choisit Pizzaccio pour sous-patron.

Brigante attaqua Tonio, avant même d'avoir vidé son verre d'honneur :

— Tu ne demandes rien à mon sous-patron?

— Non, répondit Tonio.

Il gardait les mains posées à plat sur la table, ses mains d'homme de confiance, blanches et grasses, et les yeux fixés sur ses mains.

— Pourquoi, insista Brigante, ne demandes-tu pas à Pizzaccio de te payer un verre? Tu as déjà perdu trois parties et tu n'as pas encore bu un verre. A mon avis, tu serais en droit de te désaltérer.

— C'est mon droit de ne rien demander.

Il y eut un murmure d'approbation. Tonio n'avait pas cédé à la provocation.

— Tonio ne s'énerve pas facilement, dit Brigante à Pizzaccio. On m'avait pourtant dit qu'il était l'homme de confiance de don Cesare, son sous-patron. Un sous-patron doit se faire respecter...

— Dans la maison de don Cesare, dit Pizzaccio, on trouve plutôt des sous-patronnes...

— Explique-moi ça, demanda Brigante...

— Il y a trente ans, commença Pizzaccio, la vieille Julia avait de beaux tétons. Quand don Cesare en eut assez de les caresser, il la maria à un pauvre homme qui est mort de honte.

— Je vois, dit Brigante. Le pauvre homme se faisait passer pour l'homme de confiance de don Cesare mais c'était la Julia qui faisait la loi.

— Dans ce temps-là, continua Pizzaccio, tu étais dans la marine. Tu ne peux savoir les choses. Mais elles se sont passées exactement comme tu le

devines... Avant de mourir, le pauvre homme avait
fait trois filles à la Julia. L'aînée s'appelle Maria.

— La Maria de Tonio! s'écria Brigante.

— Attends que je t'explique... Quand la Maria
eut seize ans, don Cesare la trouva mignonne. Ses
tétons étaient encore plus ronds que n'avaient été
ceux de sa maman. Don Cesare la cajola si bien
qu'elle prit le gros ventre. Il ne restait plus qu'à
trouver un cornu pour l'épouser; Tonio se présenta...

Parlez toujours, pensait Tonio. *Quand ce sera
mon tour d'être patron ou sous-patron, vous en
entendrez bien d'autres. Tu fais le monsieur, Matteo
Brigante, maintenant que tu as un compte à la
Banque de Naples, mais on n'a pas oublié que tous
les marins d'Ancône sont passés sur ta femme, du
temps que tu naviguais sur les vaisseaux du roi; c'est
avec l'argent qu'elle mettait dans son bas que tu as
acheté l'appartement que tu habites aujourd'hui,
dans l'ancien palais. Et toi, Pizzaccio, pizza retournée, qui vas pour cinq cents lires avec les touristes
allemands...*

Ainsi pensait Tonio, se préparant à faire ravaler
leur bile à ses bourreaux, aiguisant les mots qu'il
leur lancera. Tous les regards étaient fixés sur lui.
Mais il resta immobile et muet, pétrifié, dans sa veste
blanche, fraîchement amidonnée. C'étaient Matteo
Brigante et Pizzaccio qui commençaient à s'énerver.

— Si je comprends bien, dit Brigante, Tonio se
fait passer pour l'homme de confiance de don Cesare,
mais c'est la Maria qui tient le manche...

— Elle a longtemps tenu le manche, dit Pizzaccio...

Il eut un petit rire, un gloussement. Il se pencha
vers Tonio pour mieux le regarder.

— Mais, continua-t-il, Elvire, sœur de Maria, eut
à son tour dix-huit ans...

— Don Cesare lui passa le manche, dit Brigante.

— Le tour de Mariette approche, dit Pizzaccio.

— Don Cesare est un taureau.

— Les bons taureaux, dit Pizzaccio, ne vieillissent pas. Il faut voir comme la Mariette frétille quand il la regarde.

Brigante se pencha à son tour vers Tonio.

— Pour une maison, dit-il, on peut dire que ta maison est une maison.

— La porte ouverte et les persiennes closes, enchaîna Pizzaccio.

« Parlez toujours », pensait Tonio. Il acérait des mots terribles, pour quand viendrait son tour de faire la loi. Mais en même temps, il calculait qu'il avait déjà dépensé trois fois trente lires; il ne lui restait plus que quatre parties pour tenter sa chance d'être patron. A six joueurs, il arrive qu'on soit perdant quinze ou vingt fois de suite. La Loi n'est pas un jeu selon la justice puisque celui qui n'a qu'un petit capital au départ ne peut pas jouer toutes ses chances.

Ainsi pensait Tonio, sans écarter les yeux de ses mains grasses et blanches posées à plat sur la table. Ses mains ne tremblaient pas, mais le creux de sa poitrine commençait à se serrer d'angoisse, à l'idée qu'il n'avait plus ce soir que quatre chances de devenir patron.

Plusieurs spectateurs s'étaient détachés de la table et discutaient du coup, à voix basse. Les uns estimaient que Brigante mettait trop d'agressivité dans son jeu et Pizzaccio trop de servilité à l'égard de son patron; La Loi exige plus de distance à l'égard de la victime et plus de variété dans le choix des victimes; on doit blesser comme en se jouant. Les autres au contraire louaient vivement les deux hommes; les coups doivent se concentrer sur un seul objectif et

la mortification de la victime choisie doit être totale.
Ainsi s'opposaient deux écoles.

Matteo Brigante et Pizzaccio, comprenant qu'on
discutait leur style, mirent rapidement fin à la passe.
Ils se versèrent chacun un verre.

— A la santé des femmes de don Cesare, dit Pizzaccio.

— Tu me paies un verre? demanda l'Australien...
Ils enchaînèrent.

Sous le pin de Murat, le bal vient de commencer.
Les globes électriques bleu-blanc, qu'on a suspendus aux branches maîtresses, éclairent violemment
une partie de la Grande Place et l'entrée de la rue
Garibaldi.

La piste de danse, l'estrade de l'orchestre, le buffet
et quelques tables et chaises autour du buffet sont
séparés du reste de la place par une barrière de bois
peinte en vert. L'entrée coûte deux cents lires. A
l'extérieur, les jeunes gens et les jeunes filles qui ne
peuvent pas dépenser deux cents lires pour danser,
continuent la *passeggiata* en tournant autour de
la place dans le sens des aiguilles d'une montre.
Les désoccupés ont regagné la Vieille Ville, les maisons juxtaposées et enchevêtrées les unes aux autres,
les unes dans les autres, la terrasse de celle-ci for-
mant la cour de celle-là, chaque chambre, grenier ou
cave d'une autre chambre, depuis le môle du port
jusqu'au sanctuaire de Sainte-Ursule-d'Uria qui couronne Porto Manacore; étendus sur un lit, sur une
paillasse ou sur une couverture, selon leur degré de
pauvreté, ils écoutent le jazz du bal dont la rumeur
monte ou descend jusqu'à eux. Rue Garibaldi, le ther-

momètre du pharmacien indique encore 3o degrés.

Le commissaire Attilio a invité l'agronome du gouvernement à boire un verre avec lui, sur la terrasse du bar des Sports, en face de la préture, à l'angle de la Grande Place. Le bal tout entier est dans le champ de leur regard.

En l'honneur du bal (offert par la municipalité aux estivants) le commissaire a autorisé le patron du bar à faire déborder la terrasse sur la chaussée de la rue Garibaldi. Le premier rang de tables se trouve ainsi presque à portée de main des jalousies de la prison, au rez-de-chaussée de la préture. Il n'y a guère que des estivants sur la terrasse, ceux dont les fils et les filles dansent autour du pin de Murat, des commerçants et des fonctionnaires de Foggia et de petites villes de l'intérieur; les riches de la région passent leurs vacances sur les plages du Nord ou dans les stations de montagne des Abbruzes. Quelques notables de Manacore aussi, notaires, avocats, médecins, mais sans leurs femmes, tablées d'hommes. Les uns ne pensent pas et les autres pensent, cela dépend de leur cœur et de leurs opinions, aux prisonniers qui sont derrière les jalousies de la prison et qui écoutent le jazz et toutes ces rumeurs de voix d'un soir exceptionnel. Les prisonniers ne chantent plus, parce qu'ils ne connaissent pas les airs de jazz. Ce sont de petits prisonniers, prévenus ou condamnés du juge Alessandro, dans la limite de sa compétence de juge de première instance, des voleurs d'oranges et de citrons, des pêcheurs à la dynamite, des héros d'encoutelages sans gravité.

— Votre jazz est un bon jazz, dit l'agronome.

— Un excellent jazz pour une aussi petite ville, répond le commissaire.

Il suit des yeux Giuseppina, qui danse sous le

grand pin, de l'autre côté de la barrière verte.

— A Crémone, reprend l'agronome, quand j'étais étudiant, je tenais la batterie du jazz de l'Ecole d'Agronomie.

L'agronome est un homme du Nord, blond, au front bombé; un Lombard, aux joues roses. Vingt-six ans, et depuis trois ans à Porto Manacore, son premier poste. Il s'intéresse particulièrement à l'éle-vage des chèvres. Il vit dans une maison isolée, sur les collines sèches, à l'ouest du lac, et il a installé une étable modèle pour les deux boucs reproducteurs fournis par le gouvernement et des chèvres de plu-sieurs races, certaines qu'il a fait venir à ses frais d'Asie Mineure; il s'est fixé pour but de créer une nouvelle race de chèvre, adaptée au littoral mana-coréen et qui donnera deux ou trois fois plus de lait que les biques efflanquées des bergers de don Cesare. Il pense y parvenir en vingt ou trente ans. C'est un technicien consciencieux, né et formé dans le Nord, un Lombard obstiné.

— Ici aussi, poursuit l'agronome, j'aimerais bien tenir la batterie. Mais quand on est fonctionnaire, il faut tenir compte de l'opinion publique.

— Nous avons nos servitudes, dit le commissaire.

— Je parais plus jeune que mon âge, continue le Lombard. Les paysans ne me prendraient plus du tout au sérieux s'ils me voyaient tenir la batterie.

— Des arriérés, dit distraitement le commissaire.

— Ce n'est pas facile de leur faire comprendre qu'on peut améliorer la chèvre.

— Pour l'usage qu'ils en font, dit le commis-saire.

Il rit en découvrant les dents; il a de belles dents et en est fier. Le Lombard ne saisit pas l'allusion et poursuit :

— Dans les villes du Nord, il y a des cercles d'amateurs de jazz. Un fonctionnaire ne peut pas être
blâmé de faire partie du même cercle que des avocats
ou des médecins. Il n'y a encore que des jeunes gens
dans votre cercle de jazz.

— Vous n'avez pas de chance d'avoir été nommé
à Manacore.

— C'est intéressant, dit le Lombard.

— Vous attendrez longtemps votre mutation. Ici,
j'ai connu des fonctionnaires qui sont arrivés à la
retraite, sans avoir obtenu leur changement.

— Je n'ai pas fait de demande de changement.
Ces chèvres m'intéressent.

— Oui, dit le commissaire...

Il suit des yeux Giuseppina qui danse avec un des
Romains. Le garçon est grand et désinvolte. Il a la
bouche bien romaine, lourde, la lèvre inférieure
retroussée par le mépris. Giuseppina rit. Elle a posé
la main sur la poitrine du garçon et l'éloigne, en
riant. Son corps maigre de malarique dessine un arc
tendu contre le grand garçon à la moue dédaigneuse.

— Si j'étais à votre place, dit le commissaire, je
n'insisterais pas pour que la Mariette de don Cesare
vienne servir chez moi.

L'agronome a un couple de serviteurs, l'homme
faisant le service de l'étable modèle, la femme s'oc-
cupant de la maison; mais l'étable demande de plus
en plus de soins et il a demandé à la vieille Julia
de lui donner sa cadette pour tenir son ménage. Ils
sont tombés d'accord sur le principe et sur le salaire,
mais il faut encore attendre l'acquiescement de don
Cesare; au fait, pourquoi? Julia n'est-elle donc pas
libre de placer sa fille? Et comment se fait-il que le
commissaire soit au courant? C'est sans doute son
métier que de tout savoir...

Le commissaire rit, en montrant ses dents.

— Ici, dit-il, tout le monde est le flic de tout le monde. Les autres font par plaisir ce que je fais par métier... C'est pourquoi je vous conseille de ne pas prendre une pucelle à votre service.

Les joues roses du Lombard s'empourprent. Il s'indigne. Quelles intentions lui prête-t-on?

— Les vierges du Sud, dit le commissaire, sont des garces.

— Pas plus que celles du Nord, dit l'agronome.

— Celles du Nord finissent par coucher.

— Pas toutes, pas toujours.

— Quand elles ont tellement agacé un homme qu'il en devient fou, elles ont l'honnêteté de coucher.

— Ce n'est pas une question de latitude.

— Ou vous coucherez avec la Mariette, continue le commissaire, ou vous ne coucherez pas. De toute manière, il se trouvera dix témoins pour jurer que vous l'avez violée ou que vous avez tenté de la violer. Toute la paroisse s'en mêlera, le curé. On vous traînera devant le tribunal. Vous n'aurez le choix que de l'épouser ou de lui faire une pension...

L'agronome se refuse à croire à tant de noirceur et proteste de la pureté de ses intentions. La danse se termine et Giuseppina va s'asseoir sur un banc, à côté de la fille de l'avocat Salgado. Le commissaire essaie de convaincre l'agronome du danger qu'il court en engageant Mariette à son service.

— Dans le Sud, vous ne trouverez que des juristes. Même un ouvrier agricole qui ne sait ni lire ni écrire est un grand juriste...

L'agronome a une voiture. Bon. Sur les routes du Sud, il lui est sans doute maintes fois arrivé d'être obligé de freiner à bloc, pour éviter un cycliste qui tourne brusquement sur sa gauche. Oui. Comment

fait le cycliste? Il tend le bras et tourne aussitôt à
gauche, même si au même instant une voiture arrive
à cent à l'heure derrière lui. Pourquoi? Parce que
c'est son droit. Il a tendu le bras, comme l'exige la
loi; donc il a le droit de tourner. Il ne se demande
pas si le chauffeur de la voiture qui arrive derrière
lui aura la possibilité de freiner à temps. Cela regarde
le chauffeur. Lui, puisqu'il a le droit de tourner,
son honneur l'oblige à tourner, même s'il doit y
perdre la vie. S'il cédait au chauffeur, alors que la
loi lui donne priorité sur le chauffeur, alors qu'il a
droit sur le chauffeur, il perdrait son honneur auquel
il tient plus qu'à la vie.

L'agronome soutient au contraire que ce n'est pas
le Sud qui des pauvres fait des juristes, mais leur
pauvreté même. Un pauvre n'a que son droit pour
lui; il y tient plus qu'à sa pauvre vie. Un riche a
tellement de droits qu'il se permet de n'être pas à
cheval sur le droit.

Ainsi discutent-ils. L'orchestre commence une
nouvelle danse. Francesco, étudiant en droit, fils de
Matteo Brigante, tient la batterie. Giuseppina passe
dans les bras du jeune directeur de la succursale de
la Banque de Naples.

— Au fait, demande le commissaire, comment
l'idée vous est-elle venue d'engager à votre service
la Mariette de don Cesare?

Au fait, comment cela avait-il commencé? Le Lombard était allé plusieurs fois voir don Cesare, lui
parler chèvres. Il n'avait pas obtenu grands résultats;
ces féodaux ne s'intéressent pas à leur propre intérêt;
don Cesare paraissait plus soucieux des pâtres de
l'antiquité que de l'amélioration de son troupeau;
on dit qu'il fait des fouilles; il connaissait la recette
des fromages de chèvre au iiie siècle avant Jésus-

Christ, mais ne faisait aucun effort pour que ses bergers fassent cuire leurs fromages, ses fromages, dans des récipients propres. Au cours de ces quelques visites, l'agronome avait remarqué la petite Mariette; il l'avait trouvée délurée, — il veut dire vive, le regard éveillé. Comme il a besoin de quelqu'un...

— Personne ne vous a proposé de l'engager?

L'agronome se souvint qu'en effet, une grande et forte femme, une brune qu'on lui a dit être la maîtresse de don Cesare, Elvire en effet, la sœur de Mariette, s'était étonnée qu'il n'eût qu'une chevrière pour tenir sa maison.

— Vous voilà pris dans nos rets, s'écrie le commissaire.

— Pourquoi pas? demande l'agronome.

« Elle le possède », pense le commissaire. Il aime cette expression. Il y a des humains qui en possèdent d'autres; les possédants deviennent à leur tour possédés; les possessions l'une l'autre s'enchaînent; on n'y échappe pas. Il a possédé beaucoup de femmes, des femmes mariées surtout; son métier lui offre des facilités que d'autres n'ont pas; il prenait toujours l'initiative de la rupture, mais le plus souvent la femme restait possédée de lui; elle quémandait une dernière entrevue; c'était perpétuellement la dernière entrevue; il en tirait quelque gloire. Maintenant, c'est Giuseppina qui le possède.

— Avez-vous déjà entendu la Mariette chanter?

— Non, répond l'agronome.

— Elle a un certain don, dit le commissaire. Une voix placée très haut qui donne des effets intéressants dans certaines chansons locales. On trouve quelquefois ce genre de voix parmi les paysannes de la région. Peut-être faut-il être né sur le littoral mana-

coréen pour l'apprécier. Vous n'aimerez probablement
pas. « La voix » n'est pas sans rapport avec le nasil-
lement des femmes arabes.

— La voix? demande le Lombard.

— Nous disons « la voix » pour désigner ce genre
de voix. Les femmes qui ont le don de « la voix »
sont un peu sorcières.

— Vous croyez à la sorcellerie? demande le Lombard.

Le commissaire pense que les gens du Nord manquent décidément d'esprit.

— Absolument pas, répond-il. Mais tout se paie.
A ceux qui héritent d'un don particulier, la nature
refuse quelque chose d'autre.

— Vous autres, dans le Sud, dit l'agronome, toujours en train de philosopher.

— Faites attention, poursuit le commissaire. Les
gens doués manquent de cœur. Mariette a le regard
dur. Elle vous possédera...

— Ces filles élevées à la dure dans vos grands
domaines du Sud font de bonnes ménagères, répond
l'agronome.

La Loi prenait décidément bonne tournure. Sept
parties déjà sans que les tarots aient désigné Tonio
pour patron. Et personne ne l'avait choisi pour sous-
patron. Pour que La Loi soit plaisante à jouer, il
faut une victime, clairement désignée, que le sort
et les joueurs traquent jusqu'à épuisement; ainsi
seulement ce jeu de pauvres devient aussi excitant
que la chasse à courre ou la course de taureaux,
davantage même, la victime étant un homme.

Pour la huitième partie, le tavernier fit crédit à

Tonio qui avait perdu ses deux cents lires et dix de
plus. Les tarots furent lents à se prononcer et l'on
crut un moment que l'homme de confiance de
don Cesare allait gagner. On l'eût regretté. Ce
n'est cependant pas une règle absolue qu'il faille
regretter que le sort, changeant soudainement d'humeur, se mette à favoriser la victime. Le retourne-
ment a quelquefois des conséquences piquantes. Tout
dépend de la qualité de la victime. Quand Matteo Brigante ou Pizzaccio, après avoir été longtemps perdants, se trouvent soudain en droit de faire à leur tour
La Loi, le souvenir encore cuisant des humiliations
reçues échauffe leur malignité naturelle et multiplie
ses ressources; comme quand un taureau de la bonne
sorte et qu'on croyait fini, charge soudain en cherchant l'homme; rien n'est si beau. Mais Tonio, à
la huitième partie, se trouvait déjà trop mortifié pour
fournir une belle charge; de nature, il est sournois;
mais il avait perdu le sang-froid qui permet les jolies
sournoiseries; le souci d'argent, l'idée du crédit,
contribuait aussi à l'alourdir; vainqueur à cette heure,
il n'eût pas su exploiter la victoire jusqu'à l'anéan-
tissement de l'adversaire, comme doit faire un bon
général et un bon joueur de La Loi. Les tarots par
bonheur se prononcèrent finalement pour don Ruggero qui fut proclamé patron. Il commençait à
prendre intérêt à la partie et désigna Matteo Brigante
sous-patron, l'estimant le plus méchant.

Tonio se leva.

— Je te dois quarante lires, dit-il au tavernier...
Il écarta sa chaise et se dirigea vers la porte.

— ...je te les paierai la prochaine fois.

— Il se défile, cria Pizzaccio. Il n'a rien dans le
ventre.

— Bonsoir à tous, dit Tonio.

— Tonio! cria don Ruggero.

Tonio était déjà sur le seuil.

— Qu'est-ce que vous me voulez? demanda-t-il à don Ruggero.

— Tu n'as pas le droit de partir, dit don Ruggero.

— Ecoute-le, dit le tavernier à Tonio. Il sera bientôt avocat. Il sait ce qu'il dit.

— Tu n'as pas le droit de partir, continua don Ruggero, parce que tu n'as pas fini ton contrat.

Il y eut un murmure d'approbation. Don Ruggero relançait élégamment la partie.

— Ecoute-moi, poursuivit don Ruggero. Tu es l'homme de confiance de don Cesare. Supposons que tu engages pour lui un commis. Le commis et toi, vous concluez un contrat verbal. Tu vois ce que je veux dire?

Tonio écoutait le sourcil froncé, l'air buté.

— En vertu de ce contrat verbal, poursuivit don Ruggero, tu n'as pas le droit de renvoyer le commis sans préavis. Mais le commis n'a pas non plus le droit de cesser de travailler sans préavis. Tu es d'accord?

— Oui, dit Tonio avec hésitation.

— En commençant la partie, tu as conclu un contrat verbal avec nous. Tu n'as pas le droit de partir sans préavis.

— Ça ne va pas, dit Tonio. Bonsoir à tous.

Mais il hésitait à franchir le seuil.

Don Ruggero fit du bras un ample geste.

— Je vous prends tous à témoin. L'homme de confiance de don Cesare donne l'exemple d'une rupture de contrat sans préavis!

— Bonsoir à tous, répéta Tonio. Mais il continuait d'hésiter.

— Je te retire mon crédit, dit le tavernier. Je ne fais pas crédit à un homme qui ne respecte pas son contrat.

— Situation nouvelle, proclama don Ruggero.

Il se leva vivement, rejoignit Tonio et lui mit la main sur l'épaule.

— Quand on n'a pas de crédit, on doit payer avant de sortir. Donne-lui les quarante lires que tu lui dois.

— Je n'ai pas d'argent, dit Tonio.

— Délit de grivèlerie. Ça relève du tribunal.

Il y eut un nouveau murmure d'approbation et quelques applaudissements. Un étudiant en droit, quand il veut s'en donner la peine, ajoute bien des agréments au jeu de La Loi.

— C'est vrai, s'écria l'Australien. J'ai vu ça un jour à Foggia. Le gars n'avait pas payé son repas. Le restaurateur a appelé les vigiles urbains qui l'ont arrêté.

— Je ne veux pas être méchant, dit le tavernier. S'il promet de rester jusqu'à la fin de la partie, je lui rends mon crédit.

On applaudit le tavernier. On entoura Tonio. On le poussa vers la table.

— Vous me possédez, disait-il, je sais bien que vous me possédez...

Mais il reprit sa place.

— Tu me paies un verre? demanda aussitôt l'Australien à Matteo Brigante, sous-patron.

— C'est selon, répondit Brigante. Voyons d'abord si tu réponds bien.

— Interroge...

— Je voudrais savoir pourquoi Tonio comprend si mal la plaisanterie?

— La Mariette lui tourne le sang.

— Bien répondu. Mais dis-moi : pourquoi la Mariette lui tourne le sang?

— Je la regardais l'autre jour, en allant ramasser le poisson des pêcheurs de don Cesare. Elle était nue sous sa blouse. La sueur collait la toile à sa peau. On voyait tout, des seins comme des citrons, des fesses comme des grenades.

— Qu'est-ce que Tonio veut de la Mariette? Voilà ce que je voudrais savoir.

— Sa virginité, répondit l'Australien. Mais Tonio n'est pas le seul à vouloir la virginité de la Mariette.

— A ton avis, qui l'aura?

— Don Cesare, répondit l'Australien.

— Non, dit Matteo Brigante.

— Je te dis que c'est don Cesare, répéta l'Australien.

— Non, répéta violemment Brigante.

L'Australien insista. Don Cesare est un vrai seigneur. On n'a jamais entendu dire qu'il n'ait pas eu la virginité d'une fille de sa maison. Son père aussi avait été un vrai taureau seigneurial. Son grand-père de même. Don Cesare certes a maintenant soixante-douze ans; mais sa bonne amie, Elvire, ne se plaint pas de lui. Une famille où l'on est toujours resté taureau jusque dans l'âge le plus avancé. A quatre-vingts ans son grand-père ravissait encore la virginité des filles du marais.

L'Australien parlait avec une sorte de jubilation. De nombreux buveurs s'étaient peu à peu groupés autour de la table. La taverne était pleine. La jubilation gagnait tout le monde. On répétait : « Un taureau! un bouc! ». Il semblait que la virilité de don Cesare fît honneur à toute l'assemblée.

— Tu as mal répondu, dit Matteo Brigante. Tu n'auras pas de vin.

— Tu me paies un verre? demanda à son tour
l'Américain.

— Dis-moi d'abord qui aura la virginité de la
Mariette...

— Je le sais, dit l'Américain. Mon oliveraie touche
au marais. Rien ne m'échappe. Je sais ce que les
femmes de la maison de don Cesare ont combiné
de faire de la virginité de la Mariette.

— Dis-le.

— Mariette est pour l'agronome.

— Tu mens, dit Matteo Brigante.

Il avait bu beaucoup de vin depuis le début de
la partie, étant presque continuellement patron ou
sous-patron. Son jeu manquait désormais de finesse.
Il ne fallait pas nécessairement le regretter; il arrive
un moment, quand la partie a été animée, où la
brutalité donne à La Loi une plaisante vigueur. La
plupart des spectateurs avaient également beaucoup
bu; les rires et les exclamations montaient de ton.

L'Américain raconta comment la mère de Mariette
et ses deux sœurs, Maria et Elvire, avaient appâté
l'agronome. Mariette ira servir chez lui. Il ne se
tiendra pas de mettre la main aux citrons et aux grenades...

— Mariette a donc des sabots? demanda don Ruggero.

On rit énormément. L'édification de l'étable
modèle avait persuadé toute la ville que l'agronome
partageait le goût des hommes du marais. Il logeait
ses maîtresses dans un palais.

Les spectateurs imitèrent le bêlement de la chèvre;
chacun avait sa manière de bêler. Certains grattaient
le sol du pied, comme fait le bouc quand il va
charger. D'autres baissaient le front et dessinaient
avec la main dans l'air d'imaginaires cornes. Plus

personne ne faisait attention à Tonio. Mariette était
une fameuse petite chèvre. Un gars, appuyé sur le
coin de la table, remuait les reins, imitant le bouc
en train de saillir et à chaque soubresaut proclamait le nom de Mariette. On n'en finissait plus de
rire et de bêler.

Quand ils furent un peu apaisés :

— Tu as mal répondu, dit Brigante à l'Américain.
Tu n'auras pas de vin.

On hua Matteo Brigante.

— Tu me paies un verre? demanda Pizzaccio.

Il souriait, l'air sûr de soi.

— Voyons ce que tu as trouvé? demanda Brigante.

— Ce n'est pas don Cesare qui violera Mariette.
Ce n'est pas non plus l'agronome. C'est toi, Matteo
Brigante.

On hua Pizzaccio. Il était trop servile avec son
patron-dans-la-vie. Ce n'était plus de jeu.

— Tu as bien répondu, dit fermement Matteo Brigante.

On hua de nouveau.

Brigante remplit un verre et l'offrit à Pizzaccio.

— Tu peux même, dit-il, me demander un second
verre de vin, un troisième, toute la cruche si tu
veux...

Les huées redoublèrent. La taverne prit un air
d'émeute.

Brigante tapa du poing sur la table.

— Ecoutez-moi, cria-t-il.

Il fallut un bon moment pour que le silence se
rétablît.

— Ecoutez-moi, reprit-il, je vais vous raconter
comment moi, Matteo Brigante, je m'y prends pour
violer une vierge.

Il se fit un grand silence.

Brigante se pencha vers Tonio.

— Ecoute-moi bien, dit-il. C'est une leçon que je vais te donner. Mais tu ne sauras pas en profiter. Tu n'as rien dans le ventre.

Les yeux se portèrent un instant sur Tonio, victime désignée par La Loi. Mais ils revinrent aussitôt vers Matteo Brigante qui s'était levé.

— Supposons, commença-t-il, que la Mariette soit là, près de la table...

Il fit un récit net, détaillé et précis de ce que chacun rêvait d'accomplir.

Tonio était devenu blanc comme sa veste blanche fraîchement amidonnée. Des gars le surveillaient du coin de l'œil prêts à le ceinturer. Mais il ne bougeait pas, tout yeux à la mimique de Brigante.

Brigante insistait surtout sur la brutalité du déchirement. Comme il est maigre, sec et dur, cela faisait d'autant plus d'impression.

Tonio fixait sur lui le regard vide des spectateurs de la télévision.

— Et voilà, termina Brigante.

Le silence se prolongea encore un instant, puis les applaudissements éclatèrent. Plusieurs spectateurs imitèrent à leur tour les gestes du viol. D'autres recommencèrent à bêler; les bêlements devinrent déchirants. D'autres se heurtaient du front, mimant le combat de deux boucs pour la possession d'une chèvre.

Matteo Brigante reprit son siège, face à Tonio. Il emplit un verre de vin et lui tendit.

— Bois, dit-il.

Tonio prit le verre, en silence, et le vida d'un trait.

L'Australien battit les cartes pour les tarots de la neuvième partie. Tonio ne bougea pas.

— Je te fais crédit, lui dit le tavernier.

Tonio ne répondit pas; il prit les cartes que distribuait l'Australien.

Dans la grande salle de la maison à colonnades, don Cesare, assis dans son fauteuil habituel, tient le regard, depuis le début de la soirée, sur une statuette de terre cuite que ses pêcheurs lui ont ramenée et qu'il a posée sur la table, dans la lueur de la lampe à pétrole.

A l'autre bout de la table, une longue, massive table de bois d'olivier, les femmes de la maison, la vieille Julia et ses trois filles, Maria, Elvire et Mariette, discutent vivement, dans la lueur d'une autre lampe à pétrole.

Les femmes sont assises sur des bancs, de chaque côté de la table, don Cesare dans le grand fauteuil napolitain du xviiie siècle, aux accoudoirs de bois doré tourneboulés en forme de magots. Ce fauteuil et les tons clairs de la massive table de bois d'olivier confèrent à la grande salle un air d'apparat; don Cesare y reçoit ses visiteurs, depuis que les salons du premier étage sont entièrement consacrés à sa collection d'antiques.

Dans l'ombre du fond de la salle se dresse une cheminée monumentale, comme on les fait dans le Nord, fantaisie construite sur l'ordre du père de don Cesare, à la fin du siècle dernier. Les femmes y préparent les repas, sur un trépied à charbon de bois, comme dans les maisons où il n'y a pas de cheminée.

Don Cesare regarde la statuette de terre cuite posée dans la lueur de la lampe à pétrole, une danseuse aux hanches étroites, dont la minceur est soulignée par le drapé de la tunique.

Les femmes parlent haut; elles savent que don Cesare ne prête pas attention à leurs propos. Depuis des années, on pourrait croire qu'il ne les entend plus. Quelquefois cependant, quand elles crient trop fort, il frappe la table du plat de la main, et dit :

— Femmes!

Elles se taisent. Bientôt elles chuchotent, puis le ton monte, puis elles crient de nouveau, et il ne semble pas s'en apercevoir.

Quand don Cesare, brouillé avec le régime fasciste, donna sa démission d'officier, en 1924, il avait quarante ans. Il entreprit d'écrire l'histoire d'Uria, prospère cité grecque, colonie d'Athènes, édifiée au troisième siècle avant Jésus-Christ, entre le lac et la mer, là où s'étend aujourd'hui le marais. Déjà son père, en rébellion contre les Bourbons de Naples, et son grand-oncle, archevêque de Bénévent, tombé en disgrâce pour avoir tenu tête au terrible pape Annibale della Genga, avaient commencé à collectionner et à classer les antiques trouvées par les pêcheurs du marais et les laboureurs des oliveraies.

Au début de sa retraite, don Cesare vécut dans le palais familial ,à Calalunga, petite ville plantée sur la crête du plateau rocheux qui protège Porto Manacore des vents de terre. Le père et le fils étaient monarchistes libéraux, dans la tradition francmaçonne de la maison de Savoie. Le père se rallia assez rapidement au fascisme. Les deux hommes ne se parlèrent plus après la signature du Concordat; pour don Cesare, Mussolini, en transigeant avec le pape, et le roi, en l'y autorisant, avaient trahi la grande œuvre de libération entreprise par Victor-

Emmanuel II, Garibaldi et Cavour. Il descendit dans
la maison du marais, emmenant avec lui une partie
des antiques. Il fit venir tout ce que l'on a écrit sur
la colonisation grecque en Italie méridionale; il avait
fait des études sérieuses à Naples et lisait couram-
ment le français et l'anglais; il apprit l'allemand
pour lire Münch et Todt qui font autorité quant
à l'époque hellénistique. Pendant les premières
années, il accumula énormément de notes. Il dressa
le plan d'Uria. Le terre-plein de la maison à colonnades avait été l'emplacement de l'agora. La cité
grecque était consacrée à Vénus. Le temple de la
déesse s'élevait sur un mamelon rocheux, à l'embouchure du déversoir du lac. Don Cesare entreprit
des fouilles; le lac avait été un grand port.

Quand son père mourut, il continua d'habiter le
marais, où il avait pris ses habitudes. Il pêchait,
chassait et buvait avec les gens de sa maison; il
payait très bien les antiques qu'on lui ramenait.
Les hommes feignaient de ne pas savoir qu'il faisait
l'amour à leurs filles et à leurs sœurs; lui, pour
les faire venir à la maison, prenait toujours prétexte
d'un travail : lessive, couture, épluchage des maïs,
séchage des figues; ainsi l'honneur des hommes était
sauf. Quand la fille, la première nuit passée, lui plaisait encore, il l'engageait comme servante; on ne lui
fit jamais de chantage, parce qu'il est dans la tradition des seigneurs du marais d'Uria de témoigner
de l'amitié aux filles et femmes de leur maison.
Quand une fille ne lui plaisait plus, il la mariait.
Il garda la Julia après l'avoir mariée, parce qu'elle
cuisinait bien et parce que son mari prenait grand
soin des antiques; chargé de l'entretien des collections, il ne cassa pas une seule pièce, en dix ans.
Ensuite, il la garda à cause de ses filles.

Il n'habitait que quinze jours par an le palais
de Calalunga, le temps de régler ses affaires avec les
régisseurs de ses domaines. Le bois constituait une
bonne part de ses revenus; il possédait la plus grande
partie de la forêt de l'Ombre qui couronne la crête
rocheuse, derrière Porto Manacore. Les oliveraies et
les jardins d'orangers et de citronniers étaient dissé-
minés sur les collines intermédiaires, premiers
contreforts de la montagne; il en vendait le produit
sur pied, dès la première floraison, à des hommes
d'affaires de Foggia qui prenaient pour eux le risque
des intempéries; bien sûr, ils calculaient leurs prix
de façon à s'assurer largement contre les colères du
ciel; mais don Cesare y gagnait de n'avoir plus à
s'occuper de ses affaires tout le reste de l'année. Il
gérait lui-même, assisté par son « homme de confiance », les pêcheries du lac et du marais, d'un
maigre rapport, mais son terrain de chasse, de pêche
et de plaisir.

Le temps passant et les complicités se fortifiant,
les régisseurs et les hommes d'affaires le volaient
toujours davantage. Il s'en souciait peu, n'ayant pas
les besoins des propriétaires qui passent une partie
de l'année à Rome ou à l'étranger. Il lui restait bien
assez pour la chasse et pour les antiques. Il payait les
terrassiers des fouilles et les familles de ses maîtresses avec l'huile et le blé, redevance de ses régisseurs. Les filles se contentaient de babioles et de la
fierté de nourrir leur famille. Don Cesare se trouvait
donc à l'aise, quoique énormément volé. On le res-
pectait, bien qu'on le volât, parce qu'on savait qu'il
savait qu'il était volé; il n'était pas dupe, mais
magnanime; pour maintenir cette conviction, il lui
arrivait de temps en temps de chasser un de ses régisseurs, au hasard; l'homme allait prendre rang parmi

les désoccupés, le long des murs de la Grande Place, à Porto Manacore.

Le palais de Calalunga avait été une huilerie, au xviie siècle, quand les ancêtres de don Cesare pressaient les olives pour toute la région et y gagnaient assez d'argent pour acheter l'un après l'autre les domaines de leurs clients. C'était une grande bâtisse d'allure beaucoup moins noble que la villa du marais construite vers 1830, avec des colonnades à la mode du temps. Le palais était juché tout en haut de la ville, sur une petite place, entre une austère église romane et des maisons qui avaient appartenu à des marchands, quand Calalunga était un centre commercial. Les pressoirs à meules de pierre, installés dans les sous-sols, ne servaient plus depuis longtemps, les hommes d'affaires ayant installé une huilerie mécanique avec des moteurs Diesel, sur la place neuve, en bas de la ville. Dans les magasins du rez-de-chaussée, les jarres de cinquante litres, en terre cuite, restaient alignées côte à côte, vides, « les statues de mes ancêtres » disait don Cesare, quand il lui arrivait de faire visiter son palais. Trois étages d'habitation, salons vénitiens, salle à manger anglaise, chambres à coucher françaises, et le grenier communiquant de plain-pied avec le clocher, d'où l'on domine toute la région.

Chaque année, quelques jours avant l'arrivée de don Cesare, les gérants des domaines envoient leurs femmes nettoyer le palais. On retire les housses des fauteuils, on lave, on balaie, on époussette; les familles des gérants, leurs amis et les amis de leurs amis visitent le palais, en s'exclamant sur les meubles; on admire surtout la chambre napolitaine du xviiie siècle, avec les grandes glaces à cadres de bois doré, de l'époque des chinoiseries et les magots

géants. (Les riches Napolitains avaient imité les fer-
miers généraux, en plus grand, à l'échelle de leurs
palais.) C'est un fauteuil de cette chambre que
don Cesare à fait descendre au marais, après la mort
de son père.

Pendant les quinze jours qu'il passe chaque année
à Calalunga, don Cesare reçoit sa parenté, rejetons
des branches cadettes qui n'ont pas hérité de
domaines ou seulement de petits domaines, avocats,
professeurs, médecins, pharmaciens, surtout des
avocats. Ils viennent de Calalunga et des villes voisines, avec toute leur famille. Don Cesare les reçoit
dans le grand salon vénitien où il a fait amener,
pour lui seul, un fauteuil anglais; il fait asseoir
les autres sur les incommodes sièges, à rigides
dossiers de bois peint, sauf une nièce ou une petite-
nièce, quand elle est jolie, sur un tabouret, à ses
pieds.

Quelques années après la mort de son père, quand
il a été bien établi qu'il ne se marierait pas et que
chaque parent a pu espérer d'être désigné pour
héritier, il s'amusa de leur servilité. Il obligeait le
dignitaire fasciste à lui raconter les potins du parti,
les trafics de Ciano, les coucheries du Duce; il ponc-
tuait le récit de solides injures méridionales. Il con-
traignait les dévotes à blasphémer.

— Alors, ma tante, quand m'amènerez-vous cette
nonne? Avouez que vous serez bien aise de me voir
cocufier le Saint-Esprit!

— Oui, mon neveu.

— Avouez que vous serez bien aise...

— J'en serai bien aise, mon neveu...

— De me voir cocufier le Saint-Esprit, insistait-
t-il.

— De vous voir cocufier, mon neveu...

— Cocufier le Saint-Esprit, insistait-il.

— Cocufier le Saint-Esprit, répétait après lui la dévote.

Tout le monde riait.

C'était avant la Deuxième Guerre mondiale. Don Cesare maintenant reçoit ses parents en silence; il sait que la servilité humaine n'a pas de limite.

Du temps qu'il n'avait pas encore achevé de s'en convaincre, il touchait les cuisses des jeunes filles, devant leurs parents assis, le buste droit, sur les inconfortables sièges vénitiens; il tâtait les seins et les fesses; il appréciait, jaugeait, jugeait avec les mots crus. Les pères et les frères se levaient discrètement et feignaient de bavarder devant la fenêtre, dos au salon, pour que leur honneur ne les obligeât pas à intervenir. Les mères s'écriaient :

— Ah! don Cesare, vous ne changez pas, vous ne vieillirez jamais...

Les filles cachaient moins complètement leur déplaisir. S'il les avait acculées dans une pièce isolée, sous un honnête prétexte, elles ne se fussent pas tenues pour offensées; toute leur éducation les avait formées à être flattées du désir des hommes, seule chance d'échapper à ce ratage de la vie, le célibat. Mais c'était une offense délibérée que de les palper en public, comme des chèvres au marché. Les unes rougissaient, les autres pâlissaient, selon leur tempérament, mais elles ne faisaient pas d'éclat, les unes par crainte des réprimandes maternelles, les autres pour ne pas offenser leur père ou leurs frères en assumant, à leur place et alors qu'ils s'y dérobaient, une affaire d'honneur, domaine réservé aux hommes.

Un jour pourtant une petite-nièce se fâcha. C'était tout de suite après la guerre, quand le désordre des occupations et des libérations successives donna aux

filles des idées de liberté et de dignité. Elle se dégagea
brusquement.

— Vieux porc! cria-t-elle.

Don Cesare fut enchanté au delà de toute expression. Il fit taire la mère qui accusait la jeune fille
d'avoir mal interprété les caresses paternelles de son
grand-oncle; il fallait (dit la mère) qu'elle eût l'imagination bien dépravée. De retour dans la maison
à colonnades, il manda qu'on la lui envoyât, pour
l'aider à classer ses antiques.

Pendant un mois, il ne lui adressa pas la parole,
sauf pour lui expliquer le classement et l'étiquetage,
le système des fiches. La jeune fille, qui avait fait
quelques études, s'en tira au moindre mal; elle ne
mit pas de désordre dans les collections; mais elle ne
lui posa jamais une seule question sur l'antique cité
d'Uria. Il tenait cent récits tout prêts; il s'était pris
à rêver d'avoir une collaboratrice intelligente. Elle
travaillait mécaniquement, dix heures par jour, au
premier étage ou sous les combles, sous le toit où le
soleil d'août, le soleil-lion, dardait toutes ses flèches.
Le reste du temps, Julia, Maria alors régnante,
Elvire qui avait encore son mari, et même Mariette
qui approchait des sept ans, l'âge de raison, la tour-
mentaient de mille manières; le pire n'était pas qu'on
souillât ses aliments ou qu'on l'injuriât à voix basse
au passage; chaque soir elle trouvait sur son lit, clair
avertissement, un oignon de Carrare. Le suc de
l'oignon de Carrare enflamme les muqueuses, les
gonfle, embrase le corps tout entier, peut même,
dit-on, provoquer la mort; il s'inflige comme
l'amour; *je te marierai avec l'oignon de Carrare*,
suprême menace; c'est le châtiment infligé aux
garces qui troublent la paix des ménages. L'oignon
de Carrare pousse au milieu des dunes une

grande fleur blanche, une étoile parfumée, candide.

La nuit, la jeune fille entendait des pieds nus qui couraient dans le couloir, des grattements à sa porte, des chuchotis de femmes.

Un soir, elle entra dans la chambre de don Cesare, sans frapper, muette, blanche dans sa chemise de nuit blanche. Il la prit sans plaisir et la renvoya le lendemain chez ses parents.

Ce fut vers cette époque-là qu'il commença à ne plus chercher de limite à la servilité.

La petite-nièce qui ne s'était pas maintenue dans sa fierté, comme il l'avait espéré, (et qui n'avait pas manifesté d'intérêt pour la noble cité d'Uria) y fut pour moins que les événements politiques. A la Libération, il avait espéré un réveil de l'Italie; mais le gouvernement des prêtres avait succédé à celui de Mussolini, ce qui ne valait pas mieux, estimait-il, pour la dignité humaine.

Dans les débuts de son exil volontaire, il s'était fait une philosophie de l'histoire. Chaque *uomo di cultura* de l'Italie méridionale se fait sa propre philosophie de l'histoire. Les rois triomphent du pape, le peuple abat les rois, mais se laisse reprendre le pouvoir par les prêtres; sur l'exemple italien, il avait reconstruit l'histoire du monde, âge théocratique, âge héroïque et âge démocratique s'engendrant l'un l'autre, en un perpétuel retour. L'âge héroïque était celui des rois et l'apogée du système. Les tyrans, faux héros du peuple, préparaient le retour au pouvoir des prêtres; ainsi Mussolini signant le Concordat. Don Cesare avait été formé par la lecture de Jean-Baptiste Vico, philosophe napolitain du xviiie siècle, précurseur de Hegel et de Nietzsche. Vico proclamait l'ère des héros-rois. Elle avait peu duré en Italie. Don Cesare était né sur la mauvaise pente de l'*éternel*

retour. Le plébiscite de 1946 et la proclamation de
la République italienne mirent fin à ses derniers
espoirs; Umberto, en partant pour le Portugal laissait place libre à la plèbe et aux prêtres.

Rome déjà avait connu cela; pour don Cesare, la
décadence de Rome avait commencé avec la fin des
guerres puniques, et Auguste avait été le premier des
papes italiens. C'était du temps d'Auguste que le
port d'Uria avait commencé de s'ensabler. Don Cesare
cessa de lire les journaux.

Désormais, quand les envoyés du parti monarchiste
libéral vinrent lui demander de l'argent, il les fit
asseoir sur le banc, en face de lui, lui dans le fauteuil napolitain du xviiiᵉ siècle. Il les regardait en
plissant les paupières. Il les écoutait en silence, sans
un mot d'approbation ni de désapprobation.

Il avait un peu grossi, mais il ne bedonnait pas.
Grand, toujours très droit, la mâchoire un peu
empâtée. Le visage sans expression, sauf ce plissement attentif de l'œil. Les joues glabres; il se rasait
soigneusement chaque matin, avec le rasoir à grande
lame du temps de sa jeunesse. Les cheveux blancs
bien coupés, bien peignés; un coiffeur de Calalunga
descendait deux fois par mois. Il se tenait là, dans
son fauteuil à accoudoirs tourneboulés, immobile,
massif, attentif, dans l'attente pesante de quelque
événement qu'il savait ne pas devoir se produire.
Exactement comme il est ce soir, le regard posé sur
la statuette de terre cuite que ses pêcheurs lui ont
rapportée, tandis qu'à l'autre bout de la table de
bois d'olivier, les femmes de sa maison se disputent
sur un ton de plus en plus élevé. Les envoyés du parti
se demandaient si c'était bien à eux et à ce qu'ils
disaient qu'il était attentif.

Quand ils avaient fini de parler, il leur tendait

sans un mot l'enveloppe qu'il avait préparée d'avance.
Ils partaient en bredouillant des remerciements, des
excuses, des promesses. Tonio les accompagnait jusqu'au perron et, arrivé à la première marche, criait :

— Vive le Roi, messieurs!

Ils lui tapaient sur l'épaule et lui donnaient un
pourboire, disant :

— Don Cesare a bien de la chance d'avoir un
homme de confiance comme toi.

Ils savaient que Tonio était davantage valet
qu'homme de confiance et qu'au surplus il votait
rouge comme tout le peuple de Manacore. Mais ils
disaient cela pour dire quelque chose, effacer le silence
de don Cesare.

Il est là, dans le halo de la lampe à pétrole,
massif, calé dans son fauteuil, les bras à plat sur les
accoudoirs tourneboulés, regardant la statuette grecque, l'œil légèrement plissé par l'attention.

Les femmes essaient de convaincre Mariette d'entrer au service de l'agronome.

Il y a déjà une semaine que l'homme a fait sa
demande et il viendra d'un jour à l'autre prendre
la réponse. Julia l'avait prévenu qu'elle devait obtenir
l'autorisation de don Cesare. Elle n'avait pas prévu
que Mariette se refuserait à la chance qui s'offrait
à elle.

Mariette s'obstine à dire « non ». Elle n'ira pas
servir chez le Lombard au poil blond. Et s'il revient
la solliciter, elle le renverra à ses chèvres.

Julia avait craint un refus de don Cesare. Elle
avait plusieurs fois surpris le regard du vieillard posé
sur sa cadette, lourd, attentif; il la voulait sans doute
pour lui, comme il avait eu les autres. Mais don
Cesare avait souri, de son sourire à peine esquissé,
son sourire malicieux de l'ancien temps.

Mariette ne veut pas.

Ses sœurs lui décrivent l'étable-modèle sur laquelle elle régnera. Le Palais de Mille et une Chèvres. Des abreuvoirs automatiques, des trayeuses mécaniques, les stalles lavées au jet d'eau, des mélangeurs à moteur. On vient visiter cela de toute la province de Foggia, et même de Naples. Elles imaginent Mariette régnant, recevant en reine, distribuant des cadeaux; ni sa mère ni ses sœurs ni elle-même ne pensent qu'en la demandant pour servante, l'agronome ait pris le mot servante dans son sens strict. Servir est l'honorable prétexte. Elles ont compris que l'agronome voulait Mariette pour son lit, mais entendait bien ne pas l'épouser; et elles ont aussitôt établi leurs contre-batteries pour qu'il l'ait, — elles l'y ont d'ailleurs provoqué — mais soit forcé de l'épouser ou qu'il lui en coûte cher.

Le Lombard a une Fiat Mille Cento, comme le commissaire de police.

— Il t'emmènera à Bologne, dit Elvire.

(Ce sont surtout des Bolonais qui viennent chasser les oiseaux de fer dans les marais. Bologne pour les Manacoréens est la ville du Nord par excellence).

— Quand j'étais jeune, dit Julia, don Cesare avait promis de me mener à Bologne.

— A moi aussi, dit Maria, don Cesare avait promis Bologne. C'est une ville qu'on peut traverser tout entière sous des arcades.

— Moi aussi, dit Elvire, il m'a promis de m'y emmener. C'est une ville où l'on peut marcher pendant des heures sous la pluie sans être mouillé.

— L'agronome y emmènera Mariette, reprend Maria. Il fera ce qu'elle voudra. Elle l'a ensorcelé.

Mais Mariette secoue la tête. Elle ne répond même plus à sa mère et à ses sœurs. Elle n'ira pas chez l'agronome. Elle reste enfermée dans son silence, aussi obstiné que celui de don Cesare.

Chacune des trois femmes pense aux bénéfices que le refus de Mariette détourne d'elle. Maria aux cadeaux qu'un amant à l'aise fait pleuvoir sur la famille de sa maîtresse. Elvire à l'éloignement d'une rivale parvenue à l'âge de prendre sa place auprès de don Cesare. Julia à l'occasion d'ameuter toute la ville contre l'homme, jusqu'à ce qu'il se plie à la loi.

— Si Mariette refuse l'agronome, dit la vieille Julia, c'est qu'elle a quelqu'un d'autre.

— Je me demande qui elle a? dit Maria. Peut-être mon Tonio?

Elvire est assise à côté de Mariette. Elle lui parle sous le nez :

— Dis-nous qui tu as?

Mariette esquisse un sourire et ne répond pas.

— Elle a quelqu'un! répètent les trois femmes. Elles se lèvent et entourent la jeune fille.

— Dis-nous qui tu as!

Elvire lui pince le bras, au-dessus du coude, méchamment, en tournant. Maria lui saisit le poignet pour lui tordre. La vieille Julia l'attrape aux cheveux.

— Dis-nous qui tu as!

Mariette rue pour se dégager. Un coup de tête à sa mère, un coup de coude à sa sœur. Elle s'échappe, fait le tour de la table en courant et va s'asseoir près du fauteuil de don Cesare, sur le petit banc où il pose parfois les pieds.

Don Cesare écoute la jeune fille reprendre peu à peu son souffle.

Les femmes crient. Elvire a reçu le coude de sa sœur dans la poitrine; elle va mourir d'un cancer

6

au sein, comme la femme de don Ottavio. Julia saigne de la lèvre; sa fille a voulu la tuer.

Don Cesare frappe la table du plat de la main. Les femmes se taisent et vont s'embusquer dans l'ombre de la grande cheminée, au fond de la salle. Mariette assise sur le petit banc, la tête dans les mains, guette sa mère et ses deux sœurs, par-dessus les genoux de don Cesare.

Le souffle de la jeune fille s'apaise peu à peu.

Don Cesare regarde la statuette grecque dans le halo de la lampe à pétrole.

Dans l'ombre de la cheminée, à l'autre bout de la salle, les trois femmes chuchotent à voix pressée. Elles combinent une manœuvre pour s'emparer de Mariette qui a voulu tuer sa mère.

Matteo Brigante mit fin au jeu de La Loi; il devait aller contrôler le bal. La partie d'ailleurs avait cessé d'être divertissante, dans l'instant même que Tonio avait accepté de boire le verre de l'humiliation. L'homme de confiance de don Cesare avait ensuite perdu six parties et s'était endetté de deux cent vingt lires, mais plus personne ne s'était intéressé à lui. Il aurait fallu que le sort désignât une autre victime. Peut-être pas. La Loi, comme la tragédie, exige l'unité d'action. Les bons joueurs savent arrêter la partie quand la victime a été exactement exécutée.

Tonio quitta la taverne et monta vers la Grande Place pour prendre la Lambretta.

Sous le pin du roi Murat, Giuseppina commençait un boogy-woogy avec le Romain. Francesco, fils de Matteo Brigante, menait adroitement l'orchestre. Le clairon faisait des solos dans le style de La Nouvelle-

Orléans. Le Romain, malgré sa moue méprisante de César du Bas-Empire, ne trouvait rien à reprocher ni au jazz, ni à sa danseuse. Les Manacoréens sont des citadins; ils étaient déjà des citadins au iv° siècle avant Jésus-Christ, quand Porto Manacore était la rivale d'Uria, la ville de Vénus.

Le commissaire venait de se séparer de l'agronome. Il s'approcha de la barrière verte et regarda les danseurs. La sueur collait la robe de Giuseppina sur ses épaules. Le commissaire vit, avec les yeux du Romain, la robe collée aux épaules par la sueur. Il se détourna et marcha vers l'autre bout de la place, la partie que les gros globes électriques bleu-blanc éclairaient moins violemment.

Les habitants de la Vieille Ville, par groupes, regardaient le bal de loin. Les estivants, par deux ou trois, marchaient sur la terrasse, attendant la brise de mer, qui ne venait pas. Les *guaglioni*, les gamins dont Pippo et Balbo sont les chefs, passaient par rafales, surgissant d'une ruelle, fusant au travers des estivants comme une volée de plomb. Les vigiles urbains, la cravache à la main, guettaient les *guaglioni*.

Le commissaire gagna la partie la plus sombre de la Grande Place et se trouva face à face avec Tonio qui venait prendre la Lambretta.

— Bonsoir, monsieur le Commissaire, dit Tonio.

— Bonsoir, dit le commissaire.

Tonio n'avait rien prémédité. Ce fut quand il vit le commissaire devant lui que les mots se nouèrent. Le commissaire ne le regardait même pas; il avait répondu distraitement « bonsoir »; il regardait par-dessus Tonio, du côté des globes bleu-blanc du bal.

— Le matin du vol du portefeuille du Suisse, commença Tonio, quelqu'un est allé dans l'isthme...

on est venu par la mer, en se jetant à l'eau du haut des rochers où don Cesare fait faire des fouilles... on a remonté en nageant le déversoir du lac... un fameux nageur; quand il était jeune, on l'avait surnommé le maître de la mer... il a abordé la dune deux cents mètres en aval du pont, à l'abri des bambous; c'est pour cela que personne ne l'a vu...

— Sauf toi, dit le commissaire.

— Sauf moi, reprit Tonio. J'étais sur le toit, en train de mettre des figues à sécher sur les claies. Du toit, l'œil plonge au delà des bambous.

— Tu ne t'en souviens que ce soir?

— Je n'ai pas osé vous en parler... l'homme est dangereux... Matteo Brigante...

Le commissaire regarda longuement Tonio, petit, étriqué dans sa veste blanche maintenant défraîchie, le teint jaune des malariques, l'œil bilieux.

— Matteo Brigante, répéta Tonio.

Le commissaire Attilio se sentait triste.

— Alors toi, dit-il, c'est la Mariette...

— Mariette n'a rien vu, s'écria Tonio.

— Toi donc, reprit le commissaire, c'est la Mariette que tu as dans le sang.

— Je vous dis que c'est Matteo Brigante qui a fait le coup!

— De la voir toute la journée, qui remue les fesses, et de ne pas pouvoir y toucher, ça te ronge le foie...

— J'ai reconnu Matteo Brigante, avant même qu'il ait touché terre... A sa manière de nager, j'étais déjà sûr que c'était lui... Il a une manière bien à lui de nager... tout le monde vous le dira...

— Alors, reprit le commissaire, Matteo aussi veut tâter de la Mariette?

— Il a mis pied à terre juste au delà des bambous, il s'est glissé derrière les buissons de romarin...

— Tu l'as vu, coupa le commissaire. Il allait peut-être rejoindre ta Mariette. Mais ce n'était pas le matin du vol.

— Le matin du vol, répéta Tonio, je l'ai vu, je vous le jure.

Le commissaire regarda tristement Tonio.

— Le matin du vol, dit-il, Matteo était à Foggia, chez un homme d'affaires. J'ai vérifié.

— Je suis prêt à jurer devant le tribunal, dit Tonio, que j'ai vu Matteo Brigante dans l'isthme, le matin du vol.

On commençait à faire cercle autour d'eux, mais à distance. On se demandait de quoi le Tonio de don Cesare pouvait bien parler au commissaire. Tonio parlait en haletant, mais à voix presque basse. Pippo, le chef des *guaglioni* et Balbo, son lieutenant, se glissèrent au premier rang des curieux.

— De penser que c'est un autre qui la tripote, ça te donne même du courage, dit le commissaire.

— Mais puisque je vous jure que je l'ai vu dans les buissons, en train de ramper vers la voiture...

— Va retrouver ta Mariette, dit le commissaire.

Il fit un pas pour s'éloigner, Tonio se planta devant lui et l'arrêta.

— On croirait, cria Tonio, on croirait que c'est Matteo Brigante qui fait la loi à Manacore!

— Même du courage, murmura le commissaire Attilio.

Mais il remarqua la foule attroupée autour d'eux, Pippo et Balbo au premier rang. Il prit Tonio par les épaules, le fit tourner sur lui-même et le poussa vers la Lambretta.

— *Vai via becco cornuto!* lui cria-t-il, assez haut

pour être entendu de tous, fous le camp cocu cornufié!

Tonio chancela et se raccrocha à la Lambretta.

Le commissaire s'éloigna à grands pas vers les globes bleu-blanc du bal. L'orchestre se reposait. Francesco Brigante expliquait à ses camarades du Cercle de jazz de Porto Manacore un truc de bebopiste. Giuseppina s'était assise sur la balustrade de la terrasse qui domine le port et la baie. Le Romain se tenait debout à côté d'elle, un tricot bleu pâle sur les épaules, les manches nouées autour du cou malgré la chaleur, parce qu'il avait vu sur un magazine que les tricots se portent ainsi à Saint-Tropez. Giuseppina riait; on ne voyait que ses lèvres rouges et ses yeux fiévreux. Elle balançait la jambe, et les dentelles de ses trois jupons superposés moussaient sous sa robe de bal. Le Romain la regardait sans sourire, la lèvre dédaigneuse.

Le commissaire s'approcha de la barrière verte. Tout le monde le regardait. Des notables le saluèrent. Des femmes de notables lui sourirent; il est bel homme, élégant, spirituel et galant; on ne savait pas encore que Giuseppina lui faisait la loi. Il obliqua et rentra dans la préture.

Tonio était debout près de la Lambretta. Il pensa qu'il allait mettre le moteur en route et rouler dans la nuit, aussi vite qu'il le voudrait; mais d'imaginer cela ne lui donna aucun plaisir; il en fut un instant surpris. Il avait un goût amer dans la bouche, comme lorsque l'on a trop fumé; cela lui donna l'idée de fumer. Il traversa la place et acheta cinq cigarettes à crédit au *Sels et Tabacs*, resté ouvert à cause du bal. En sortant du magasin, il alluma une cigarette.

Il eut une première nausée, au milieu de la place. « Elle a donc des sabots? », avait demandé don Rug-

gero. « Tu n'as pas le droit, Tonio », avait dit le
tavernier. « Becco cornuto », venait de dire le commissaire. « Tu as mal répondu », avait dit Pizzaccio.
« Voilà comment je ferai », dit Matteo Brigante.
Tonio arriva jusqu'à la Lambretta. Il s'accrocha au
guidon nickelé et vomit.

Deux hommes qui passaient le virent vomir.

— Le Tonio est plein. Il a sans doute gagné, au
jeu de La Loi.

— Il a gardé toute la cruche pour lui !

— Quand on n'a pas l'habitude d'être patron...

Umberto II fut chassé du trône. La petite-nièce
étudiante resta un mois à étiqueter les antiques, sans
poser une seule question sur Uria. Cette même année,
les Bolonais vinrent en si grand nombre chasser sur
le lac qu'ils firent un immense massacre des oiseaux
de fer. Ce fut cette année-là que don Cesare commença de se *désintéresser*.

En apparence ses habitudes n'ont pas changé. Il
a toujours passé la nuit dans la compagnie d'une
femme, tantôt l'une, tantôt l'autre; il continue; dans
la période présente, c'est Elvire. A la fin de la soirée,
quand il se lève pour monter dans sa chambre, au
premier étage, Elvire se lève du même mouvement
et se détache des autres femmes; elle le suit sans
dire un mot. Ils se déshabillent en silence. Dans le
lit, il s'assure qu'elle est là, en posant la main sur
son sein ou en poussant sa jambe contre la sienne;
dans le sommeil, quand il se retourne, il la cherche
de nouveau, sans se réveiller; il a besoin de toucher
quelque chose d'elle; il en a été ainsi, depuis qu'il
a eu vingt ans, en 1904 : il lui a toujours fallu une

femme contre lui pour dormir. Mais il ne parle
jamais à Elvire. Il la prend encore quelquefois,
quoique de plus en plus rarement, désormais en
silence, dans la nuit; elle se demande s'il sait que
c'est elle, Elvire, qu'il est en train de prendre. Il en
est ainsi depuis qu'il s'est *désintéressé*.

Il continue de chasser et il rapporte toujours beaucoup de gibier, malgré les Bolonais. C'est un fin
tireur, l'âge n'y a rien changé, et il connaît le
marais, les dunes et les collines, mieux que les gens
de sa maison. Mais il ne jure plus quand il a abattu
une belle pièce; son regard ne s'allume même pas;
il tue comme un boucher à l'abattoir. Depuis quelques années, Tonio l'accompagne, portant la gibecière et le second fusil, sans plaisir, avec une sorte
d'effroi, comme s'il était au service d'une statue,
une grande statue qui marcherait inlassablement, du
même grand pas mécanique, à travers les bambous
et les roseaux, les romarins des dunes et les épines
des collines; Tonio imagine confusément que les
châtiments du Purgatoire sont de cet ordre; pas ceux
de l'Enfer, ceux du Purgatoire, cette marche sans
fin au service d'une statue. Ou les Limbes peut-être.

Avec les gérants, les hommes d'affaires ou les
rares visiteurs qui viennent encore jusqu'à la maison
à colonnades, don Cesare a gardé les habitudes d'auparavant. Mais ses paroles résonnent dans un monde
sans écho; ses gestes se développent dans un espace
sans consistance. Quand on dit qu'on va dans le
marais, on pense les Limbes. C'est ainsi depuis qu'il
s'est *désintéressé*.

Don Cesare est désintéressé, comme les chômeurs
sont désoccupés. Ce n'est pas de leur faute, ce n'est
pas de la sienne. Il ne se sent pas tellement différent
des désoccupés qui attendent toute la journée, debout,

le long des murs de la Grande Place de Porto Manacore; mais lui, il n'a même pas l'espoir que survienne
un événement qui le réoccupe. De l'espoir aussi, il
s'est *désintéressé*.

Avec son habitude de la philosophie de l'histoire,
il se demande parfois pourquoi il s'est *désintéressé*,
lui, don Cesare, aux approches de la seconde moitié
du xxᵉ siècle, dans le marais d'Uria. Il se le demande
sans y attacher autrement d'importance, parce qu'il
a gardé l'habitude de se poser des questions, comme
il a gardé toutes ses autres habitudes.

Entre 1904 et 1914, entre sa vingtième et sa tren-
tième année, il avait voyagé à travers toute l'Europe,
pendant les vacances universitaires, pour parfaire
son éducation, selon le désir de son père. Un été,
revenant de Londres, allant s'embarquer à Valence
pour Naples, il s'était attardé au Portugal. Il s'était
posé mille questions sur le déclin de cette nation
dont l'empire s'était étendu tout autour du globe.
Il avait connu des écrivains qui n'écrivaient pour
personne; des hommes politiques qui gouvernaient
pour les Anglais; des hommes d'affaires qui liqui-
daient leurs comptoirs du Brésil et vivaient de petites
rentes, dans des villes de province, sans but. Il
avait pensé que c'était le pire des malheurs que de
naître Portugais. A Lisbonne, pour la première
fois de sa vie, il avait fait rencontre avec un peuple
qui s'était *désintéressé*.

Aujourd'hui il pense qu'à leur tour les Italiens,
les Français, les Anglais se sont *désintéressés*. L'intérêt a émigré vers les Etats-Unis, la Russie, la Chine,
les Indes. Il vit dans un pays qui s'est *désintéressé*,
sauf en apparence les provinces du Nord, mais ce
n'est qu'une apparence, les Italiens du Nord, comme
les Français, cachant leur désintérêt dans la rumeur

de leurs automobiles et de leurs scooters. Les Italiens et les Français ont commencé de se *portugaliser*, après la Deuxième Guerre mondiale. Voilà ce qu'il pense, sans y attacher autrement d'intérêt.

Même l'attention qu'il continue de porter aux antiques a changé d'aspect. S'il garde encore un intérêt, c'est pour les antiques. On ne peut pas se *désintéresser* absolument, sauf dans la mort qui est précisément déliement total, désintéressement absolu. Il continue donc à porter attention à sa collection et aux nouveaux objets que lui apportent, au hasard de leurs trouvailles, les gens de sa maison et les laboureurs des domaines du voisinage. Mais il ne prend plus de notes, et il n'écrit plus d'articles pour les revues d'archéologie. Le manuscrit de son grand ouvrage sur la cité d'Uria est achevé depuis plusieurs années : mille et cinq cents pages d'écriture serrée, rangées dans le tiroir d'un classeur; il ne l'a proposé à aucun éditeur, il faudrait réduire, condenser, concentrer, au profit de qui? au profit de quoi? ou le publier à ses frais, six gros tomes in-quarto, avec des hors-texte, un monument tiré à quelques exemplaires pour les spécialistes de l'histoire des colonies grecques, en Italie méridionale, à l'époque hellénistique; l'idée lui avait plu, mais pas assez pour qu'il ne reculât pas devant l'ennui de discuter avec l'imprimeur, de corriger les épreuves, de recevoir des inconnus.

Chaque après-midi, entre la sieste et le souper, il défend qu'on le dérange. On dit qu'il travaille. Il regarde les vases, les lampes à huile, les statuettes, les monnaies rangés dans les salles du premier étage et sous les combles, classés, étiquetés, du même regard qu'il pose ce soir sur la statuette que lui ont ramenée ses pêcheurs, posée maintenant sur la longue table de bois d'olivier, dans le halo de la lampe à pétrole, — Mariette étant assise à ses pieds, sur le tabouret, les coudes sur les genoux et le visage entre les poings fermés.

On peut dire qu'il regarde, quoiqu'il soit impropre d'employer la forme active du verbe pour définir son regard. Ce n'est pas que don Cesare soit passif en face de la statuette. Non seulement il la voit, mais il la regarde, quoique son regard ne soit pas exactement actif; il la pense, quoique sa pensée ne soit pas exactement active. Il pense la statuette et il pense en même temps tous les autres objets de sa collection, et il pense en même temps toute la ville d'Uria, la prospère cité hellénistique d'Uria resurgie du marais, l'agora sur le terre-plein où sèchent les filets, les maisons blanches, les portiques et les colonnades, les citoyens qui n'étaient *désintéressés* de rien de ce qui se passait dans le monde, cet air d'intelligence qui vibrait dans l'antique Grande-Grèce, les fontaines, les porteuses d'amphores, le port avec les navires qui apportaient les produits de l'Orient et le temple de Vénus à la pointe du promontoire, debout dans la mer. Mais dire qu'il pense n'est pas tout à fait exact, la forme active opposant le sujet à l'objet, supposant une action du sujet sur l'objet, alors que don Cesare s'est tellement *désintéressé*, d'année en année, qu'il est devenu lui-même objet pour soi-même; don Cesare en face de don Cesare pensant la statuette de terre cuite et l'intelligente cité d'Uria, mais aussi étranger à don Cesare qu'à la statuette de terre cuite et à la morte cité d'Uria; sans amour, sans haine, sans plus aucun désir d'aimer ou de haïr, aussi dépourvu de toute sorte de désir que la défunte cité d'Uria. C'est cela le désintérêt.

Mariette cependant, assise aux pieds de don Cesare,

observait, par-dessus les genoux du vieillard, sa mère
et ses deux sœurs qui chuchotaient dans l'ombre de
la haute cheminée. Les trois femmes combinaient
de s'emparer d'elle, dès que don Cesare aurait quitté
la grande salle, de la châtier d'avoir frappé sa mère
et de lui faire avouer le nom de l'homme pour
l'amour duquel elle refusait d'entrer au service du
Lombard. Mariette ne s'inquiétait guère, ne craignant qu'Elvire, forte femme, dans la trentaine; or
Elvire devra suivre don Cesare dans sa chambre. Elle
restait cependant sur ses gardes, les sachant toutes
trois sournoises.

Mariette dormait d'ordinaire dans la même pièce
que la vieille Julia, sa mère. Elle calcula qu'elle
s'enfuira, dès que don Cesare sera dans sa chambre,
et qu'elle passera la nuit dans la resserre d'un des
jardins d'orangers et de citronniers. Ce ne sera pas
la première fois. Elle a déjà souvent été obligée de
s'enfuir pour échapper aux femmes de la maison.

Don Cesare se leva, prit la statuette de terre cuite
et contourna la table, se dirigeant vers la porte du
couloir. Elvire se leva du même mouvement, prit
la lampe à pétrole posée sur la table, près du fauteuil,
et suivit don Cesare. Dans le même moment, Maria
alla jusqu'à la porte du perron, la ferma à clef et mit
la clef dans sa poche.

Mariette ne s'inquiéta pas de se voir interdire
l'issue du perron. Elle avait combiné de s'élancer
dans le couloir, dès que don Cesare et Elvire seraient
dans leur chambre, à l'étage du dessus. Au bout du
couloir, une porte-fenêtre ouvrait sur un balcon à
pilastres. C'était par là qu'elle s'enfuirait; elle avait
déjà plus d'une fois sauté du balcon sur le terre-
plein de la villa; elle s'accrochait à un pilastre et se
laissait tomber; elle rebondissait sur ses pieds nus

et déjà elle courait dans les sentiers, entre les bambous.

Don Cesare s'engagea dans le couloir, suivi d'Elvire qui portait la lampe à pétrole. La vieille Julia, depuis la cheminée, Maria, depuis la porte du perron, se dirigèrent vers Mariette, assise sur le petit banc, au pied du monumental fauteuil napolitain du XVIII° siècle.

Mariette s'apprêta à bondir; mais elle n'était pas anxieuse. Elle ne craignait réellement qu'Elvire qui n'a pas eu d'enfants comme la Maria, qui a la verdeur des jeunes veuves, une forte brune qui avait manié le fléau comme un homme, quand son mari était métayer d'un domaine aride de la montagne; il y avait laissé sa peau. Mariette se rappelle Elvire, le fléau à la main, frappant sur l'aire, dans un nuage de poussière et de son, frappant comme un forgeron, comme elle l'avait vue quand on l'avait menée chez sa sœur à la montagne, elle avait huit ans.

Le pas lourd de don Cesare, les semelles de bois d'Elvire s'éloignèrent lentement dans le couloir. Le pas lourd de don Cesare, les semelles de bois d'Elvire. L'escalier tourne et le bruit se rapprocha, par en dessus.

Maria avançait vivement vers Mariette qui se leva du tabouret et commença à tourner autour du faufeuil. Elle voulait éviter l'accrochage. Elle attendait pour s'élancer dans le couloir que don Cesare et Elvire soient entrés dans leur chambre.

Don Cesare ouvrit la porte de la chambre, les semelles de bois d'Elvire derrière lui. Mariette refit le tour du fauteuil, Maria derrière elle.

Le pas lourd de don Cesare pénétra dans la chambre, juste au-dessus de la grande salle. Les semelles de bois d'Elvire s'avancèrent jusque devant

la commode. Mariette pensa qu'Elvire était en train
de poser la lampe à pétrole sur la commode.

Mais les semelles de bois d'Elvire revinrent en
arrière. Les voilà dans le couloir. A pas pressés,
comme les castagnettes à la fin de la danse. Les voici
dans l'escalier.

Mariette a couru dans le couloir. Mais Elvire était
déjà là, qui lui barrait le passage.

Elvire est plus grande, plus robuste que Mariette;
c'est une femme dans la force de l'âge. Elle renvoya
Mariette dans la grande salle, en lui donnant des
gifles, à toute volée, et des coups de genoux dans
le ventre. Maria la reçut et lui saisit les bras par-derrière. La vieille Julia referma la porte, pour que don
Cesare n'entendît pas.

Les femmes avaient préparé les liens, dans l'ombre
de la cheminée; Julia les avait dissimulés sous sa
jupe. Elles ligotèrent Mariette au dos du fauteuil,
lui attachant les chevilles aux feuilles d'acanthe des
pieds, lui ramenant les bras en avant et les liant aux
accoudoirs de bois doré tourneboulés en forme de
magots. La jeune fille se trouva ainsi écartelée, la
joue et la poitrine serrées contre la toile rude du dos
du fauteuil, les reins en l'air.

Elvire décrocha l'un des fusils de chasse accrochés
au mur. Elle dévissa la baguette d'acier qui sert à
nettoyer le canon.

Don Cesare s'impatientait; c'est d'ordinaire Elvire
qui entre la première au lit; ou peut-être avait-il
entendu qu'on giflait Mariette dans le couloir. Il
frappa du pied, à plusieurs reprises, fortement, contre
le plancher de la chambre, juste au-dessus de la
grande salle.

Elvire s'approchait du fauteuil, la baguette à la
main. Elle leva la tête vers le plafond :

— Le vieux s'énerve, dit-elle.

Don Cesare frappa de nouveau le plancher.

— Enerve-toi, dit Elvire. Moi, je prendrai tout mon temps pour marquer la pucelle.

La baguette d'acier siffla dans l'air. Mariette était nue sous sa blouse de toile.

— Pour ta mère, dit Elvire.

Mariette serra les dents.

— Pour moi, dit Elvire.

— Pour ta mère.

— Pour moi.

Mariette hurla une longue plainte. La baguette cingla de nouveau. Les femmes entendirent le pas lourd de don Cesare qui se déplaçait du lit vers la porte de la chambre.

Elvire passa vivement la baguette à Maria.

— A toi, dit-elle. Marque-la pour la vie.

Elle courut vers la porte.

On entendit les semelles de bois dans le couloir, dans l'escalier. Il y eut un long moment de silence. Elvire et don Cesare devaient discuter. Puis on entendit le pas lourd de don Cesare rentrant dans sa chambre.

Maria s'approcha de Mariette crucifiée au lourd fauteuil de bois doré.

— Maintenant, dit-elle, tu vas nous dire le nom de ton bon ami.

Mariette serra les dents.

Maria prit du recul. La baguette cingla.

— Je vais te faire revenir la mémoire, dit Maria.

Dans le même instant, elles entendirent le moteur de la Lambretta, sous la fenêtre.

— Tonio, hurla Mariette, Tonio, au secours!

— Tu l'avoues donc que c'est lui, cria Maria.

Tonio fut tout de suite là.

— Détachez-la, dit-il.

Dans ses chaussures, face aux femmes pieds nus, dans sa veste blanche d'homme de confiance, face aux femmes, il se sentait très assuré.

— Plus vite que ça, dit-il.

Julia protesta qu'elle avait le droit de châtier sa fille.

— Qui est-ce qui fait la loi ici? demanda Tonio. Seraient-ce les femmes?

Il ajouta :

— Je devrais aller réveiller don Cesare. Il a interdit qu'on cingle dans sa maison. Il vous chassera...

Les deux femmes délièrent Mariette.

Mariette alla s'accoter au mur, les coudes un peu relevés, les mains à plat, prête à bondir.

Julia et Maria se tenaient devant le fauteuil. Elles regardaient Tonio.

« Tu n'as pas le droit, Tonio », avait dit le tavernier. « Tu as mal répondu », avait dit Pizzaccio. « Voilà comment je ferais », avait dit Matteo Brigante.

— Ecco, dit Tonio. La petite gardera longtemps les marques de la baguette... Vous filerez doux, vipères... Et maintenant, allez vous coucher...

Mariette, tapie contre le mur, se mit à rire.

— C'est de toi qu'elle rit, dit Julia.

— Va te coucher, museau pourri, cria Tonio.

Les deux femmes sortirent à reculons. Arrivée sur le seuil :

— C'est de toi qu'elle rit, homme, répéta Julia.

Tonio claqua la porte et se trouva seul avec Mariette. Elle continuait de rire.

Tonio s'approcha de la jeune fille.

— Maintenant, dit-il, maintenant Mariette, tu vas bien me donner un baiser...

— Oui, dit Mariette.

Elle fit le pas qui les séparait.

Elle mit les mains sur les bras de Tonio, par tendresse ou pour l'immobiliser, il ne comprit pas tout de suite.

Elle se pencha et lui posa un baiser sur le front.

Il n'a pas eu le temps de comprendre. Elle s'est enfuie, légère, courant sur la pointe de ses pieds nus. Elle est déjà sur le perron. Elle s'y arrête un instant.

— Je t'aime bien Tonio, dit-elle, je t'aime bien, tu sais.

Elle disparait dans la nuit.

En sortant de la taverne, Matteo Brigante invita Pizzaccio à boire un verre avec lui, au bal. Il paya les entrées, avec un billet de cinq mille lires. Les deux hommes s'assirent près du buffet. Brigante commanda une bouteille d'asti mousseux.

Il promena ses petits yeux, au regard dur, sur le bal, sur la place et sur les alentours. Il note tout (dans sa mémoire) en un clin d'œil. C'est une habitude qu'il a gardée du temps qu'il était quartier-maître dans la Marine Royale, et qui lui est bien utile maintenant qu'il contrôle Porto Manacore.

Une persienne bougea, au quatrième étage de la préture; donna Lucrezia ne dormait pas. La Napolitaine descendue à l'hôtel Belvédère n'était pas au bal, elle se promenait probablement sur la plage, avec qui? Giuseppina dansait avec le Romain, sans intérêt. Le secrétaire de la coopérative des fabricants de chaises avait amené danser ses trois filles et buvait du cognac français, où avait-il pris l'argent?

Scrutant le terrain, son terrain, le racketer jouait
avec son greffoir. Un bel outil, à la marque des *due
buoi*, des deux Bœufs, ce qui se fait de plus cher en
matière de greffoir; il tient tout entier dans le creux
de la main, le manche est noir, luisant, avec des chevilles de cuivre incorporées au bois, plus large à la
base, bien adapté à la paume, confortable. La lame
repliée repose dans le creux du manche, nette, lisse,
brillante, dangereuse, délectable à regarder comme
l'huître dans sa coquille, luxueuse comme la perle
dans son écrin.

A une table voisine, deux touristes au cheveu
filasse, reluquaient les garçons. Ils avaient laissé leur
voiture, une Volkswagen immatriculée en Bavière,
à l'entrée de la rue neuve qui descend en lacets sur
la plage. Brigante nota cela (dans sa mémoire); il
contrôle aussi les arrangements que les garçons con-
cluent avec les étrangers.

Il souleva légèrement la lame du greffoir, puis la
lâcha, elle rentra dans le manche avec un claquement
sec. Il aime ce bruit net de jeune mâchoire.

A l'extérieur de l'enceinte du bal, Pippo et Balbo
s'appuyaient contre la balustrade de la taverne. Pippo
regardait Matteo Brigante.

Les pantalons de Pippo sont percés, déchiquetés,
effrangés. Hommes, jeunes gens ou *guaglioni*, toute la
Vieille Ville porte des pantalons loqueteux; loques
rapiécées, ravaudées, loques honteuses. Pippo porte
glorieusement ses loques, comme les franges d'écume
dont les anciens peintres entouraient Vénus. Sa chemise aussi est une loque, sans boutons, même pas
nouée sur le ventre comme le font cette année beaucoup de *guaglioni* à l'imitation des estivants. Les lambeaux de sa chemise flottent sur ses épaules, comme
l'écharpe de saint Michel Archange. Ses cheveux noirs

retombent en boucles sur son front. Seize ans, chef des *guaglioni*, le regard hardi.

Balbo est rouquin, trapu, les loques en ordre; quand il y a butin à partager, il calcule les parts, c'est le bureaucrate de la bande. Pippo regardait Matteo Brigante, Balbo surveillait la place. Quand ils sont ensemble, c'est comme une seule tête qui tient les quatre points cardinaux dans un seul regard.

Les autres *guaglioni* avaient soudain disparu. L'orchestre fit une pause. Le silence fut pesant. Les clameurs des gamins avaient meublé les précédents entractes.

— Les *guaglioni* préparent quelque chose, dit Brigante.

— Ils sont allés se coucher, dit Pizzaccio.

— Le Pippo est là, comme un commandant sur sa passerelle. Il prépare un coup...

Brigante leva le doigt et fit signe à Pippo de s'approcher. Il voulait lui parler d'un côté à l'autre de la barrière verte.

Pippo répondit par une brève grimace, une distorsion de la mâchoire, un froncement de l'œil. Déjà il avait retrouvé son visage impassible d'archange.

Brigante détourna la tête. Pizzaccio jubilait, la gouaille de Pippo marquait les limites du pouvoir de son patron. C'est toujours plaisant de voir son patron faire un faux pas.

Sur tout le territoire de Manacore, il n'y a que Pippo et ses *guaglioni* qui échappent au contrôle de Matteo Brigante. Un jour la bataille s'engagera, deux gangs ne peuvent pas coexister sur le même territoire. Mais dans l'époque présente les *guaglioni* sont aussi insaisissables que la poussière qui s'élève sur l'aire quand les hommes, ou des femmes comme Elvire, battent le blé. Un commerçant parce qu'il possède une boutique, un pêcheur son bateau, un chauffeur son camion, un colporteur son tricycle, un jardinier des arbres sur pied, un notable une réputation, un fonctionnaire une carrière, les misérables parce qu'ils possèdent de misérables épouses ne peuvent pas échapper au contrôle de Matteo Brigante. Un désoccupé qui touche l'allocation à la mairie, un gardien de chèvres responsable des chèvres d'autrui, un impotent qui a besoin d'un lit à l'hospice, un prisonnier qui veut faire passer un message doivent payer leur taxe à Brigante. Mais les *guaglioni* ne possèdent rien; le produit de leurs larcins se partage, se mange et se fume sur-le-champ; et ils ont autant de refuges qu'il y a de maisons à Manacore, de huttes dans le marais, de cabanes sur les collines; personne ne s'aperçoit d'un gamin de plus dans les maisons où l'on dort à dix ou douze.

Un des plus beaux coups des *guaglioni* fut de s'emparer de la Lambretta d'un carabinier. Elle fut immédiatement démontée, aussi complètement, aussi absolument qu'une machine peut être démontée, et chaque pièce vendue séparément. Même les boulons firent l'objet de marchés particuliers. Brigante fit savoir qu'il entendait percevoir sa taxe; il trouva devant sa porte la plaque d'immatriculation de la Lambretta de police, C.S.C.R., Corpo Speciale Carabinieri della Republica, en lettres rouges sur fond noir. Pendant quelques jours les *pizzerie* vendirent plus de pizzas, les glaciers plus de glaces; ce fut le seul remous que laissa le naufrage de la Lambretta.

Brigante avait entr'ouvert le greffoir. Pizzacio guettait du coin de l'œil Pippo et Balbo.

— Ce sont peut-être, dit-il, les *guaglioni* qui ont fait le coup aux campeurs suisses.

— Trop gros pour eux, dit Brigante.

Il laissa retomber la lame qui claqua.

L'orchestre commença un slow-fox. Francesco avait laissé la batterie pour la guitare électrique. Brigante nota (dans sa mémoire) que Giuseppina dansait avec le directeur de l'agence de la Banque de Naples, un jeune directeur, qui vient de se marier. Et que les Allemands avaient lié conversation avec le fils du pharmacien; ils lui décrivaient le moteur de la future Mercedes; l'un d'eux faisait un croquis de la turbine; ensuite il invitera le garçon à faire une promenade en Volkswagen; la manière est classique.

Les *guaglioni* firent soudain irruption sur la place. Ils s'étaient barbouillés le visage avec des mûres. On ne voyait plus que des yeux noirs au milieu des masques rouges. Toute la bande, une vingtaine, entre douze et quinze ans. Ils traversèrent la place, en poussant des hurlements et en brandissant des haches imaginaires. Ils jouaient aux Peaux-Rouges.

Brigante rit, en plissant les yeux, sans desserrer les lèvres; c'est sa manière de rire, son rire froid.

— Imbécile, dit-il à Pizzaccio. Si les *guaglioni* avaient fait le coup du Suisse, on ne trouverait plus de sucettes dans les pâtisseries.

Il posa le greffoir sur la table.

Pippo et Balbo n'avaient pas bougé.

Les *guaglioni* repassèrent, au grand galop, accrochés à la crinière de leurs imaginaires chevaux.

Pippo et Balbo s'éloignèrent lentement, en direction de la rue Garibaldi. Brigante nota qu'ils entrèrent au bar des Sports. Les Peaux-Rouges disparurent dans une ruelle, à l'autre bout de la place.

Pippo s'accouda au bar.

— Deux glaces à vingt lires, dit-il.

Balbo posa deux pièces de vingt lires sur le comptoir.

Les estivants regardaient Pippo dans ses glorieuses guenilles.

— Je ne sers pas les vagabonds, dit Justo, le serveur du bar.

Balbo s'accouda à son tour au bar.

— Nous avons payé, dit-il.

— *Vai via*, fous le camp, dit Justo.

Le commissaire adjoint était assis à une table voisine.

— Monsieur l'adjoint, dit Pippo, nous avons payé. N'est-il pas vrai que cet homme doit nous servir?

Une grande clameur grandit sur la place. Les Peaux-Rouges revenaient à l'assaut.

— Ces enfants ont raison, dit un client. Ces enfants ont payé. Pourquoi ne les sert-on pas?

— Sans doute parce qu'ils sont pauvres, dit une estivante qui avait des idées avancées.

Dans le même instant les globes bleu-blanc du bal et toutes les lampes de la place s'éteignirent. La jeune lune était couchée. Ne resta que la pâle clarté des étoiles.

— Monsieur l'adjoint, dit Pippo, nous réclamons notre droit.

Les Peaux-Rouges sautèrent par-dessus les barrières vertes et s'éparpillèrent en hurlant au milieu des danseurs. Des femmes criaient. Les vigiles urbains, la cravache à la main, se précipitèrent vers l'enceinte du bal.

Trois Peaux-Rouges encadrèrent les Allemands.

— Est-ce une coutume de l'Italie méridionale? demanda l'un des Allemands au fils du pharmacien.

Leur table bascula. Ils se levèrent, inquiets.

Les masques rouges étaient partout à la fois. Soudain ils disparurent. Un grand silence se fit.

Le courant fut rétabli dix minutes plus tard. Un

témoin rapporta qu'un Peau-Rouge passé par la
loge du concierge de la mairie avait tout simplement,
juste avant l'assaut, fermé le commutateur qui commande l'éclairage de la Grande Place.

Les vigiles urbains firent le bilan de l'affaire. Deux
estivantes n'avaient plus leur sac à main. Le portefeuille d'un des Allemands avait été pris, dans la
poche de sa veste posée sur le dossier de la chaise.
Des jeunes filles avaient perdu des babioles.

Pippo et Balbo dégustèrent lentement les glaces
que Justo leur avait servi sur l'ordre exprès de l'estivante. Quand le premier récit de l'assaut du bal fut
fait au bar des Sports, par un témoin :

— A-t-on au moins, demanda Pippo, arrêté un
de ces *guaglioni?*

— Non, dit l'homme.

— Adieu, dit Pippo.

— Bonne nuit à tous, dit Balbo.

L'adjoint était déjà en train de recueillir les témoignages.

Pippo et Balbo s'engagèrent à pas lents dans la
rue Garibaldi, tournèrent dans une ruelle de la
Vieille Ville et gagnèrent le rendez-vous fixé pour le
partage du butin.

Au moment où les lumières s'étaient éteintes, le
greffoir de Matteo Brigante était posé sur la table,
à côté de la bouteille d'asti. Quand les globes bleu-
blanc avaient de nouveau projeté leur lumière crue
sur l'enceinte du bal, le greffoir avait disparu.

— Huit cents lires à la quincaillerie, dit Brigante. Ça ne vaut pas la peine d'en parler...

Il mordait sa lèvre mince. Pizzaccio jubilait que
les *guaglioni* eussent défié son patron.

Quand Mariette commença de chanter, personne encore ne dormait, sauf Elvire.

Don Cesare, la main posée sur le sein d'Elvire, n'était cependant pas complètement éveillé. Son sommeil, comme sa veille, d'année en année s'est *désintéressé*. Depuis des années, il est privé du sommeil le plus profond, père des métamorphoses, au fond duquel l'homme assimile et élabore ses échecs et ses humiliations et en fait la chair d'une nouvelle vigueur, comme la larve dans la nuit du cocon, et il se réveille triomphalement, étirant avec allégresse, dans la lumière du matin, ses membres mués. Le sommeil comme l'éveil de don Cesare sont désormais également mornes. Sevré aussi du sommeil qui se trouve immédiatement au-dessus du sommeil le plus profond et qui engendre les songes prophétiques et avertisseurs. Il y a longtemps que don Cesare ne fait plus de rêves que décousus et fragiles, ces songes futiles qui brassent confusément les souvenirs des petits événements de la journée, à peine distincts des perceptions de l'état de veille. Au moment où Mariette commença de chanter, la rêverie de don Cesare était en train de se changer en rêve, il flottait entre rêverie et rêve; c'est ainsi qu'il passe la plupart de ses nuits.

La vieille Julia chassait les moustiques qui ronronnaient autour de son lit. Elle attendait qu'ils se posent sur son visage et les tuait d'une claque sèche. Elle les ratait rarement. A sa droite, sous la fenêtre, la pâle clarté des étoiles éclairait le lit vide de Mariette. La vieille associait les moustiques à la jeune fille qui l'avait défiée. A chaque claque :

— Pour toi vaurienne!

— Pour toi traînée!

— Pour toi *troia!*

Dans la chambre voisine, Maria s'était blottie dans
le fond du lit, contre le mur, laissant bien en évidence la place vide de Tonio. Elle priait. *Pater Noster*,
Ave Maria, elle dévidait le chapelet. Sainte Mère de
Dieu, rends-moi mon époux. Saint Joseph, *beatissimo
sposso*, époux bienheureux, éveille le remords dans
le cœur de l'homme adultère. Sainte Marie de
Capoue, patronne du Sud, sois compatissante pour
la plus malheureuse de tes servantes. Saint Michel
Archange, chasse le démon du corps de ma sœur
qui m'a pris mon époux. Sainte Ursule d'Uria, vierge
et martyre, rends leur père à mes enfants!

Maria n'était pas certaine que sa sœur eût cédé à
son mari. Elle l'avait vue plus d'une fois en train de
le rabrouer. Et les voisins, les habitants des huttes
de roseaux dispersées parmi les bambous, et d'où
l'on voit tout, ne les avaient jamais surpris ensemble;
ils l'auraient aussitôt raconté. Mais Tonio et Mariette
sont en ce moment (croit-elle) seuls ensemble dans
la grande salle. Mariette encore flageolante (croit-elle)
des coups qui l'ont cinglée. Tonio plus assuré que
sa femme ne l'a jamais vu; que lui est-il donc arrivé
ce soir à Porto Manacore? Un ton d'une telle tranquille autorité, pour donner l'ordre aux femmes de
délier Mariette, que Maria à présent n'ose pas aller
l'affronter dans la grande salle; elle le croit capable
de protéger son isolement avec la jeune fille avec
autant d'énergie que le ferait un homme véritable.
Voilà qui est suffisant pour créer la vraisemblance
du malheur. Maria triomphe comme si le médecin
venait de lui révéler qu'elle avait le cancer. Et elle
prend tout le ciel à témoin pour s'assurer de la
propriété de son malheur de choix.

Tonio cependant, debout sur le perron, gardait
les yeux fixés sur la haie sombre de bambous, où

s'était effacée Mariette. Il avait un goût amer dans la
bouche, comme quand on a trop fumé, comme
lorsqu'il avait vomi, tout à l'heure, sur la Grande
Place de Porto Manacore.

Mariette commença de chanter de derrière les
roseaux, près du déversoir du lac. Elle prit appui
sur une vieille chanson de la cueillette des olives. Elle
débuta sur un ton d'allégresse, comme si son intention était seulement de se moquer des femmes auxquelles elle venait d'échapper. Mais la chanson était
de celles qui permettent parfois à *la voix* de prendre
corps; don Cesare fut tout de suite réveillé et attentif.
Tonio scrutait la nuit.

Mariette se déplaça tout autour de la maison, derrière les bambous et les roseaux qui la dérobaient à
la clarté qui rayonne de la nuit méridionale même
après le coucher de la jeune lune. Elle répétait les
mêmes strophes, sur un ton de plus en plus allègre.

Elvire se réveilla. Le défi tournait tout autour
de la maison. Mariette reprit le refrain, une gamme
plus haut. Don Cesare se leva silencieusement et
gagna la fenêtre. Elvire s'assit sur le lit. Elle sentit
violemment qu'elle haïssait sa sœur, du fond du
cœur.

Mariette s'assurait sur la nouvelle gamme. Elle ne
chanta que le refrain jusqu'à ce qu'elle fût bien
assurée sur la nouvelle gamme.

Puis elle monta encore de plusieurs tons. A plusieurs reprises, elle monta de plusieurs tons. Puis
elle retombait dans la gamme où elle s'était assurée.

Tonio, appuyé sur la balustrade du perron, le
corps en dehors, les bras projetés au-dessus de la
nuit, battait silencieusement des mains, au rythme
du chant, murmurant avec passion :

— Va, oh! va, va!

On encourage ainsi *la voix*, quand elle est sur le point de prendre vol. C'est rarement la nuit, et après des péripéties dramatiques, comme cette nuit. Plutôt à la fin de l'après-midi, un jour de fête, quand tous les convives ont déjà chanté, quand toute la société s'est échauffée à entendre chanter et à chanter tout ce qui se chante, des chansonnettes, des ritournelles, des *stornelli*, des airs d'opérettes et d'opéras. Celui (ou celle) qui a le don de *la voix* s'est tenu à l'écart, l'air maussade. On l'a sollicité, mais sans insister. Quand il (ou elle) fait signe qu'il veut chanter, tout le monde se tait. Il commence une vieille chanson propice à l'éclosion de *la voix*, mais il la commence à la manière de n'importe qui. Quand il (ou elle) s'essaie à monter, entr'ouvrant la porte à *la voix* (comme en entrant dans une salle de roulettes, le vrai joueur mise au hasard un numéro puis l'autre, sans système, pour entr'ouvrir la porte à la chance), quand il se met à sauter d'une gamme dans l'autre, comme un jet d'eau qui essaie de s'affirmer contre l'air, contre le ciel, on se lève et on l'entoure. Il tâtonne encore, mais il monte de plus en plus haut. Alors chacun l'accompagne en silence, l'aide en silence, en battant silencieusement des mains, il est entouré de tout un battement de mains silencieuses et on le supplie, en murmurant passionnément :

— Va, oh ! va, va !

Comme fait maintenant Tonio, les bras suspendus au-dessus de la nuit. Comme murmure maintenant don Cesare, sur le balcon de sa chambre, entre les colonnades.

La voix s'est soudain établie dans toute sa hauteur.

Don Cesare, à l'époque où il recevait encore des étrangers et leur parlait du folklore manacoréen,

prétendait que *la voix* était celle même des prêtresses
de la Vénus d'Uria, quand elles entraient en transes.
Mais que la tradition en remontait encore plus loin,
aux Phrygiens qui l'avaient eux-mêmes héritée des
adorateurs du Feu.

D'autres se fondant sur des analogies avec certains
chants arabes veulent que les Manacoréens l'aient
reçue des Sarrasins qui conquirent Uria, après l'en-
sablement du port.

Des Albanais s'étant à plusieurs reprises établis
sur le littoral, certains accordent à *la voix* une origine illyrienne. Mais toutes ces hypothèses sont d'autant plus fragiles qu'il a rarement été donné à des
musicologues de l'entendre et qu'aucun enregistre-
ment n'en a encore été réalisé. Les Manacoréens ne
se prêtent guère à ce qu'on écoute *la voix;* ils n'aiment pas non plus à ce qu'on assiste au jeu de
La Loi. Comme par une pudeur ou une honte de leur
chant et de leur jeu, ce qu'ils ont de plus intime.
Avec cette différence toutefois que La Loi se joue
dans toute l'Italie méridionale, tandis que *la voix* est
l'apanage d'une petite portion du littoral adriatique.

Plus n'était donc besoin de murmurer :
— Va, Mariette, oh! va, va!

La jeune fille s'était établie dans toute la hauteur de
son chant.

Un musicien aurait noté son chant très haut. Mais
on peut aussi le décrire comme né au plus profond
du ventre. C'est la contradiction fondamentale de
la voix.

Un chant vertigineux, c'est-à-dire à la fois très
exactement placé et chaviré chavirant hors de toute
place. C'est la contradiction fondamentale du ver-
tige.

Un chant inhumain qui ne peut être chanté que
par une voix humaine. Un chant de virtuose, dans
la gorge la moins exercée du monde. C'est la contradiction fondamentale de Mariette.

Quand elle eut fini de chanter, — *la voix* cassa
net — Mariette disparut si légèrement qu'aucune
des oreilles attentives qui peuplent la fausse solitude
du marais n'entendit le froissement de sa blouse de
toile parmi les bambous et les roseaux où elle se
frayait un chemin.

Elle détacha une nacelle de pêcheur, s'assit à l'arrière et, appuyant sans peser sur les deux rames
courtes (moins longues que son bras), glissa rapidement entre les roseaux, dans les passes qu'elle connaissait, si légèrement qu'elle n'éveillait pas les
oiseaux aquatiques.

Tonio entra dans la maison et s'alla coucher silencieusement près de sa femme, Maria, au ventre
déformé par les maternités. Don Cesare retourna
vers le lit à baldaquin. Elvire était assise le buste
droit, dans sa chemise de nuit blanche, haut fermée,
à l'ancienne mode; il s'aperçut qu'elle le regardait
avec haine; il pensa que le temps était proche où il
devra se séparer d'elle. La vieille Julia, l'index et
l'auriculaire tendus, continuait de faire des conjura-
tions et de maudire sa fille cadette.

Mariette aborda au pied du bloc rocheux sur lequel
est édifié Manacore (le port est de l'autre côté de
la ville, à l'opposé du marais). Elle contourna la ville
à travers les oliveraies, marchant légèrement sur ses
pieds nus, sans se hâter. Elle atteignit la grande
route et la suivit jusqu'à la borne kilométrique la
plus proche de la ville. Avec un morceau de craie qui
se trouvait caché là, elle dessina sur la borne un
cercle rouge et, à l'intérieur du cercle, une croix. Elle

escalada le talus, retrouva les oliveraies et atteignit
bientôt les premiers contreforts de la montagne qui
protège Porto Manacore des vents de terre. Ici commence la zone des orangers et des citronniers.

Chaque jardin est entouré d'une muraille, protection contre les voleurs et aussi contre les vents
d'hiver, qui viennent de la mer. Mariette s'engagea
sans hésitation dans le dédale des chemins creux,
entre les hautes murailles des jardins. Les pentes
sont raides. Bientôt elle vit à ses pieds les globes
bleu-blanc du bal, le feu rouge à l'entrée du port,
toute la baie dans la clarté de la nuit méridionale et
la lanterne à éclats, sur la plus haute des îles. Elle
s'arrêta près d'une grille, se haussa sur la pointe des
pieds, glissa la main sur le mur d'appui, chercha à
l'aveugle sous une tuile et y trouva une grosse clef.
Elle ouvrit la grille et, de l'intérieur du jardin, remit
la clef dans la cache.

Il faisait très sombre sous le feuillage dense des
orangers, des citronniers et des figuiers. Mariette se
guida au bruit des sources. Elles sont trois qui sortent en murmurant d'un creux de la montagne et qui
se rejoignent au bas du jardin, après avoir parcouru
les canaux d'écorce d'où l'on dirige l'eau, quand il
est temps d'arroser, vers les vasques creusées au pied
de chaque arbre; le ruisseau né des trois sources
tombe en cascade dans un autre jardin, rassemblé
dans un bassin d'où l'eau est à nouveau répartie
d'arbre en arbre, de vasque en vasque, par un
complexe réseau de canaux d'écorce. Ainsi du haut
en bas des premiers contreforts de la montagne.

Même au cœur du mois d'août, il fait frais dans
les jardins parcourus par tant d'eaux vives.

Près de la plus haute des sources, une resserre
sommairement maçonnée. Dans la resserre, des outils

de jardinage, une table, une chaise de bois, des figues
sur la table et un broc d'eau; dans un coin, des sacs.

 Mariette entra dans la resserre, mangea une figue,
se coucha sur les sacs et s'endormit aussitôt.

 Matteo Brigante donna des instructions à Pizzaccio et rentra chez lui. Il n'était pas encore trois heures
du matin. Le bal continuait.

 Brigante habite le palais de Frédéric II de Souabe.
C'est un énorme bloc de bâtiments disparates,
réunis par des couloirs, des escaliers tournants, des
ponts suspendus, et qui s'étend de la rue Garibaldi
jusqu'aux ruelles de la Vieille Ville, au pied du
sanctuaire de Sainte-Ursule-d'Uria. L'empereur fit
construire la tour octogonale qui forme aujourd'hui
l'angle de la Grande Place et de la rue Garibaldi; il
venait s'y reposer après avoir chassé dans le marais.
Les Angevins y ajoutèrent un palais à portiques,
l'actuel Hôtel de Ville, sur la Grande Place. Les rois
de Naples juchèrent là-dessus plusieurs édifices baro-
ques et firent bâtir, par-derrière, des communs, des
écuries et des entrepôts; c'était l'époque où Porto
Manacore avait un commerce important avec la côte
dalmate. L'actuel Hôtel des Postes est un des édifices
de l'époque baroque, accoté à la tour frédéricienne
contre laquelle grimpent les volubilis que donna
Lucrezia voit de sa fenêtre. Les autres bâtiments ont
été transformés en appartements, où logent plus de
cent familles. Les femmes étendent le linge dans les
cours où piaffaient les chevaux des souverains; les
guaglioni se livrent bataille sur les ponts des soupirs.
Matteo Brigante habite un de ces appartements,
parmi les plus heureusement placés, au-dessus de

l'Hôtel de Ville, un peu en angle, avec une petite
terrasse à arceaux du xviii° siècle, où sa femme a
planté des géraniums lierre et des œillets arbores-
cents. Il a également loué à la municipalité la tour
de Frédéric II qui est inhabitable; il a sous-loué les
étages du bas au commissariat de police; le commissaire Attilio y accumule les dossiers des affaires
classées. Il a gardé pour lui les étages supérieurs,
« mon grenier », dit-il, « mon fourre-tout ».

La femme de Matteo Brigante est née dans un
faubourg de Trieste; elle est blonde et plus grande
que lui; elle a sans doute du sang slave. Il l'a connue
à Ancône, serveuse de bar quand il était matelot de
la Marine Royale. Elle n'avait que vingt ans, les
chairs déjà un peu flasques; mais il était flatté d'avoir
pour maîtresse une fille du Nord. Quand il l'eut
engrossée, les Triestins l'obligèrent à l'épouser; elle
était descendue de la Vénétie, Julienne, avec toute
une tribu qui tenait en mains les bars, les restau-
rants et les hôtels. Matteo Brigante ne faisait pas
encore la loi, surtout avec des Triestins; ainsi Francesco eut un père. Maintenant la femme vit comme
recluse; les notables de Manacore ne la reçoivent pas
et son mari lui interdit de fréquenter les pauvres;
elle n'a pas eu d'autres enfants, Brigante ne voulant
pas que son héritage se partage.

Il rentra chez lui. Sa femme dormait. Quand elle
ne dort pas, elle fait son ménage, très proprement,
dans la tradition triestine. Il prit plusieurs dossiers
dans la desserte qui est pleine de papiers et les étala
sur la table de la salle à manger. Il commença de
faire des comptes et d'écrire à ses hommes d'affaires,
à Foggia, d'une grande écriture appliquée, bien
nette, bien claire. L'argent qu'il gagne à contrôler
Porto Manacore est aussitôt placé dans toutes sortes

d'affaires, dans toute la province de Foggia; il possède une partie de l'huilerie de Calalunga et il a des
intérêts dans les transports de bauxite, à Manfre-
donia; il vient d'acquérir près de Margherita di Savoia
des terrains que la Montecatini devra lui racheter
très cher quand elle voudra accroître l'étendue de ses
marais salants, ce qui ne manquera pas d'arriver.
Désormais ses affaires lui rapportent davantage que
le contrôle de Porto Manacore. Francesco sera riche.
C'est pourquoi son père lui fait faire des études de
droit. Quand on a une fortune à gérer, il faut connaître la loi. Les seuls qui soient parvenus à rouler
Brigante sont des hommes de loi.

Le bal se termina à trois heures du matin. Francesco Brigante débrancha sa guitare électrique et la
rangea dans la grande boîte noire, doublée de soie
violette. Il refusa d'aller au bar des Sports avec ses
camarades du Cercle de jazz : 1° parce qu'il n'avait
pas d'argent; 2° parce qu'il avait l'impression confuse
qu'en s'attardant à boire avec d'autres jeunes gens
et peut-être à parler femmes avec eux, il commet-
trait une faute à l'égard de donna Lucrezia qui était
sans doute en train de le regarder dans l'entrebâillement des persiennes du quatrième étage de la
préture.

Donna Lucrezia le regardait en effet, tandis qu'il
disait adieu aux jeunes gens. Elle se répétait qu'elle
l'aimait. Elle exultait d'avoir le courage de se le
dire à voix presque haute; elle était en train de
triompher de l'éducation du Sud. Elle se répétait
les décisions qu'elle avait prises et qu'elle avait décidé
de lui communiquer au cours du rendez-vous qu'ils
avaient pris pour la matinée qui vient. Elle pensait
qu'il sera fier d'elle.

Francesco rentra chez lui et posa la boîte à

guitare sur la desserte; c'est sa place; les Brigante mangent toujours dans la cuisine.

Matteo Brigante jeta un bref regard sur son fils. Le garçon est plus grand que lui, plus large d'épaules, blond roux et charnu comme sa mère. Brigante se remit à écrire.

Francesco ne dit pas bonsoir à son père. Les Brigante ne se disent jamais bonjour ni bonsoir. Il n'avait pas sommeil, encore excité d'avoir tant joué de jazz et un peu inquiet de ce rendez-vous dans la matinée avec donna Lucrezia, et de tout ce qui allait sans doute en résulter. Il passa dans l'antichambre, prit des partitions, sur les casiers où elles sont soigneusement rangées, près des disques et des livres, très peu de livres. Il rentra dans la salle à manger, s'assit en face de son père et commença de lire les partitions, passant de l'une à l'autre, revenant à celle-ci, à celle-là.

Matteo Brigante, tout en écrivant à ses hommes d'affaires, pense avec satisfaction que son fils est taciturne. Il n'aime pas que son fils soit blond, rouquin et charnu comme sa femme, mais il aime qu'il soit silencieux, avec perpétuellement sur le visage l'air de porter un secret. Il pense que Francesco saura tenir tête aux hommes de loi.

Il ne lui donne presque pas d'argent de poche, c'est son principe, tant que le garçon n'aura pas commencé à gagner sa vie. Il lui paie ses études, à la Faculté de Droit de Naples, et la pension, chez un parent de la mère, un Triestin qui s'est fait prêtre; Francesco loge à la cure, à Santa Lucia. Il lui a offert la guitare électrique, un bijou, ce qui se fait de plus cher en la matière, pour qu'il puisse tenir son rang, parmi les fils des notables de Porto Manacore, étudiants comme lui, qui ont formé le Cercle

de jazz. C'est ainsi que Francesco a fini par être
reçu chez le juge Alessandro dont la femme s'intéresse à la musique.

Francesco a posé devant lui une partition vierge
et dessine rapidement des notes sur les portées. Il
a été récompensé d'une médaille d'argent, pour la
composition d'une chansonnette, au dernier festival
de Naples. Brigante le regarde faire avec plaisir. Il
hésite à troubler un si studieux loisir. Mais il pense
que c'est le bon moment pour décontenancer son
fils par un assaut à l'improviste et saisir la vérité.

— Pourquoi te fais-tu écrire poste restante?
demande Brigante.

Francesco lève lentement les yeux. Il pense :
« C'était fatal. Le postier lui a dit. Il sait toujours
tout. J'aurais dû y penser, m'y prendre autrement ».

Il a lentement levé la tête.

— Oui, père, dit-il.

— Je ne te demande pas si tu reçois du courrier
poste restante. Je le sais. Je te demande pourquoi?

Brigante fixe intensément son fils. Francesco ne
cille pas. Il a l'œil grand, à fleur de tête, bleu pâle.
Il regarde un moment son père en silence. Puis :

— C'est sans importance, dit-il.

Le petit œil au regard dur de Matteo Brigante se
vrille dans le grand œil liquide de son fils. Il n'a
pas plus de chances d'en trouver le fond que les
pointes des Dolomites, si haut qu'elles s'élancent,
de percer le ciel. Cette inaccessibilité ne déplaît pas
au père. Les astuces des hommes d'affaires se bri-
seront sur cet Olympe.

— Tu as donc une petite à Naples? demande Brigante.

Francesco réfléchit un moment. « Piège ou perche?
se demande-t-il. Piège peut-être, mais mieux vaut

accréditer une erreur qui n'est pas vérifiable. » Rien de sa réflexion ne transparaît dans son œil dont la pupille se confond avec la prunelle, sur son visage au maxillaire arrondi, posé sur un cou large et haut comme celui de Jupiter Olympien.

— Oui, père, dit-il.

— Je ne vois pas d'inconvénient à ce que tu aies une petite à Naples. Tu peux lui dire de t'écrire à la maison.

— Je lui dirai.

— Elle est en vacances?

— Oui, père.

— Elle passe ses vacances à Turin?

— Non, père.

— L'enveloppe porte pourtant le timbre de la poste de Turin.

— Je n'ai pas regardé.

— Regarde.

— Je n'ai plus l'enveloppe.

— Regarde d'où elle date sa lettre.

— Je n'ai plus la lettre.

— Tu sais bien où est cette fille?

— Oui, père.

— Ça t'ennuie de me dire où elle est?

— Elle est en vacances dans le Piémont.

— Chez des parents à elle?

— Oui, père.

— Je vois, dit Matteo Brigante. Elle a fait porter la lettre à Turin, pour que ses parents ne s'aperçoivent pas qu'elle t'écrit.

— Probablement.

— Elle est chez son père et sa mère?

— Je crois.

— Tu ne sais pas grand-chose d'elle...

— Non, père.

— Pourquoi t'écrit-elle à la machine à écrire?
— Elle est dactylographe.
— Elle a emporté sa machine à écrire en vacances?
— Je ne sais pas.

« Il sera merveilleux en face des hommes de loi », pense Brigante. Mais il se garde bien de montrer son ravissement. Il se remet à écrire.

« S'il a lu la lettre, pense Francesco, il me retourne sur le gril, il me laisse m'enferrer, il prépare son piège. Mais s'il n'a pas eu la lettre en main, si le postier lui a seulement décrit l'enveloppe, le timbre d'envoi, j'ai gagné. Restons sur la réserve. »

Brigante relève la tête.

— J'espère que tu n'écris pas d'imprudences à cette fille...
— Non, père.
— Tu te rappelles ce que je t'ai dit à ce sujet.
— Oui, père. Je n'écris jamais sans penser à la loi.
— Tu te rappelles qu'il n'y a qu'un seul moyen de ne pas faire d'enfants aux filles?
— Oui, père.
— Elle accepte?
— Oui, père.

Brigante rit silencieusement. sans cesser d'écrire.

— Voilà bien ces dactylographes, dit-il. Les filles de maisons sont moins complaisantes.

Il ne dit plus rien. Francesco se remet à dessiner sur les portées vierges.

A la fin du bal, le directeur de l'agence de la Banque de Naples est rentré chez lui avec sa femme. Elle boudait, parce qu'il a dansé plusieurs fois avec

Giuseppina. Il s'est assis, pendant qu'elle se déshabillait en silence. Quand elle a été au lit :

— Je vais, a-t-il dit, fumer une cigarette sur la place.

— Tu vas rejoindre cette fille, s'est-elle écriée.

— Je te dis que je vais fumer une cigarette sur la place. J'ai bien le droit de prendre l'air, non?

Il est allé rejoindre Giuseppina. Maintenant, ils s'embrassent, dans l'ombre d'une arcade de l'aile angevine du palais.

Pizzaccio rôde par la ville, conformément aux ordres de Matteo Brigante. Il aperçoit Giuseppina et le directeur de l'agence de la Banque de Naples. « Toujours après les hommes mariés, celle-là », pense-t-il; il le note en passant (dans sa mémoire), à tout hasard. Mais ce ne sont pas ces deux-là que Brigante lui a donné mission de contrôler.

Au quatrième étage de la préture, le juge Alessandro veille, dans son bureau qui est aussi sa chambre à coucher, depuis que donna Lucrezia exige de faire chambre à part. A l'aube, il s'endormira sur un divan sous les planches à livres.

Il écrit sur un cahier, son journal intime, d'une écriture dont les lignes montent et descendent, parce que l'accès de malaria n'est pas tout à fait terminé.

« ...Je n'achèverai jamais mon « Frédéric II, législateur laïque », dont j'entretenais ma fiancée Lucrezia. Je suis un des dix mille magistrats italiens qui ont commencé un ouvrage plein d'idées originales, sur un point de l'histoire du droit, et qui ne l'achèvera jamais. Je manque de moyens.

« Il y a juste sept cent cinquante ans, Frédéric II,

retour de Rhodes, débarquait à Porto Manacore. En
son absence, l'armée du pape avait envahi son
royaume. Il ne resta que deux heures dans la tour
octogonale que je vois de ma fenêtre, le temps de
faire pendre des sujets infidèles. Dans la nuit même,
il gagnait Lucera par des chemins détournés. Il péné-
trait secrètement dans la citadelle et reprenait en
main ses Sarrasins dont le chef s'était laissé achete
par le pape. Huit jours après il battait l'armée pon-
tificale sous les murs de Foggia, et la poursuivait
jusqu'à Bénévent. Deux mois plus tard, il avait repris
Naples et Palerme et menaçait Rome. Frédéric II
était un homme de très grands moyens. Les juges
qu'il avait désignés pour refondre le code étaient des
hommes de grands moyens. Lucrezia était faite pour
un de ces juges-là.

« Frédéric II était un tyran. Mais il lutta contre
les féodaux alliés au pape et imposa un peu plus de
justice en Italie méridionale. La tyrannie serait-elle
nécessaire pour un peu plus de justice?... »

Etc., etc... Le juge Alessandro continua longtemps
d'écrire sur son cahier.

Les murs témoignaient des préoccupations qu'il
avait eues au début de sa carrière. Plusieurs portraits
de Frédéric II de Souabe. Et, dans des sous-verre,
des photographies prises par lui-même de quelques-
uns des châteaux que le grand roi avait édifiés dans
les Pouilles. Au bas de chaque sous-verre, sur une
mince bande de papier tapée à la machine, un bref
commentaire du juge. Par exemple :

« Castel del Monte ou le gothique rationalisé. »

« Lucera, 5oo ans avant Voltaire, les Sarrasins au
service de la Raison. »

« Bénévent, les reîtres sauvent le droit romain. »

Il y a dix ans que le juge Alessandro a rédigé ces

légendes en forme de maximes. Il venait d'être nommé à Porto Manacore et s'installait au quatrième étage de la préture. avec sa jeune épousée, donna Lucrezia. Il disait fièrement : je suis un homme de culture de l'Italie du Sud. Les bandes de papier collées sur les sous-verre ont jauni et l'encre des inscriptions s'est décolorée.

Maintenant il consacre la plus grande partie de ses loisirs à ce qu'il appelle son dictionnaire de l'imbécillité. Cela tient dans des boîtes de fer-blanc, hautes et luisantes, que lui donne le quincaillier, père de Giuseppina. Une collection des cartes postales *à sujets* que l'on vend dans les papeteries et les *Sels et Tabacs :* la série de la petite automobile (deux amants se sourient, se boudent, s'embrassent, lisent des poèmes, sans quitter le volant), la série de la Vespa, la série du jeune ménage dans un *home* à l'américaine, sans enfants, avec enfants, jouant aux cartes, regardant la télévision. Il en a rempli plusieurs boîtes. Quand il n'a pas de crise de malaria, il lui suffit de regarder sa collection pour s'échauffer la bile.

Il y avait déjà longtemps que l'orchestre s'était tu et que les globes bleu-blanc du bal étaient éteints. L'aube commençait de blanchir le ciel. Le juge Alessandro écrivit encore :

« Si un Frédéric II (de Souabe) surgissait des rangs
« de n'importe lequel des partis politiques de l'Italie
« d'aujourd'hui, il parviendrait aisément à procurer
« à chaque ouvrier une Fiat et un poste de télévision.
« Alors, il n'y aura plus un seul homme assez désoc-
« cupé pour réfléchir. L'imbécillité est nécessaire-
« ment la rançon de la justice. »

Il relut la dernière phrase, rava « est » qu'il remplaça par « est-elle » et transforma le point final en point d'interrogation. C'est un homme scrupuleux. Puis il ferma le cahier et alla s'étendre sur l'étroit petit divan, sous les livres qu'il ne lisait plus que rarement.

Il laisse généralement traîner son journal intime sur sa table de travail, espérant qu'en son absence donna Lucrezia aura l'indiscrétion de le lire. Elle s'apercevra qu'il a encore des idées. Mais elle n'a jamais assez de curiosité pour ouvrir le cahier.

Le juge Alessandro s'endormit, du sommeil moite des malariques. Le soleil surgit de derrière le promontoire qui ferme à l'est la baie de Porto Manacore. Le *guaglione*, commis de don Ottavio, partit sur son tricycle à moteur pour ramasser le lait de chèvre, sur les collines, au delà du lac.

Pizzaccio s'était assoupi, sur un banc de la terrasse. Le moteur du tricycle le réveilla. Bientôt toute la ville sera en mouvement. Il alla se poster sous le pin du roi Murat, d'où il tint dans son regard la Grande Place et toute la rue Garibaldi.

Le *guaglione* de don Ottavio stoppa près de la première borne, à la sortie de la ville. Il s'y arrête tous les matins. Ordre de Pippo. Le plus souvent il n'y a pas d'inscription sur la borne. Aujourd'hui quelqu'un a inscrit une croix rouge dans un cercle rouge. Il releva cela et retourna à plein gaz à Manacore. Il laissa le tricycle au bas de la Vieille Ville et courut à travers les ruelles jusqu'à la maison où il devait aller.

Pizzaccio vit le *guaglione* qui abandonnait son tricycle et s'engageait dans la Vieille Ville. Il le suivit, sans se faire voir, en se dissimulant dans les encognures.

Le *guaglione* réveilla Pippo :

— Un cercle, dit-il, et une croix dans le cercle.

— Compris, dit Pippo.

Le *guaglione* retourna à son tricycle. Pippo se leva,
s'étira et jeta un coup d'œil par la fenêtre. Il ne vit
pas Pizzaccio. Il sortit et gagna la Grande Place qu'il
traversa lentement. Elle était encore déserte. Au
large, le sirocco et le libeccio poursuivaient leur tita-
nesque lutte. Pendant la nuit, le libeccio l'avait
emporté de quelques kilomètres, et le banc de nuages
s'était avancé jusqu'à fermer l'entrée de la baie. Le
soleil montait rapidement au-dessus de la pinède du
promontoire. Le thermomètre du pharmacien indi-
quait 28 degrés.

Pippo sortit de la ville et se dirigea vers la montagne. Il atteignit rapidement le premier contrefort,
la zone des jardins. Il y a tellement d'orangers et
de citronniers sur les premiers contreforts de la montagne qu'au printemps les marins des bateaux qui
passent au large sentent le parfum entêtant des fleurs
d'orangers, des fleurs de citronniers, bien avant de
voir la terre; comme si les vagues moutonnantes
s'étaient changées en un innombrable verger.

Pippo se dirigea sans hésiter dans le dédale des
chemins creux, entre les hauts murs qui enclosent les
fruits verts en train de s'arrondir (comme les seins de
Mariette) et qui vont bientôt se dorer. Il prit la
clef dans la cache, ouvrit et referma la grille, remit
la clef dans la cache et grimpa vers la resserre, courant agilement, pieds nus, parmi les canaux d'écorce
où murmure l'eau vive.

Il trouva Mariette en train de se baigner le visage
dans le petit bassin de la source d'en haut, près
de la resserre où elle avait dormi. Les voici face à
face. Elle, dans sa blouse de toile blanche, les manches retroussées, nue sous la blouse, le cheveu en
désordre et des gouttes d'eau sur le visage et sur les

bras. Lui, les loques de sa chemise posées comme
une écharpe sur les épaules, les boucles noires retom-
bant sur le front.

— Qu'est-ce qu'elles t'ont encore fait?

— Elles m'ont cinglée.

— Tu as mal?

— Non, dit-elle. Mon tour viendra.

— Tu vas retourner au marais?

— Je ne sais pas, répond-elle. Il faut que je réfléchisse.

— Quand l'agronome vient-il prendre la réponse?

— Aujourd'hui ou demain...Ça n'a pas d'importance, puisque je ne veux pas y aller...

Ils s'asseoient tous les deux côte à côte, sur la
butte de terre du bassin de la source.

Le soleil brûle déjà. Mais ici, dans le jardin aux
sources, sous la voûte des orangers, des citronniers
et des figuiers aux feuilles charnues, à l'abri des
haies de lauriers qui coupent le jardin, doublant les
murailles, pour protéger les arbres des vents d'hiver
qui viennent de la mer, dans le murmure des eaux
vives, dans le parfum des fleurs qui préparent les
fruits d'hiver tandis que déjà se dorent les fruits de
l'automne, l'ombre est fraîche, presque froide. C'est
une allégresse que d'être assis dans l'ombre froide,
tandis que brûlent le ciel, la terre et la mer.

Mariette n'a pas tout à fait dix-sept ans, Pippo
un peu plus de seize ans. Ils n'ont jamais rien lu,
sachant à peine lire et écrire. Ils sont assis dans
l'ombre fraîche, dispos, la main dans la main, écoutant les eaux vives qui ruissellent à leurs pieds, chacun
goûtant la fraîcheur de la main de l'autre.

— Je t'ai apporté quelque chose...

Pippo offre un greffoir à Mariette. La lame est
repliée dans le manche noir, luisant, avec des che-

villes de cuivre incorporées au bois. L'extrémité de la lame fait saillie, dessine une sorte d'éperon; c'est la partie qu'on introduit sous l'écorce, une fois qu'elle est incisée, pour la soulever. Quand on tient le greffoir fermé dans le poing, entre le pouce et les quatre doigts repliés, l'éperon ressort, comme l'ergot d'un coq de combat.

Mariette ouvre le greffoir. Elle regarde la marque gravée à la base de la lame : deux têtes de bœufs haut cornus et l'inscription : *Due Buoi.*

— Un greffoir d'au moins huit cents lires, dit-elle.

Elle essaie contre son doigt le fil de la lame.

— Bien aiguisé. Une belle lame, finement aiguisée, comme une lame de rasoir...

Elle referme le greffoir; le ressort est vigoureux; la lame reprend sa place en claquant, comme la détente d'un pistolet. Un étranger qui manierait cela sans être averti s'y couperait le doigt. Mais, au pays des vergers, Mariette est née dans le claquement des lames de greffoir.

— Un beau greffoir, dit-elle. Qu'est-ce que tu veux que j'en fasse ?

Elle regarde moqueusement Pippo :

— Je le garderai pour que tu te rases, quand tu auras du poil...

— C'est le greffoir de Matteo Brigante, dit Pippo.

Mariette se dresse d'un bond.

— C'est vrai ? demande-t-elle.

— Oui, dit Pippo.

— Bravo! crie Mariette.

Pippo raconte le coup des Peaux-Rouges. Comment il a préparé l'affaire avec Balbo. Que les *guaglioni* se sont bien comportés. Qu'il a eu l'astuce de s'afficher au bar des Sports, dans l'instant même de l'attaque, parfait alibi. Il énumère le butin conquis sur les Allemands, sur les deux estivantes, sur Brigante enfin.

Mariette tient le greffoir dans son poing fermé, ergot dehors, et suit avec excitation toutes les phases du récit.

— Bravo les *guaglioni!* Bravo Pippo!

Un souci assombrit son regard.

— C'est la guerre avec Brigante...

— Il y a longtemps que nous sommes en guerre, dit Pippo.

— C'est un défi que tu lui as lancé.

— A nous deux, Brigante! dit Pippo.

Mariette tend le poing vers la ville.

— *Avanti guaglioni!* Mort à Matteo Brigante!

Puis, se retournant vers Pippo :

— Nous aurons Brigante, dit-elle. Je le sens.

Ils continuent un long moment de bavarder de leurs affaires.

— Alors, demanda Pippo, qu'est-ce que tu décides?

— Je ne sais pas encore, dit-elle. Il faudra peut-être que je redescende au marais...

— Pour quand la fuite?

— Peut-être plus tôt que je ne pensais.

— Quand tu voudras, dit-il.

— Tu laisseras les *guaglioni?*

— On les fera venir, dit-il. Peu à peu, un à un...

— Je vais réfléchir, dit Mariette. Je vais réfléchir toute la journée. Il faut que j'invente quelque chose...

— Je reviendrai te voir ce soir, dit Pippo.

En s'en retournant vers Manacore, il croise deux *guaglioni*, deux commis de don Cesare qui montent au jardin, pour l'entretien des canaux d'écorce.

— Il n'y a personne dans la resserre, dit Pippo.

— Nous savons bien qui est personne.

— Il n'y a personne, répète sévèrement Pippo.

— Personne... personne... répètent en souriant les *guaglioni*.

Mariette est rentrée dans la resserre et s'est assise sur les sacs, les coudes sur les genoux, la tête entre les mains. Elle va rester là toute la journée, en train de combiner des projets.

A huit heures du matin, Francesco était prêt à partir.

Dans la cuisine, sa mère servait le petit déjeuner à Brigante.

— Tu t'en vas déjà? demanda la mère.

Il avait prévu qu'elle demanderait cela.

— Oui, répondit-il, je vais à Schiavone.

Schiavone est un petit port de pêche, de l'autre côté du promontoire couronné de pins, qui ferme l'entrée orientale de la baie de Manacore (à l'opposé du marais et du lac).

Brigante ne demanda pas à son fils ce qu'il allait faire à Schiavone. Francesco en fut un peu dérouté. Il avait prévu cette question. Mais après leur conversation de la nuit, Matteo Brigante a décidé de traiter son fils davantage en homme, de lui laisser un peu plus de liberté.

Francesco traîna dans la cuisine, grignotant un biscuit.

— C'est bien loin Schiavone, dit la mère.

— A peine quinze kilomètres. Je n'en ai pas pour longtemps. Don Ruggero me prête sa Vespa.

— Qu'est-ce que tu as besoin d'emprunter la Vespa de don Ruggero? demanda la mère.

— Je dois aller voir pour un trompette à Schia-

vone... Leur jazz possède un excellent trompette...
Hier soir je n'ai pas été content de notre trompette...

— S'il n'est pas content de son trompette, intervint Brigante, il a raison d'en changer.

Puis :

— Tu as de l'argent pour l'essence? demanda-t-il
à son fils.

— Trente kilomètres aller et retour... Don Ruggero n'est pas à un litre d'essence près.

— J'ai autant de moyens que le père de Ruggero, dit Brigante.

Il donna un billet de mille lires à son fils, qui ne
manifesta pas son étonnement. Mais la peur qui le
tenait au ventre depuis plusieurs semaines se trouva
augmentée par le geste imprévu. Le père sait-il? Si
le père savait, il n'aurait certainement pas fait ce
cadeau de mille lires. Serait-ce un piège? Mais quel
genre de piège? Francesco ne voit pas. Tout s'est
déroulé ce matin comme il avait prévu, sauf que
c'est sa mère qui a posé les questions qu'il attendait
de son père (sauf aussi cette surprenante largesse de
mille lires). Peu importe qui a posé les questions,
puisque Francesco a pu faire les réponses qu'il avait
préparées et de telle sorte que Brigante ne fût pas
surpris quand il apprendra par un de ses contrôleurs
adjoints qu'on a vu son fils dans la pinède, sur la
route de Schiavone, roulant sur la Vespa de don Ruggero. Le résultat désiré était obtenu. Cependant la
peur de Francesco s'accroît; depuis plusieurs
semaines, il est pris dans une série d'événements
dont la direction lui échappe et, chaque jour, il a
davantage peur.

— Il aurait pu rester aujourd'hui avec nous, dit
la mère. Puisqu'il s'en va demain, pour une semaine,
chez son oncle de Bénévent...

— Il a l'âge de savoir ce qu'il doit faire, dit Brigante.

Francesco sortit lentement, grand, large d'épaules, marchant d'un pas mesuré qu'il semblait que rien ne pourrait faire dévier. Il en est souvent ainsi : ceux qui ne contrôlent plus leur destin prennent le visage et la démarche du destin. Brigante admira l'inexorabilité de la démarche de son fils.

Francesco roule maintenant vers Schiavone, sur la Vespa que son camarade de la Faculté de Droit lui a prêtée.

C'est l'hiver précédent, pendant les vacances de Noël, qu'il a rencontré pour la première fois donna Lucrezia, chez don Ottavio, le grand propriétaire, père de don Ruggero, au cours d'une petite réception comme chaque notable de Manacore en donne plusieurs fois par an. Matteo Brigante n'est jamais invité; il est plus riche et plus influent que la plupart des notables, mais c'est richesse et influence de fait, non de droit; pour qu'il franchît la ligne, il faudrait qu'il fût élu maire de la ville ou qu'il reçût une décoration, qu'il fût promu par le gouvernement *cavaliere* ou *commandatore*, ce qui arrivera bien; mais son élévation à la notabilité est retardée, non tant par le coup de couteau qu'il donna jadis au garçon qui avait ravi la virginité d'une de ses sœurs ni par son universel racket dont tout le monde s'accommode, que par le fait qu'il a longtemps servi dans la marine, sans jamais dépasser le grade de quartier-maître. Mais Francesco fait son droit à Naples, comme les fils de notables; il dirige le Cercle de jazz; pas de problème pour lui. L'an dernier don Ottavio a tout de suite accepté quand son fils Ruggero a proposé d'inviter Francesco. Ensuite il a été invité par les autres familles.

Ainsi, pendant les vacances de Noël, il a rencontré plusieurs fois donna Lucrezia, chez les uns et chez les autres, une fois chez elle, la soirée qu'elle donne chaque année, une seule par année, pour se libérer; elle lui a plus tard expliqué qu'elle n'aime pas les mondanités, surtout à Porto Manacore.

Comme elle ne joue pas au bridge, ni lui, comme elle ne danse pas, ni lui, ils se sont souvent trouvés ensemble, près du tourne-disque. Ils ont parlé des disques qu'ils choisissaient ensemble; il lui a dit qu'il composait, quelquefois. Elle a des idées sur la musique; il a écouté. Elle aime aussi les romans; il ignorait le nom de la plupart des écrivains dont elle parlait; il l'a admirée.

A vingt-deux ans, il sait très peu de choses des femmes. Il va quelquefois dans les maisons de plaisir de Foggia ou de Naples; comme il a peu d'argent, il ne reste qu'*un moment* dans la chambre peinte en blanc comme une salle de clinique; les instructions d'hygiène sont affichées au mur, près du lavabo, comme l'exige le règlement de police, les recommandations les plus importantes en caractères gras; sur la planchette de verre au-dessus du bidet, le litre de permanganate, le désinfectant pour la bouche et la pommade dont l'usage est facultatif mais conseillé; tel est le décor de ses amours. « Mon petit cadeau », « Tu ne veux pas rester une demi-heure? ça ne te coûtera que deux mille lires », « Tu n'as pas encore un billet de cinquante lires? », « Dépêche-toi! » voilà tout ce qu'il connaît du langage de l'amour. Déjà la sous-maîtresse frappe à la porte, « Pressons-nous ». Chaque fois il se promet de ne plus refaire ce marché de dupe, la solitude et l'imagination lui procurant un plaisir plus vif. Mais le temps passe et il se persuade peu à peu que les femmes imaginées dans la

solitude ne sont qu'un avant-goût des femmes véritables; il veut vérifier; il a besoin d'approcher, de
toucher. Entre seize et vingt-deux ans, il lui est ainsi
arrivé une dizaine de fois de passer un moment dans
une maison.

Il est persuadé que les jeunes filles de Naples, les
étudiantes qu'il rencontre à la Faculté sont inacces-
sibles, comme toutes les jeunes filles du Sud. Les
Napolitaines se moquent de l'accent des Pouilles,
dont il n'est pas encore parvenu à se débarrasser. Si
bien qu'il ne flirte même pas, comme ses camarades
disent le faire.

Les seules femmes qu'il connaisse vraiment sont
celles de ses rêves éveillés. Selon les périodes il leur
donne les traits d'une étrangère entrevue au débarqué
du *vaporetto* de Capri, d'une servante qui lui a servi
un *espresso* avec un sourire tendre, d'une passante
qu'il a suivie sans oser lui parler; parfois c'est une
femme qu'il n'aurait pas imaginé qu'on pût désirer,
mais elle s'impose à son rêve, une matrone qu'il
aperçoit de la fenêtre de son cousin le curé de Santa
Lucia, déformée, énorme, qui mène toute sa marmaille avec une lanière de cuir.

Donna Lucrezia, même maintenant, n'est jamais la
complice de ses rêves éveillés.

Il a d'abord admiré de donna Lucrezia l'aisance,
ce qu'il a appelé plus tard la désinvolture, quand
elle lui a suggéré le mot à propos d'une héroïne
d'un roman qu'elle lui a fait lire, traduit du français, *La Chartreuse de Parme*. Du jazz, de la chasse
aux oiseaux de fer, de Beethoven, des romans français, de l'amour comme dans les romans français, les
femmes du Sud, du moins celles qu'il a rencontrées,
ne parlent jamais; donna Lucrezia parle de n'importe
quoi avec aisance, comme s'il était absolument

naturel que la femme du juge de Porto Manacore
parlât de toutes ces choses. De même ses mouvements : qu'au cours d'une réception elle passe d'un
groupe à un autre, d'une chaise à un fauteuil, du
buffet à la fenêtre, on ne peut pas en conclure (comme
il est si aisé de le faire pour les autres femmes) qu'elle
veut se placer dans un jour plus avantageux ou se
chercher un auditoire pour une perfidie; non, ses
gestes échappent perpétuellement à toute prévision,
donnant l'impression qu'elle ne se meut que pour son
plaisir à elle, sans se soucier des autres. Elle se
déplace comme coule le torrent, selon sa loi propre.

Il n'avait encore jamais rencontré une femme
qui eût une nature et qui se comportât avec naturel.
Il fallut une maladie de printemps qui le retint deux
mois convalescent à Porto Manacore pour qu'il décou-
vrît toute l'étendue de son sentiment. Il avait cru
d'abord n'être amoureux que de la *disinvoltura*.

Aujourd'hui pour la première fois ils vont se rencontrer seul à seule. Ils n'ont pas encore échangé
un seul baiser.

Ils ont rendez-vous dans la pinède, au pied du
promontoire. Mais d'abord Francesco doit pousser
jusqu'à Schiavone, afin que l'alibi soit complet.

A dix heures, donna Lucrezia pénétra dans le
bureau de son mari, le juge Alessandro.

— Je suis prête, dit-elle.

— Vous tenez vraiment à y aller? demanda-t-il.

— J'ai fait prévenir que je viendrai.

— J'ai de nouveau la fièvre, dit le juge.

— L'inspectrice y va ce matin, exprès pour me
rencontrer.

Le juge suait et grelottait. Il la regarda, haute, droite, dans sa robe à manches longues, à col fermé.

— Les femmes froides, dit-il, se créent très jeunes des obligations de dames patronnesses.

Il lui fallut un quart d'heure pour mettre en route la Topolino. Elle avait prévu cela aussi, et n'était pas en retard. Elle s'assit silencieusement à côté de lui; elle le dominait d'une bonne demi-tête.

C'était sa famille, à Foggia, qui avait combiné le mariage. Elle n'avait fait aucune résistance, n'ayant alors qu'un désir, quitter l'appartement où ils vivaient quinze, dans quatre pièces. Jusqu'à dix-huit ans, elle n'avait jamais été seule, ni la nuit ni le jour. Les parents de sa mère, la mère de son père, le mari de sa sœur, ses frères, ses sœurs n'avaient cessé de s'aimer et de se haïr, *par-dessus elle*, disait-elle. Si par hasard les jeunes filles qui partageaient sa chambre se trouvaient sorties ou occupées ailleurs, il ne lui venait même pas à l'idée de fermer sa porte; on lui aurait dit : « Tu as donc quelque chose à cacher. » Famille de petite bourgeoisie, fonctionnaires, employés de commerce, caissiers; tous les hommes travaillaient; on disposait d'une certaine aisance. Chez les pauvres, quinze personnes n'auraient pas eu quatre pièces à habiter. Les villes du Sud sont surpeuplées. Dans certains quartiers de Tarente, on compte huit habitants par pièce.

Contrairement à ce qu'on écrivait à la fin du siècle dernier, la « promiscuité » n'apporte aucune facilité à l'amour. On est toujours surveillé. L'inceste est plus exceptionnel que ne pourraient le faire croire les gestes équivoques des pères pour leurs filles, des frères pour leurs sœurs, des frères pour leurs frères; même dans le même lit; il y faudrait trop de silence et de complicités. La promiscuité

échauffe l'imagination mais empêche de l'apaiser.
Et la crainte du péché, familière même aux athées,
change l'insatisfaction en angoisse.

Lucrezia était fière, intègre; les chuchotis des
jeunes filles la dégoûtaient autant que les regards
et les frôlements des hommes; les demi-mots, les
demi-gestes des obsédés, impuissance, ratage, lui
soulevaient le cœur. Elle arriva à dix-huit ans tout
à fait ignorante des choses de l'amour, dans une ville
où on le faisait peu, mais où on ne cessait d'y penser et d'en parler.

Elle avait fait des études secondaires, sans passer
l'examen final. Elle avait lu quelques romans français et italiens du xix⁰ siècle, vingt pages par-ci,
vingt pages par-là, sans cesse dérangée, sollicitée
d'intervenir dans les différends qui déchiraient,
minute par minute, les quinze convivants. Elle n'avait
établi aucun rapport entre l'amour que lui décrivaient des romans lus distraitement et les chienneries
auxquelles on ne cessait de faire allusion autour d'elle,
toujours présentes dans les regards des hommes,
posés sur ses seins, ses cuisses. Partir pour se désen-
gluer des yeux des hommes, son unique aspiration
d'adolescente. Ce ne fut qu'après son mariage qu'elle
trouva la solitude et le silence pour lire sérieusement.
Elle commença à travers les romans d'imaginer la
passion, mais comme un privilège interdit aux
femmes de l'Italie du Sud et à elle-même.

Les premières années, elle avait aimé la conversation de son mari. Il l'entretenait de Frédéric II de
Souabe, de Manfred, des rois angevins, des capitaines
espagnols, du général Choderlos de Laclos apportant à Tarente, à la tête des soldats de la République
française, les idées neuves de la liberté et du bonheur. Grâce aux récits du juge elle avait cessé de vivre

uniquement dans cet instantané : sa vie. Son pays,
l'Italie du Sud, n'avait pas toujours été ce lieu morne
et angoissant où les désoccupés, debout le long des
murs, attendent un employeur qui ne vient jamais,
où les hommes combinent de savantes manœuvres
pour frôler des vierges qu'ils n'auront pas.

Au lit, elle se prêtait sans plaisir, mais sans révolte.
D'être obligée de subir, cela faisait partie des désagré-
ments auxquels les femmes sont sujettes.

Mais avec la Topolino, achetée au lendemain du
mariage, ils avaient visité les Pouilles, les basiliques
romanes, Trani, Saint-Nicolas-de-Bari, forteresses et
palais, blanches dans la lumière de midi, roses
à l'aube et au crépuscule, hautes, dures, « intègres
comme toi-même », lui disait Alessandro; tous les
palais de Frédéric II de Souabe, l'empereur fou de
constructions et de législations; Lecce, ville de pierre
tendre où le baroque en s'ordonnant, comme la
poésie dans l'hexamètre, ne s'était pas énervé, le
portail de Santa Croce, « volubile comme tes seins »,
lui disait Alessandro. Romane, frédéricienne ou
baroque, la pierre portait témoignage du luxe des
ancêtres; pendant des siècles le Sud avait donné des
moissons bien au delà du nécessaire; l'homme avait
fleuri, aujourd'hui il végétait, mais puisque le passé
avait été différent, le présent pouvait être trans-
formé; voilà ce que le juge expliquait à sa jeune
femme.

Il se disait socialiste sans parti. Elle aurait souhaité
quelque chose de plus, collaborer activement à la
transformation du présent; mais l'éducation du Sud
l'avait persuadée : 1° que la politique n'est pas l'affaire
des femmes; 2° que ce n'est pas dans le Sud que se
décide le destin du Sud. Ils lisaient les périodiques
socialistes et communistes et cherchaient à deviner les

traits du destin qu'on préparait ailleurs pour leur pays
et pour eux-mêmes.

Ses deux grossesses qu'elle n'avait ni souhaitées ni
contrariées, ne lui révélèrent rien sur elle-même. La
servante lui épargna de torcher les enfants et de laver
les couches. Elle les soigna puis les éduqua avec
ponctualité et conscience, exactement comme, dans
l'appartement sans confort du quatrième étage de la
préture, elle se lavait chaque jour, complètement.
Cette exactitude dans les soins physiques aux enfants
et à elle-même remplaçait, sans qu'elle se le formu-
lât, la religion à laquelle elle ne croyait pas et
l'héroïsme que les circonstances lui interdisaient.
Mais elle ne reporta pas sur les enfants les espoirs
mal définis qui ne se réalisaient pas pour elle;
c'est pourquoi elle ne les sentait pas comme la chair
de sa chair, s'en étonnant parfois, mais sans
y attacher autrement d'importance. Maintenant
l'aîné avait neuf ans, la cadette cinq, elle vingt-huit
ans.

Le mariage avait été un gain pour Lucrezia. Les
quatre pièces de la préture valaient mieux que les
quatre pièces de Foggia; son mari, la servante, les
deux enfants et elle, ils n'étaient que cinq à y vivre
au lieu de quinze là-bas. Malgré l'obligation, maintenant surmontée, du lit commun, la compagnie d'un
homme intelligent valait mieux que celle de la famille
de Foggia. Le père et le beau-frère de la jeune femme
s'étaient associés pour acheter une voiture; ils con-
sacraient à la briquer tout le temps qu'ils ne passaient
pas au bureau; le juge ne lavait jamais sa Topolino et
oubliait d'y mettre de l'huile; il valait mieux que le
père et le beau-frère, c'était un homme de culture.

Mais le juge Alessandro commit deux fautes à
l'égard de donna Lucrezia.

Quand leur aîné eut six ans, il exigea qu'elle l'envoyât au catéchisme. Or il avait passé leur lune de miel et les années qui avaient suivi à débarrasser la jeune femme des quelques superstitions qui avaient échappé à la hargne de son adolescence. Il était passionnément fidèle à la tradition rationaliste des intellectuels du Sud; Croce avait été son maître. Mais les autorités civiles eussent considéré comme une manifestation contre le gouvernement que le juge de Porto Manacore ne fît pas faire à ses enfants leur Première Communion. Déjà il était mal noté de ne pas aller à la messe et plus encore que sa femme n'y allât pas; il manifestait ainsi un réel courage qu'il ne poussa pas au point de ne pas envoyer ses enfants au catéchisme. Lucrezia se demanda s'il n'était pas lâche.

Quand survinrent les occupations de terres, le juge, à la maison, dans le secret de l'appartement du quatrième étage de la préture, prit violemment le parti des ouvriers agricoles; mais, deux étages plus bas, dans la salle du tribunal, il les condamna, comme le demandait le gouvernement. Donna Lucrezia décida qu'elle ne pouvait plus aimer un homme qui avait perdu son estime. Au fait, elle ne l'avait jamais aimé; à cette époque-là, elle ignorait encore tout de la passion; elle pouvait de bonne foi appeler amour le plaisir de la conversation avec un homme de culture.

Il se défendait :

— Je condamne au minimum. On ne le sait que trop...

— Vous faites tout au minimum. Je ne le sais que trop.

Quand elle exigea de faire chambre à part, il devint grossier : « femme froide », « glaçon », « morceau de bois ». Il parla de ses « droits de mari ». Elle le toisait :

— Vous êtes pire que mon père. Il ne parle que de chienneries, mais il ne les impose pas au nom de la loi.

Après un an de discussions, ils arrivèrent à un compromis. Elle eut sa chambre mais elle s'engagea à l'y recevoir quelquefois. Il devait, chaque fois, alterner les prières et les sommations.

Il vient de la déposer au fond de la baie, à l'entrée de la pinède, devant le portique de la colonie de vacances des employés des Postes.

Il manœuvre pour retourner à Porto Manacore. Il s'y prend à trois fois pour faire demi-tour à l'entrée d'un chemin de sable. Il y a quelques années, elle lui était reconnaissante de ses maladresses de chauffeur, qui le distinguaient des autres hommes de leur connaissance, toujours soucieux de prouesses automobiles, comme si la virtuosité au volant faisait la preuve des exploits virils dont ils ne cessaient de se vanter. Maintenant qu'elle le juge incapable et veule, sa gaucherie aussi l'agace.

Elle est debout, près de la Topolino. Il s'est renversé sur le dossier du siège, pour une nouvelle marche arrière.

— Je peux y aller? demande-t-il.

— Allez-y... Stop... Braquez tout...

Voilà qui est fait. Il est rangé près d'elle, le capot vers Porto Manacore.

— Vous ne voulez vraiment pas que je revienne vous chercher?

— Je vous ai déjà dit qu'on me ramènera.

— Adieu, *carissima*.

— Adieu.

Le portique de la colonie de vacances, colonnes de marbre et grilles de fer forgé, fut construit à

l'époque mussolienienne, pour le compte du ministère
des Postes. On l'inaugura et l'on ne poursuivit jamais
les travaux. La pinède commence tout de suite derrière les colonnes de marbre. Les enfants campent
sur le rivage, sous des tentes militaires. Dans des
baraquements, entre mer et portique, les bureaux
de la direction.

Donna Lucrezia entra chez le directeur.

— Cher ami, je ne fais que passer, j'ai des choses
à régler avec le médecin.

Dans la baraque du médecin, elle ne trouva qu'une
infirmière.

— Toujours autant de travail, mon petit... Vous
direz au docteur que je suis passée. La surveillante
chef m'attend.

Chez la surveillante chef :

— Je ne veux pas vous déranger, le directeur
m'attend.

Elle continua, au delà des baraquements, sur le
chemin de sable. Elle se retourna. « Je ne vois personne, mais il y a au moins dix paires d'yeux qui me
surveillent, pays de malheur. » Elle s'obligea à marcher avec nonchalance. Elle franchit lentement une
butte au delà de laquelle s'amorçait un sentier qui
gagnait le promontoire. Des buissons épineux la dis-
simulèrent aux regards. Elle se jeta dans le sentier,
le cœur battant. C'est la première fois qu'elle va à
un rendez-vous d'amour.

Sur la Vespa de don Ruggero, Francesco a fait le
tour de Schiavone. Il s'est arrêté au bar de la Poste
et a bu un *espresso*, en bavardant avec des garçons
qu'il connaît. Il retourne maintenant vers la pinède.

Ce fut à la fin de sa convalescence, au printemps, qu'il se trouva pour la première fois seul avec donna Lucrezia. Il était allé lui rendre des disques et des livres, ce roman français, *La Chartreuse de Parme*.

Elle lui demanda ses impressions de lecture.

— Moi, dit-elle, j'ai relu dix fois *La Chartreuse*.

Il répondait peu. Même avec ses camarades d'études, à Naples, il est avare de mots, habitude prise en face de son père dont il se défie toujours. Il écoutait et regardait donna Lucrezia qui se déplaçait imprévisiblement dans le salon, de la bibliothèque aux tourne-disques, du bar, « un verre de cognac francais? », à la lampe à pied qu'elle allumait, au commutateur du lustre qu'elle fermait, au fauteuil de cuir qu'elle poussait sous la lampe, tout en parlant de ce roman, tellement à l'aise, belle femme, forte mais pas du tout appesantie comme les belles femmes du Sud, majestueuse et simple, simplement majestueuse.

Il avait soudain pris conscience que c'était sous les traits de donna Lucrezia qu'il avait imaginé la Sanseverina, tout le temps qu'il avait lu le roman français.

— J'aurais cru, dit-elle, que vous aimeriez davantage Stendhal, que ce serait un choc, une révélation...

— Je comprends mal Fabrice, dit-il.

— Qu'est-ce que vous voulez dire? demanda-t-elle vivement.

— Il me semble, commença-t-il...

Il n'avait pas encore formulé cela, même pour lui-même. Il resta en suspens.

— Il vous semble? insista-t-elle.

— Il me semble, dit-il, qu'à la place de Fabrice, ce n'est pas Clélia que j'aurais aimée.

Elle le regarda avec curiosité.

— Vous n'aimez pas les jeunes filles?

— Je ne sais pas, dit-il.

— Je vois, dit-elle, vous auriez préféré la petite Marietta.

— Marietta ?

— Oui, dit-elle, la comédienne dont Fabrice blesse le protecteur d'un coup d'épée.

— J'avais oublié, dit Francesco.

Ses yeux rencontrèrent ceux de Lucrezia.

— Non, insista-t-il, j'aurais aimé la Sanseverina.

Il s'était aussitôt senti rougir.

Arrivé à la pinède, côté Schiavone, il passa en seconde et tourna dans un sentier qu'il suivit, l'espace de trois cents mètres, cahotant aux buttes de terre battue. Puis il cacha la Vespa dans un buisson et poursuivit à pied.

La pinède couvre toute l'étendue du promontoire qui ferme vers l'est la baie de Porto Manacore. La route le coupe à la base. A la pointe, les pêcheurs ont édifié un *trabucco*. La pinède n'est fréquentée que par les résiniers, n'est traversée que par les pêcheurs qui vont au *trabucco*. Les estivants restent sur les plages, à proximité de Schiavone et de Porto Manacore. Les pêcheurs prennent toujours le même chemin et, au mois d'août, les pots de résine sont vides, pas de résiniers. L'isthme et la pinède sont les seuls lieux déserts de la région; pour gagner l'isthme, il faut franchir le déversoir du lac, sur l'unique pont, au pied de la villa de don Cesare, sous le regard de ses gens et toute la ville le sait aussitôt; voilà pourquoi Francesco Brigante et donna Lucrezia ont choisi la pinède pour leur premier rendez-vous d'amour.

Francesco longea d'abord la pinède, côté Schiavone, en bordure d'un chaume. Il croisa une bande d'ânes en liberté, puis un troupeau de chèvres. Des

taons lâchèrent les ânes pour s'attacher à lui. Il
coupa une branche de myrtes pour écarter les taons.
Le soleil montait rapidement vers le zénith.

Ce premier tête-à-tête qu'il avait eu avec donna
Lucrezia et au cours duquel il avait dit que s'il avait
été Fabrice il aurait préféré la Sanseverina, n'avait
duré qu'une demi-heure. Dans le même instant, il
s'était dit à soi-même : « J'aime donna Lucrezia. »
Trois mois plus tôt, il n'aurait pas pensé possible
qu'un garçon comme lui pouvait aimer une femme
comme donna Lucrezia. Tel avait été l'effet de la
lecture des romans français.

Après quoi, il n'avait plus été capable de répondre
un mot aux questions désinvoltes de la femme du
juge. Elle le regardait avec curiosité, « une intense
curiosité », pensa-t-il; le regard de donna Lucrezia
exprime toujours avec intensité ce qu'elle pense et ce
qu'elle sent.

Il s'était levé et avait gardé un instant dans sa
main la main qui lui avait été tendue.

— Allez-vous-en, avait-elle dit.

Pendant les trois semaines qui avaient suivi, il
l'avait aimée comme aiment les héros des romans
du siècle dernier. Il la rencontrait dans les salons de
Porto Manacore; ils ne s'étaient jamais rencontrés
si souvent; il parlait encore moins qu'auparavant,
elle tombait dans les mêmes silences que lui, ils
restaient assis côte à côte, près des tourne-disques,
tandis que les autres dansaient ou jouaient au bridge,
prononçant seulement le nom des disques que l'un
proposait à l'autre d'entendre. Mais il pensait sans
cesse à elle, imaginant des promenades à deux dans
les rues de Milan, des serments d'amour sur les
rives de l'Arno, à Florence, des baisers au bois de
Boulogne, à Paris, jamais rien à Porto Manacore ni

même à Naples; cet amour-là n'était imaginable que
dans un autre monde que celui qu'il connaissait,
dans un temps et un espace différents, au siècle précédent ou au nord du Tibre.

A la fin de la troisième semaine, il fallut retourner à Naples, il alla lui dire adieu, il la trouva seule.
Ils restèrent en silence, debout, l'un en face de
l'autre. Il n'avait rien prémédité.

— Je vous aime, dit-il.

— Moi aussi, dit-elle.

Elle s'appuya à lui et posa la tête sur son épaule.

Donna Lucrezia et Francesco Brigante se sont
donné rendez-vous à l'entrée d'une caverne voisine
de la pointe au *trabucco*. Le promontoire est bombé
en son centre; côté Schiavone la pinède descend par
ressauts vers une plaine à blé dont Francesco suit
en ce moment la lisière; côté baie de Manacore, la
pinède casse net à la crête d'une haute falaise qui
tombe à pic sur la mer. Plusieurs torrents d'hiver ont
creusé un lit abrupt dans la pinède et la falaise; c'est
sur une petite plage, à l'issue d'un de ces torrents,
que s'ouvre la caverne.

Partant de la colonie de vacances, c'est-à-dire de
la base du promontoire, côté Manacore, donna Lucrezia est donc obligée de commencer par escalader la
pinède, jusqu'à hauteur de la crête de la falaise.

Elle monte lentement, parce que la pente est raide.
Le soleil approche du zénith. Les aiguilles de pins
grésillent. Les parfums, — le thym, la lavande, les
menthes poivrées, l'origan qui colle à la peau comme
une huile — sont si denses qu'ils paraissent prendre
corps; ils freinent sa marche comme si elle devait se

frayer un chemin dans un sous-bois touffu. Elle
monte d'arbre en arbre, s'accrochant parfois à un
tronc écailleux, glissant parfois sur les aiguilles de
pins, mais se reprenant aussitôt, dans le brasillement
à la surface de la peau que provoque la chaleur sous
les pins, faisant front à la chaleur, à la pesanteur,
aux agrippements des parfums, comme il est dans sa
nature de toujours faire front.

La première fois que Francesco s'était trouvé en
tête à tête avec elle, quand il lui avait dit qu'à la
place de Fabrice il aurait préféré la Sanseverina à
Clélia, sa curiosité avait été piquée. N'ayant encore
jamais pensé à s'imaginer Sanseverina, elle n'avait
pas décelé dans la préférence du garçon un aveu
déguisé. Mais, ayant pris de son mari le goût des
conversations intelligentes, elle avait essayé de l'obliger à expliquer ses raisons.

C'est dans les minutes qui suivirent que quelque
chose de nouveau se noua, né de la gaucherie de
Francesco. Il ne répondit pas aux questions. Elle n'en
fut pas surprise. Le silence constituait l'un des attri-
buts du fils de Brigante, au même titre que ses larges
épaules, ses yeux bleus à fleur de visage, son maintien
réservé, son air d'assurance grave. Mais brusquement son silence avait changé de nature. Il était
devenu angoissé, angoissant, comme le manque d'air
dans la baie de Manacore, le vide entre la montagne
et les bras repliés du libeccio et du sirocco qui se
heurtent du poing au large, comme le silence de
la baie, envers de la tempête du large, face au creux
de la tempête qui, là-bas, secoue d'invisibles cheveux
sur d'invisibles bateaux.

Lucrezia n'avait encore jamais raisonné des
humains qu'avec la tête; mais elle avait senti ce
silence-là au creux de la poitrine, lieu des angoisses.

Lorsqu'en partant Francesco avait un instant retenu
sa main, l'angoisse était brusquement tombée dans
le ventre. La voilà devenue femme.

— Allez-vous-en, avait-elle dit.

Elle s'était aussitôt reproché cette sotte phrase
comme un provincialisme. Francesco était déjà parti.

Au cours des trois semaines qui avaient suivi
elle avait courageusement fait face à la situation
nouvelle. Elle était désormais femme, avec un corps
de femme susceptible d'être ému, et elle aimait,
exactement comme si elle était née non dans un pays
où l'on est toujours désoccupé, mais en Italie du
Nord, en France, dans la Russie d'Anna Karénine,
dans l'Angleterre de Mansfield. Elle en tira aussitôt
les conséquences, non pas à la manière de telle ou
telle des héroïnes qu'elle admirait mais qui ne servaient qu'à l'éclairer sur son sentiment, mais dans
son style à elle. Elle n'envisagea absolument pas de
s'organiser pour rencontrer en cachette Francesco
Brigante, pour l'avoir pour amant, pour être sa
maîtresse, pour s'accommoder d'un amour adultère.
Non. Puisqu'elle l'aime, elle vivra avec lui; puisque
l'Italie du Sud est hostile aux amours illégitimes,
ils partiront pour le Nord ensemble; et puisqu'ils
n'ont pas d'argent, ils travailleront.

Elle ne se posa pas la question : est-ce qu'il m'aime
aussi? Est-ce qu'il est prêt à partir avec moi?
Puisqu'elle aimait, il était évident qu'elle était aimée.
A dix-huit ans, elle n'aurait sans doute pas été si sûre
d'elle-même. A vingt-huit ans, elle mit au service de
son amour toute son énergie de femme grande,
forte et désoccupée.

De déduire froidement les conséquences de son
amour ne l'empêcha pas d'aimer avec exaltation.
Au contraire. Elle se répétait toute la journée avec

exaltation : « J'aime Francesco **Brigante**, **son visage**
respire la force d'âme, il est beau, il marche avec
l'assurance tranquille des hommes véritables, sa discrétion révèle un cœur sensible et délicat, je ferai
son bonheur. » Elle se félicita d'**être prête à aban-**
donner ses enfants, sans regret, pour faire le bonheur
de son amant. Elle fut heureuse pendant ces trois
semaines à un degré qu'elle n'atteindra plus jamais.

Elle ne se fit pas scrupule du chagrin qu'éprouvera
vraisemblablement le juge Alessandro, son mari.
C'étaient les lectures dont il l'avait nourrie et ses
conversations qui l'avaient préparée à connaître
toutes les nuances de la passion; c'était à la
paix et à la solitude qu'il lui avait organisées, au
sortir de l'appartement de Foggia, qu'elle devait le
surcroît de forces qui nourrissait son exaltation.
Qu'elle y eût réfléchi n'eût d'ailleurs rien changé à
sa décision. Sans le savoir, le juge Alessandro l'avait
formée à l'amour qu'elle devait éprouver pour un
autre; pendant dix ans, il avait *élevé* Lucrezia, maintenant qu'elle était *majeure*, elle éprouvait l'impérieux besoin de le quitter; elle détestait son tuteur
de lui rappeler sa faiblesse dépassée.

Quand elle se trouva de nouveau en tête à tête
avec Francesco, trois semaines après qu'il lui eut
tenu la main un peu plus longtemps que d'habitude
et que cette pression légèrement prolongée de la
main de Francesco lui eut révélé à elle-même qu'elle
était une femme comme les autres, avec les mêmes
soudains mouvements du sang qui poussent à s'ouvrir
à l'homme, elle trouva absolument naturel qu'il lui
dît :

— Je vous aime.

Et elle répondit tranquillement :

— Moi aussi.

Puis elle appuya la tête dans le creux de son épaule. Il est un peu plus grand qu'elle. Tout était en ordre.

Elle a fini d'escalader la pinède et s'est engagée sur un sentier qui suit la crête de la falaise. Maintenant qu'elle a mis de la distance entre elle et les regards des hommes du Sud, elle marche d'un grand pas tranquille, dans le soleil de onze heures du matin en août, le *solleone*, le soleil-lion.

Toute la baie de Manacore tient dans son regard, fermée et compartimentée.

Quant aux compartiments : à l'ouest, le lac, le marais, les collines à chèvres, les oliveraies, toutes les nuances du vert; l'isthme, droit comme un trait tiré à la règle, les sépare de la mer. Au sud, blanc sur blanc, les terrasses de Porto Manacore, juchées les unes sur les autres, le sanctuaire de Sainte-Ursule-d'Uria au sommet de la ville, la jetée rectiligne à la base. Du sud vers l'est, le moutonnement des collines plantées d'orangers et de citronniers, vert sombre, presque noir.

Quant à la fermeture : côté mer, l'horizon est strictement clos par le banc de nuages que pousse le libeccio et que maintient le sirocco, gris, gris-noir, gris-blanc, plomb, cuivre. Côté terre, la montagne se dresse sans faille, derrière les collines à chèvres, les jardins et la pinède, monumentale falaise aux coulées rougeâtres, crêtée, à mille mètres, d'un trait sombre, une antique vétuste forêt aux arbres multicentenaires, la forêt qu'on nomme majestueusement *Umbra*, de l'Ombre.

Par le ciel non plus on ne s'échappe pas. Le soleil, maintenant presque à l'aplomb de la baie, ferme l'issue d'en haut, enveloppant dans son or brûlant sa fille, donna Lucrezia.

Francesco Brigante s'est jeté dans la pinède et grimpe en haletant vers la crête du promontoire, sous les traits du soleil-lion, sous les piqûres des taons des chèvres et des taons des ânes.

Après qu'il eut dit à donna Lucrezia qu'il l'aimait et qu'elle eut répondu « Moi aussi », ils étaient restés un long moment debout l'un près de l'autre, elle, la tête appuyée sur son épaule, lui, n'osant pas l'étreindre, embarrassé de ses bras. La servante avait fait du bruit dans la pièce voisine, ils s'étaient séparés, elle était entrée. Le juge Alessandro était arrivé et avait demandé à sa femme de leur offrir un verre de cognac français; ils avaient parlé jazz, Lucrezia préfère le New Orléans, Francesco le bop et le juge Beethoven. Francesco était rentré chez lui, sans avoir entendu répéter par donna Lucrezia qu'elle l'aimait, et il était reparti le lendemain pour Naples, sans l'avoir revue.

A Naples, il ne remit pas en question une passion qui lui faisait d'autant plus honneur qu'elle était partagée, et qui avait tant de cautions littéraires. Le hasard voulut qu'il tombât, dans le grenier du curé, sur une traduction d'*Anna Karénine*, qu'il lut d'un trait, découvrant que l'adultère promet aux grandes dames un destin tragique; il eut du chagrin pour donna Lucrezia, mais sa vanité fut satisfaite.

Tout en préparant son examen de droit, il s'interrogeait sans fin. Pas question d'avoir pour maîtresse, à Porto Manacore, la femme du juge. Il ne trouvera pas dans toute la ville une seule porte qui ferme à clef; c'est la règle dans toute cité dont le nombre des habitants est plusieurs fois supérieur au nombre des pièces habitées. La plage est sous l'œil de la route, les jardins sous les yeux des autres jardins et

les oliveraies sous les yeux de tout le monde. Les
forestiers qui parcourent à cheval la forêt de
l'Ombre, gens de montagne et gens de l'ombre,
quand ils découvrent des amants, battent l'homme
au nom de Dieu et prennent la femme au
nom du diable; on ne peut pas se plaindre aux carabiniers, l'adultère n'étant pas seulement un péché
mais aussi un délit, puni par la loi; les carabiniers
d'ailleurs évitent de contrarier les hommes de la forêt.
Les collines sont sous l'œil des gardiens de chèvres,
le marais sous l'œil des pêcheurs et les barques qui
prennent la mer sous tous les yeux de la côte. Ils
pourront se rencontrer dans la pinède, à condition
d'y aller séparément, tous les chemins qui y mènent
passant sous toutes sortes d'yeux, et une seule fois,
car une seconde fois la coïncidence serait remarquée.
Francesco, qui n'avait jamais été plus loin que Naples,
n'avait jamais vu de campagne sans yeux; cela l'empêchait de comprendre tout à fait beaucoup de
romans français : comment les amants pouvaient-ils
trouver la solitude dans des bois, des prairies, des
champs? comment une haie peut-elle ne pas avoir
d'yeux?

Il pensait donc qu'il lui faudrait rencontrer sa maîtresse ailleurs que dans le Sud. Mais il est dans la
dépendance de son père pour l'argent, pour le temps,
pour les voyages. Il n'en finissait pas de retourner
le problème. Il n'y trouvait que des solutions qu'il
ne jugeait ni raisonnables, ni réalisables; par
exemple : enlever donna Lucrezia, l'emmener dans
le Nord, vivre avec elle à Gênes, à Turin ou à Milan,
travailler pour gagner leur vie à tous les deux, il est
fort, il peut gâcher le mortier pour les maçons,
décharger des wagons, charger des navires, casser
des pierres le long des routes.

Il prit prétexte de la Fête-Dieu, jour férié dans
la république démochrétienne, pour aller à Porto
Manacore. Il réussit à rester une demi-heure seul
avec Lucrezia, chez elle. Ce fut leur troisième
tête-à-tête. Au cours du premier, il l'avait compa-
rée à la Sanseverina et avait pressé sa main.
Au cours du deuxième ils s'étaient avoué leur
amour.

Il lui expliqua qu'il ne pouvait plus vivre sans
elle, qu'elle devait le suivre, il ne savait pas où, n'importe où.

Elle l'écouta silencieusement, fixant sur lui des
yeux de feu.

Alors il raconta ses rêves insensés, ses projets d'enlèvement, de vie à deux dans le Nord, de travail
manuel. Elle déclara le projet parfaitement raisonnable, sauf le choix du métier. Il a deux certificats
de droit, il en aura bientôt trois, il lui sera facile
pour commencer de gagner un peu d'argent comme
clerc d'avoué ou de notaire ou comme conseiller juri-
dique, tout en poursuivant ses études. Elle y avait
déjà pensé et elle indiqua la marche à suivre. Le
juge Alessandro est fort lié, amitié d'enfance,
d'école et de faculté, avec l'agent à Naples d'une
grande firme de Turin; Francesco ira trouver cet
homme de la part du juge (on ne vérifie jamais ces
choses-là); il lui dira qu'il se trouve brusquement
dans l'obligation de gagner sa vie, qu'il a une famille
émigrée au Piémont, une mère veuve, des sœurs
cadettes, n'importe quoi, tout ce qu'il voudra, mais
qu'il est obligé de gagner sa vie à Turin. Quelques
jours plus tard, donna Lucrezia écrira elle-même à
l'homme, toujours de la part du juge, en insistant
pour qu'il s'occupe de Francesco; ensuite elle surveil-
lera le courrier que le facteur monte au quatrième, à

l'heure où son mari est au tribunal. Si l'affaire ne
réussit pas, elle trouvera autre chose; elle ne manque
pas de solutions de rechange.

Francesco fut tellement étonné qu'il en oublia de
serrer dans ses bras celle qu'il appelait déjà sa maîtresse, quoiqu'il ne lui eût pas encore donné un
baiser.

Il grimpe, suant et soufflant, entre les pins qui
protègent mal du soleil-lion, dans les parfums qui
entêtent, poursuivi par les taons. Il a maladroite-
ment choisi la pente la plus raide. Il n'est pas entraîné
à courir la pinède en plein midi. C'est un garçon
d'étude, à la peau blanche comme sa mère. Il se
demande pourquoi donna Lucrezia a choisi pour lui
donner rendez-vous, entre toutes les cavernes de la
falaise, roche calcaire percée de part en part, la
caverne la plus proche de la pointe du promontoire,
c'est-à-dire celle qui les oblige l'un et l'autre à faire
le plus long chemin à pied. Souffler lui fait perdre
son assurance qui tient dans l'habitude prise, par
méfiance de son père, de parler lentement, en ména-
geant le souffle.

Quand il était sorti de son troisième tête-à-tête
avec sa maîtresse, sans avoir encore reçu un baiser
d'elle, son sort était décidé.

A Naples il alla chez l'ami du juge, qui le reçut
avec bienveillance et qui fut favorablement impres-
sionné par son silence et sa placidité, si étrangers
aux habitudes napolitaines. Trois semaines plus
tard, l'homme le convoqua; il avait reçu tout à la
fois la recommandation pressante de donna Lucrezia,
un mot qu'elle avait réussi à obtenir de l'évêque
de Foggia par l'intermédiaire d'une parente et une
réponse de Turin, favorable en principe, mais demandant des précisions sur les études du jeune homme.

Tout se déroulait exactement comme sa maîtresse l'avait annoncé.

Ce fut ce même mois qu'elle commença d'intervenir dans les rêves de son sommeil, — pas encore dans ses rêves éveillés. Depuis sa première enfance, ses rêves du sommeil développaient le même thème : il était poursuivi, — avec toutes sortes de variantes : dans un escalier et les marches se dérobaient sous lui; sur un plateau et chaque pas le rapprochait d'un vertigineux à-pic; n'importe où et c'étaient ses jambes qui devenaient molles et refusaient de lui obéir. Il voyait rarement le visage de celui qui le poursuivait, mais il savait obscurément, comme on sait ces choses-là dans les rêves, que c'était son père, Matteo Brigante. Quelquefois il l'entrevoyait, rien que les deux petits yeux au regard dur et la mince moustache noire. Dans le moment même où son persécuteur, son père, visible ou invisible, était sur le point de l'atteindre, l'angoisse qui avait accompagné tout le rêve grandissait démesurément. C'était une angoisse louche, mêlée de plaisir, analogue à ce qu'il ressentait lorsque son père, — cela dura jusqu'à treize ans — le punissait en le cinglant avec une lanière de cuir, froidement, en comptant les coups, ou en l'obligeant à les compter, comme il estime qu'on doit châtier un enfant pour l'élever bien et qu'il soit un jour maître de soi-même, capable de défendre son héritage contre les hommes de loi; il faut lui faire entrer la loi dans la peau. A son sommet insupportable, l'angoisse le réveillait, quelque fois dans le même sursaut que l'amour, douloureux et délicieux.

Or ce mois-là (qui suivit la Fête-Dieu et son troisième tête-à-tête avec celle à qui il accordait le nom de maîtresse) le persécuteur de ses rêves

prit un visage ambigu, donna Lucrezia se dessinant
désormais dans les traits de Matteo Brigante, comme
l'insecte ailé dans la chrysalide en train de muer,
l'un et l'autre distincts et consubstantiels, comme
il arrive dans les rêves, les yeux froids et impérieux
de son père, les yeux brûlants et impérieux de sa
maîtresse, les yeux froids-brûlants de son père et
de sa maîtresse.

Il a atteint la crête du promontoire. Il marche à
grands pas, dans le soleil-lion, sur le sentier de crête.
Il est plein de colère contre donna Lucrezia qui a
choisi absurdement le lieu de leur rendez-vous. Les
taons continuent de le poursuivre, il est plein de
colère contre les taons, contre son père qui l'oblige
à prendre tant de précautions et contre sa maîtresse
qui, en l'obligeant à cette marche exténuante, lui a
fait perdre le souffle, son souffle mesuré, cet illusoire
contrôle de soi-même.

Dès que Francesco l'eut quittée, à la fin de leur
troisième et dernier tête-à-tête, sans l'avoir serrée
dans ses bras mais après avoir approuvé tous ses
projets, donna Lucrezia s'était écriée :

« Il m'aime, comme je l'aime! »

Elle marche à grands pas tranquilles vers la
caverne où elle lui a donné rendez-vous, le long du
sentier qui suit la crête de la falaise et qui tantôt
s'abaisse vers de petites plages de galets, qu'elle
aperçoit à ses pieds entre les branches des arbousiers,
et tantôt remonte vers la pinède. Lui, il marche à
grands pas haletants, parallèlement à elle, plus haut,
sur le sentier de crête du promontoire.

Au début de juillet, quand il était revenu à Porto

Manacore pour les vacances universitaires, donna
Lucrezia avait cherché un agent de liaison. Impossible de bâtir leur avenir en comptant sur des tête-
à-tête de hasard ou en chuchotant près des tourne-
disques dans les salons des notables ou sur la plage,
autour des parasols des femmes des notables. Même
pour organiser un rendez-vous comme celui où ils
se rendent à présent, il faut au préalable s'écrire.
Et pas question de la poste restante, encore moins
pour elle que pour lui, toute la ville aurait su aussitôt
que la femme du juge avait une correspondance
secrète.

Son premier mouvement, puisque la décision était
prise, eût été d'avertir son mari qu'elle allait le
quitter et d'exiger, avant son départ, au moins la
liberté de la correspondance. Elle ne se laisserait
pas ébranler par ses plaintes. Elle l'avait souvent
entendu s'indigner que la législation italienne refusât
le droit au divorce, honteux exemple de la dictature
des prêtres. Elle le lui rappellerait. Elle ne craignait pas le débat, mais elle se méfiait de lui, depuis
qu'il avait exigé qu'elle envoyât leurs enfants au
catéchisme et depuis qu'il avait condamné les
ouvriers agricoles qui avaient occupé les terres. Il
était bien capable, estima-t-elle, de se servir de
moyens légaux, directs ou indirects, pour l'empêcher de partir ou pour persécuter Francesco; la loi
italienne est pleine de traquenards pour les amants;
et des réglements de police permettent d'empêcher
un homme du Sud de travailler dans le Nord. Elle
craignait aussi qu'il n'avertît Matteo Brigante, certainement peu disposé à se laisser ravir son fils par une
femme adultère. Elle-même, elle se sentait capable
de briser tous les obstacles. Mais elle avait craint que
Francesco restât pris dans les triples rets du juge,

du commissaire et de Matteo Brigante, dans la machinerie équivoque des pouvoirs légaux, illégaux et
paralégaux. Donc, garder le secret.

Restait à trouver un agent de liaison pour cor-
respondre avec Francesco. Elle avait passé en revue
les femmes qu'elle fréquentait, sans se résoudre à
se confier à l'une d'elles; elle les méprisait sans
distinction. Au demeurant, les femmes des autres
notables n'étaient pas moins surveillées qu'elle.

Elle avait choisi Giuseppina, la fille du quincaillier,
parce qu'elle avait tout de suite trouvé comment
l'acheter.

A vingt-cinq ans, Giuseppina ne pouvait plus
espérer se marier, surtout sans dot (le quincaillier
n'avait pas fini de payer son fonds). Elle devait
borner son ambition à devenir la maîtresse en titre,
tolérée sinon reçue, d'un veuf, d'un cadet soucieux
de ne pas avoir d'enfants légitimes qui disputent
un jour l'héritage de la branche aînée (c'est à cette
condition que le chef de famille lui fait une pension)
ou d'un homme déjà marié mais d'assez de poids
pour imposer un double ménage ou d'assez d'astuce
pour convaincre sa femme de s'effacer. Qu'Anna
Attilio retourne à Lucera, elle cédera au commissaire; il lui installera une demeure où il se rendra
aussi fréquemment qu'il en aura envie, mais elle
n'aura plus le droit de venir à la préture; tel est le
code des convenances. Ces perspectives définissaient
la situation particulière de Giuseppina dans la société
de Porto Manacore; on n'avait aucun scandale à lui
reprocher et, les hommes étant unanimes à l'appeler « allumeuse », « petite garce », on pouvait
même légitimement la supposer vierge; on la recevait donc, au même titre que les autres filles de
commerçants, mais déjà un peu en subalterne, par

un reflet anticipé de sa future position *en marge*.
On lui demandait de petits services : de garder les
enfants, de faire des commissions, de tenir compagnie. En contrepartie de ces servitudes, elle jouissait
de plus de liberté que les autres jeunes filles; on
n'était jamais surpris de la voir entrer ou sortir
d'une maison ou circuler dans la ville à n'importe
quelle heure du jour ou de la nuit. Elle veillait
aussi des malades. On ne la soupçonnait jamais
d'une folie, toute la ville étant persuadée qu'elle ne
cédera sa virginité qu'aux meilleures conditions et
toutes garanties prises. Cette vierge folle est la créa-
ture la plus raisonnable du monde.

Pour ne pas entamer la sorte de respectabilité qui
lui est propre, Giuseppina n'accepte de cadeaux que
des femmes, en échange de ses menus services. C'est
peu de chose. Et le quincaillier, obsédé par les traites
de fin de mois, chicane sur les notes de couturières.
Elle ne parvient pas à rivaliser d'élégance avec les
filles des notables. Comme elle est adroite, la plupart
des hommes ne s'en aperçoivent pas. Elle porte trois
jupons superposés, comme la fille de don Ottavio,
mais à un seul rang de dentelles.

Il était arrivé à donna Lucrezia aussi d'avoir besoin
de Giuseppina, par exemple pour garder les enfants,
quand la servante allait voir ses parents. Mais elle
ne lui avait jamais fait de confidences, — et qu'au-
rait-elle eu à confier? — n'écoutant même pas les
potins de la jeune fille. Sa hauteur la confirmait
donna, mais on ne l'aimait pas. Il lui coûta énormément d'être obligée de demander à Giuseppina de
servir de messagère entre elle et un garçon de vingt-
deux ans. Ce fut le premier sacrifice que sa fierté
consentit à son amour. Voici comment elle s'y prit.

Elle trouva un prétexte pour descendre chez

Anna Attilio, la femme du commissaire, sa voisine d'en dessous, à la fin de l'après-midi, à l'heure où Giuseppina s'y trouvait habituellement. Donna Lucrezia et Anna Attilio entretenaient des relations de bon voisinage, sans plus. Après quelques phrases sur les enfants :

— Je vais chez Fidelia...

Fidelia est la marchande de nouveautés, la plus belle vitrine de la rue Garibaldi.

— Tu m'accompagnes? demanda-t-elle à Giuseppina.

Jusque-là tout était normal. Il est dans les fonctions de Giuseppina d'accompagner. Elle ne lui dit pas un mot pendant le trajet de la préture au magasin de Fidelia. Le cœur lui battait plus qu'il ne lui a battu ce matin, quand elle s'est jetée dans le sentier de la pinède, derrière le portique de la Colonie de vacances, pour aller rejoindre son amant. Pour éviter toute complicité qui d'avance lui soulevait le cœur, elle avait décidé d'acheter Giuseppina avant de lui demander service.

Quelques jours plus tôt, elle avait entendu, chez Anna Attilio, Giuseppina se plaindre de ne pouvoir acheter un maillot de bain en lastex. La honte de la jeune fille, contemporaine de Lollobrigida et de Sophia Loren, était d'avoir de petits seins. Or nulle autre matière ne permet mieux que le lastex, pensait-elle, de dissimuler les armatures qui tendent et grossissent les seins. Mais un maillot en lastex coûte de six à douze mille lires, c'est-à-dire de soixante à cent vingt litres de vin, d'un demi-mois à un mois de travail d'ouvrier agricole, beaucoup trop pour la fille du quincaillier.

Chez Fidelia, donna Lucrezia choisit au hasard un maillot de lastex.

— Il te plaît? demanda-t-elle à Giuseppina.

— *Stupendo*, répondit Giuseppina. Mais il est certainement un peu petit pour vous.

— C'est ta taille.

Giuseppina fixa sur elle ses grands yeux noirs, un peu égarés, de malarique.

— Tu me feras plaisir d'accepter, dit Lucrezia.

Elle crut surprendre dans sa voix un ton d'humilité et en fut furieuse.

— Décide-toi! continua-t-elle, sur le ton de la colère.

Giuseppina étudiait son visage.

— Enveloppez-nous ça, dit Lucrezia à Fidelia.

— Non, dit Giuseppina, je préfère le bleu pâle.

Elle fixait toujours donna Lucrezia.

— Je suis plus noire que vous, dit-elle. Le bleu met en valeur le hâle.

Giuseppina prit sur elle la mesure du maillot bleu pâle et l'estima trop grand. Elle en essaya un autre, revint au premier.

Donna Lucrezia attendait, immobile, droite, silencieuse. Giuseppina n'arrivait pas à se décider. Fidelia les observait. Giuseppina bavardait des couleurs et des peaux, et scrutait le visage de Lucrezia. Enfin elle fit son choix. La femme du juge paya huit mille lires. Giuseppina prit le paquet.

Dès qu'elles furent dans la rue.

— Tu connais Francesco Brigante? demanda Lucrezia.

— Bien sûr.

— Tu peux le voir seul?

— Je m'arrangerai.

— Tu lui porteras une lettre et tu me rapporteras la réponse.

— Quand vous voudrez.

— Tu monteras demain matin prendre la lettre chez moi.

— Oui, dit Giuseppina. Avant midi. Avant que M. le juge ne monte.

— Oui, dit Lucrezia.

Elles firent le reste du chemin en silence. Quand elles furent devant la préture, Giuseppina :

— Nous dirons à tout le monde que c'est mon père qui m'a offert le maillot.

— Oui, dit Lucrezia. Je te remercie.

Quand le soir même donna Lucrezia raconta rapidement son exploit à Francesco, rencontré par hasard sur la Grande Place, au milieu de dix personnes qui essayaient de saisir ses paroles :

— Un maillot de huit mille lires, chuchota-t-il. C'est beaucoup trop. Vous vous la seriez attachée pour la vie avec un soutien-gorge à trois mille lires. Maintenant, elle va se croire des droits.

« Pauvre enfant, se dit-elle, il n'est pas encore libéré des manières de penser de Porto Manacore. »

Le juge et sa femme dépensent peu. Ils n'ont jamais pensé à changer la Topolino, sortent rarement et mangent n'importe quoi, ni l'un ni l'autre n'y attachant d'importance. Les couturières agacent donna Lucrezia et, sur elle, une robe de confection, achetée en cinq minutes à Foggia, prend de l'allure. Les livres, les disques, le cognac français sont offerts par les parents du juge, qui tirent un honnête revenu de quelques terres dans le Tavoliere; l'huile et le vin sont pris sur les redevances de leurs métayers. Ainsi, malgré la modicité d'un traitement de magistrat de la dernière catégorie, il reste parfois, à la fin du mois, quelques billets, dans le tiroir où Lucrezia jette pêle-mêle l'argent de la maison. Quand arrive l'argent frais, elle met le reliquat du mois

précédent, sans le compter, dans une boîte de fer
du même type que celles où le juge collectionne les
témoignages de l'imbécillité contemporaine. Quand
elle a décidé de partir, elle a ouvert la boîte et compté
cent quatre-vingt-douze mille lires, — de quoi acheter
deux douzaines de maillots en lastex. Elle s'est sentie
très à l'aise.

A la pointe du promontoire, non loin de la caverne
où donna Lucrezia a donné rendez-vous à Francesco,
les pêcheurs ont édifié un *trabucco*, il y a de cela
mille ou deux mille ans.

Un *trabucco* est une machine à pêcher, composée
essentiellement par un ensemble de mâts lancés au-
dessus de la mer, déployés en éventail parallèlement
au flot et dont les pointes tiennent suspendu, soit
dans l'air, au repos, soit dans l'eau, en action, un
immense filet polygonal.

La manœuvre du filet est commandée par des
câbles coulissant sur des poulies et enroulés sur
des cabestans. Le nombre des mâts est égal au
nombre de côtés du filet. Un maître câble, noué à
chaque angle du filet, coulisse sur une poulie fixée
à la pointe de chaque mât, et s'enroule autour d'un
cabestan.

Le *trabucco* de la pointe Manacore est un des plus
importants de la côte Adriatique : sept grands mâts,
un filet à sept côtés, douze hommes d'équipage.

Lorsque le filet est immergé, — le piège à poissons tendu — un des sept côtés du polygone repose
au ras du fond rocheux; deux côtés sont tendus en
oblique; les quatre autres sont maintenus à la surface.

Ainsi, au début de la pêche, le filet est ouvert dans la mer, comme une mâchoire. Quand les cabestans tireront les câbles, la partie immergée remontera vers la surface : la mâchoire se refermera.

Les cabestans sont manœuvrés par les hommes, sans l'aide d'aucun moteur. Les hommes pèsent sur les bras des cabestans, en piétinant le sol, dans une marche circulaire, comme les chevaux aveugles qui faisaient tourner les anciens moulins; les câbles glissent sur les poulies; la mâchoire se referme plus ou moins vite, selon que la rotation des hommes est plus ou moins rapide.

Un homme de vigie se tient au milieu du mât central, soit debout et les mains accrochées à un filin, soit à cheval et le buste allongé, comme s'il galopait. Il demeure juché là, à la verticale du centre du filet, vingt mètres au-dessus de la surface de l'eau. La mer est transparente comme il n'arrive que dans le Sud, sur fond rocheux, dans une baie calme; l'homme de vigie distingue donc clairement chaque détail du fond; il tient dans son regard tout l'intérieur du filet et toute la profondeur de la mer, au-dedans et au delà de la gueule béante. Il guette. Quand il verra une bande de poissons se diriger vers le filet, il donnera l'alerte et l'équipage du chalutier terrestre gagnera ses postes, autour des cabestans. En attendant, il a tout le temps de suivre le lent cheminement des méduses et des étoiles de mer et les jeux des rougets, à fleur de roches. La pêche au *trabucco* est une pêche à vue.

Les sept grands mâts lancés en éventail au-dessus de la mer sont amarrés au fond par des câbles lestés de pierres, et au rivage par d'autres câbles liés à des poteaux. Des filins unissent entre elles les pointes des mâts, pour maintenir constant leur écartement.

Des cordes commandent à des dispositifs secondaires et à une épuisette géante dont le maniement exige quatre bras. Câbles, filins et cordes s'enchevêtrent de mille façons et forment comme un second filet, suspendu dans les airs, reflet dans le ciel du filet à poissons, tendu sous les flots, gueule ouverte.

Le *trabucco* déborde largement sur le rivage : édifices blancs maçonnés en forme de coupoles, abris pour les pêcheurs les jours de mauvais temps et resserres pour les caisses de poissons; terrassements pour les treuils, poteaux, piquets, bittes de ciment; et un balcon de bois, suspendu circulairement autour des rochers de pointe, vingt mètres au-dessus de la mer, évoquant par sa forme la poupe des anciens navires.

Les textes grecs et latins mentionnent l'existence sur cette portion du littoral Adriatique de gigantesques machines à pêcher dont la description correspond à celle du *trabucco*. Certains technologues en font remonter l'origine aux Phrygiens, d'autres aux Pélasges; elle est probablement contemporaine de l'invention du filet, de la poulie et du cabestan.

Chaque année, le *trabucco* se renouvelle un peu. Après les grandes tempêtes, les pêcheurs remplacent un mât, changent un câble. Mais ni la technique ni la forme ne changent. Chaque année différent et toujours le même, comme un être vivant qui vieillit et reste identique à lui-même, le *trabucco* est là depuis des centaines et sans doute des milliers d'années.

Francesco maintenant descend en courant de la crête du promontoire, à travers la pinède.

La caverne où donna Lucrezia lui a donné rendez-vous s'ouvre au fond de l'anse la plus voisine de la pointe; son entrée, sur une petite plage, est orientée à l'inverse du *trabucco*, à l'abri du regard des pêcheurs, protégée des yeux de l'homme de vigie

11

par l'amoncellement de rochers dans lequel elle est
creusée. On parvient à la petite plage par un creux
de la pinède, lit d'un torrent d'hiver.

Francesco descend en courant vers l'anse. Il juge
absurde le choix de Lucrezia. De toutes les cavernes
de la côte pourquoi a-t-elle choisi la plus proche
du *trabucco*, celle qui exige la plus longue marche
à pied sous le soleil, celle où ils ont le plus de
chance d'être découverts. A travers les pins, en
descendant vers l'anse, il aperçoit les pêcheurs qui
ne peuvent pas le voir, parce qu'il est caché par les
pins. C'est quand même absurde de s'approcher si
près d'eux. Par moments, il suspend son pas; il a
envie de rebrousser chemin. Mais d'avoir déjà fait
tant de pas et d'être maintenant sur la descente
l'emporte.

D'où est maintenant Francesco le *trabucco* res-
semble aux machines de guerre de l'ancien temps,
telles qu'on les voit sur les gravures des académies
militaires. Une gigantesque machine de siège posée
à la pointe du promontoire, dressée contre le banc
de nuages que roule le libeccio et qui ferme l'horizon.

Donna Lucrezia, un peu en retard sur son amant,
marche à grands pas tranquilles sur le sentier de
crête de la falaise, cachée aux regards par les arbousiers.

Elle a choisi cette caverne-là plutôt qu'une autre
parce qu'elle sait son nom. On l'appelle la caverne
des Toscans depuis que des archéologues de Pise
sont venus y faire des fouilles. Ils supposaient
qu'elle avait servi d'abri aux navigateurs grecs, avant
la fondation du port d'Uria, et ils espéraient y
trouver des vases, des monnaies, des outils. Ils n'ont
découvert que des ossements. Lucrezia y est venue

avec son mari et don Cesare, du temps que les
Toscans faisaient leurs fouilles et ils ont parlé avec
eux de Polyphème et d'Ulysse; c'était tout de suite
après leur mariage; ils s'intéressaient à ces choses.

Les autres cavernes n'ont pas de nom, du moins
pour Lucrezia. Il ne fallait pas courir le risque que
Francesco l'attende dans une caverne tandis qu'elle
attendrait dans une autre. Elle a donc écrit : « La
caverne des Toscans, près du *trabucco*, celle où les
archéologues ont fait des fouilles. » Elle a souligné
une fois « près du *trabucco* », deux fois « celle où
les archéologues ont fait des fouilles ». Encore une
habitude prise de son mari que celle de souligner
les mots importants, mais qui correspond à son goût
à elle de la précision. Puis elle a fait porter la lettre
par Giuseppina.

Francesco est arrivé le premier sur la petite plage,
au fond de l'anse. Le lit du torrent s'achève en
abrupt; il faut descendre les cent derniers mètres
face à la montagne, en choisissant attentivement où
poser les pieds, comme sur les barreaux d'une
échelle, en s'accrochant aux saillants des rochers et
aux buissons de câpres. Il a grogné : « Je ne suis pas
un alpiniste »; il a eu un mauvais sourire en pensant
que donna Lucrezia à son tour devra passer par là;
puis il s'est reproché sa malice, indigne de son
amour.

Une petite plage, cinquante pas de long, quinze
pas de profondeur. Quand on longe la côte en
barque, il faut savoir qu'elle est là pour la distin-
guer, mince bande de sable blanc, coincée contre
la falaise, au fond de l'anse.

L'entrée de la caverne est énorme par rapport
à l'étendue de la plage. Elle occupe tout le flanc de
la crique, à l'envers du *trabucco*. C'est comme la
bouche de la falaise, une gueule béante.

De la plage, Francesco a l'impression de saisir
d'un seul regard tout l'intérieur de la caverne. Il
en connaît de bien plus secrètes. Il pense que Lucrezia
a manqué de bon sens en choisissant cette gueule
ouverte à tous les regards. Une barque pourrait
s'approcher de la côte.

C'est seulement quand il a pénétré dans la caverne
qu'il distingue de nouvelles profondeurs, des trous
d'ombre. Il faut d'abord que ses yeux s'habituent à
l'obscurité.

Le sol est inégal, montueux sur la gauche, avec
des ressauts, des redents, des pitons, des terrasses
vaguement éclairées par une lueur qui semble sourdre du rocher. Vers la droite au contraire le sol
s'effondre découvrant une seconde salle, profondément creusée dans les entrailles du promontoire,
close vers le haut par une coupole de roches caho-
tiques dont le sommet se perd dans la nuit; plus
loin, on devine l'ouverture d'une troisième salle,
au fond d'une tranchée creusée par les archéologues
toscans.

Du fond de la première salle Francesco se retourne
vers le jour. Dans l'ouverture dentelée s'inscrit toute
la baie, noyée dans une sorte de brume par la réver-
bération du soleil, l'isthme, les oliveraies de don
Cesare, les terrasses blanches de Porto Manacore
surmontées du sanctuaire de Sainte-Ursule-d'Uria,
la plage, les jardins d'orangers et de citronniers.
C'est de cette brume de chaleur que surgira donna
Lucrezia.

Il fait froid dans la caverne. Le sol est humide,

incertain sous le pied. Une odeur louche suinte des parois.

Francesco est attiré vers la gauche par la lueur qui semble sourdre des rochers. Il grimpe entre dents, redents et pitons jusqu'à une saillie, une minuscule terrasse. Il découvre alors un trou dans la paroi rocheuse; c'est de là que provient la lumière.

Par cette ouverture, à gauche, au fond de la caverne, un peu au-dessus du niveau de la mer, il voit le *trabucco*. A deux ou trois cents mètres de lui. Il voit par en dessous l'éventail de mâts lancé au-dessus de la mer et toute la machinerie de câbles, de filins et de cordes. L'homme de vigie se tient debout au milieu du mât central, les bras appuyés en croix sur le filin de soutien, la tête penchée en avant, attentif à tout ce qui se passe dans les profondeurs sous-marines.

Accroupis sur le balcon de planches qui ceinture les rochers de pointe, les deux mousses scrutent aussi le fond de la mer.

Le reste de l'équipage est debout près des treuils, en état d'alerte.

Francesco pourrait croire que l'homme de vigie et les mousses, avec leur visage incliné vers la mer, c'est-à-dire dans sa direction, sont en train de le surveiller. Mais il sait qu'ils ne peuvent pas le voir puisqu'ils sont dans l'éclat du soleil-lion et lui dans la nuit de la caverne.

Sous les pieds de l'homme de vigie un fil soutient quelque chose qui se déplace dans les profondeurs de l'eau. Au gré de ce qui se déplace dans l'eau, le fil s'incline plus ou moins par rapport à la verticale et décrit à la surface de l'eau des cercles, des ovales, des arabesques, revient à l'aplomb de

son attache au pied de l'homme de vigie puis s'en
écarte à nouveau.

Francesco est allé assez souvent sur le *trabucco*,
pour trouver aussitôt l'explication de ce qu'il voit.
On est en train de pêcher le muge au rappel. C'est
une des nombreuses pêches pratiquées du haut du
chalutier terrestre et sans doute la plus fascinante.
Voilà Francesco tout attentif.

Au début de la matinée ou peut-être la veille, les
pêcheurs ont eu la chance de ramener dans leur
filet un de ces poissons qu'on appelle en italien
cefalo et en français, mulet sur la côte Méditer-
ranéenne, muge sur la côte Atlantique.

Les muges l'un l'autre s'attirent. La difficulté
n'est que de prendre le premier et qu'il soit gras,
robuste, plein de vie, plein d'*appel*. Ce premier
muge, qu'on nomme le *richiamo*, le rappel, est
renvoyé à la mer, lié à un fil assez long pour
qu'il se déplace librement à l'intérieur du filet, trop
court pour qu'il puisse s'approcher des parois.

Francesco Brigante, comme les autres jeunes gens
de Manacore, est allé assez souvent sur le *trabucco*,
pour être capable d'imaginer très précisément ce qui
est en train de se passer.

Un second muge va surgir (ou a déjà surgi),
rejoindre le premier, celui qui est lié, le *rappel*, et
coller à lui, un peu en retrait, la tête à hauteur des
nageoires dorsales, exactement comme, au cours
d'une course, un cycliste colle à un autre cycliste,
roue avant dans la roue arrière. Le second muge
va dessiner les mêmes cercles, ovales, arabesques,
zigzags que le *rappel*, s'enfonçant avec lui vers les
rochers, revenant avec lui à l'aplomb de l'homme
de vigie, ralentissant puis accélérant comme lui, collé
à lui.

Puis surgira un troisième muge qui collera au second, la tête à hauteur de la nageoire dorsale. Puis un quatrième, un cinquième, puis tout un peloton de muges qui courra, roue dans la roue, dans le sillage du *rappel*, décrivant sans fin les mêmes cercles, ovales, arabesques, zigzags.

A l'homme de vigie de savoir et de décider, rassemblant dans un jugement d'un instant toute l'expérience de sa vie de pêcheur au *trabucco*, à quel moment il doit crier « hisse! oh! hisse! », pas avant que tous les retardataires aient rejoint le peloton, mais comment deviner quel serait l'effectif du peloton complet? — pas après que le *rappel* épuisé par sa course inutile se soit abandonné soudain au bout du fil, inerte au pied de l'homme de vigie, et alors tout le peloton s'égaille, l'homme n'a pas le temps de crier « hisse! oh! hisse! », tous les poissons sont déjà hors du filet.

Du trou creusé par les vagues d'hiver dans la paroi de la caverne, Francesco suit tous les mouvements du fil de *rappel*. Combien de poissons dans le peloton? Par les yeux de l'imagination il voit les gros poissons noirs, luisants, à tête plate, à mâchoire large, où un trait blanc dessine comme une babine retroussée. La tête de Francesco oscille de droite à gauche, de gauche à droite, comme la tête de l'homme de vigie, comme les têtes des mousses qui suivent attentivement les mouvements du *rappel*. L'homme de vigie n'attend-il pas trop longtemps?

Francesco prend conscience qu'il préférerait être sur le *trabucco* à suivre les mouvements du peloton de muges, le cœur battant, le souffle suspendu dans l'attente du cri qui fera se refermer la mâchoire du filet et alors les hommes courront autour des cabestans, il les aiderait, — plutôt que de rester dans cette caverne à attendre sa maîtresse.

Il repousse aussitôt cette idée comme indigne de la passion dont il s'honore.

Il recule. Il se retourne. Donna Lucrezia marche sur la plage, haute, droite, dans sa robe à col montant, à manches longues, tout enveloppée de l'éclat du soleil-lion. Elle pénètre dans la caverne.

Les voici debout, face à face, à l'entrée de la caverne, dans le soleil réverbéré par la mer et le sable blanc de la petite plage.

Ils se regardent en silence.

Francesco porte un pantalon de toile bleue, étroit du bas, avec de grosses coutures sur la hanche, apparentes, au fil blanc, à la cow-boy; une chemise à la toute dernière mode d'été, sans bouton pour fermer le col puisqu'on ne porte pas de cravate à la mer, mais fermée cependant, par une sorte de jabot, comme aux grands siècles; les manches longues, roulées au-dessus du coude, effet de négligé.

Donna Lucrezia pense que quand ils vivront ensemble en Italie du Nord, bientôt, il faudra qu'elle le déshabitue de s'habiller à la dernière mode, surtout la dernière mode de Naples.

Lui, il est pris d'angoisse. Il pense que c'est la première fois qu'il se trouve dans un endroit écarté seul avec sa maîtresse, qu'il devrait la prendre dans ses bras et la couvrir de baisers. Mais elle le regarde, immobile, muette, strictement vêtue. Que doit-il faire? Où est son devoir?

— Je regardais le *trabucco*, dit-il.

— Comment pouviez-vous voir le *trabucco*?

— On peut le voir de là-haut.

— Ils ne peuvent pas nous voir? demanda-t-elle.

— Comment nous verraient-ils?

— Vous étiez là depuis longtemps?

— Non, répond-il.

Il est debout devant elle, lui offrant ses grands yeux bleus à fleur de tête.

Elle pense avec satisfaction qu'il n'est pas comme les autres hommes du Sud dont le regard en présence d'une femme s'allume aussitôt ou, si elle s'est mise en situation de ne pouvoir se défendre, devient condescendant, fiérot. Elle l'imagine dans un salon de Turin. Elle est satisfaite qu'il soit réservé, pas du tout méridional (sauf dans ses vêtements), presque anglais.

Pour lui, ce silence prolongé, cette immobilité deviennent insupportables. Il manque à un devoir; il n'ose pas prendre sa maîtresse.

— Ils pêchent le muge au *rappel*, dit-il.

— Au rappel? demande-t-elle.

Il explique comment on pêche au *rappel*. Sa voix est grave, bien posée, lente. Il parle par courtes phrases, avec des silences.

Elle pense que le juge Alessandro, son mari, ne s'intéresse qu'aux débats de conscience, aux idées générales et aux héros des temps révolus. Francesco parle d'une technique, tranquillement, en connaissance de cause; c'est un homme véritable. Elle l'imagine adroit de ses mains (il ne l'est pas).

Lui, il pense que son devoir d'homme est de la serrer dans ses bras, de la renverser et de la prendre. Le sol de la caverne est mouillé, avec des traînées de moisissures. Il n'ose pas jeter par terre la grande et belle femme, strictement vêtue. Mais l'idée de la robe maculée le trouble.

L'homme de vigie crie :

— Hisse! oh! hisse!

Le cri lancé à pleine poitrine parvient jusque dans la caverne.

— Ils tirent le filet, dit-il.

Elle se tient face à lui, mais hors de portée de sa main. Elle ne bouge pas, comme si elle voulait garder du recul pour mieux le regarder. « Elle ne m'aide pas », pense-t-il.

— Vous voulez les voir? demande-t-il. C'est très intéressant.

Elle pense : « Comme il est délicat. »

— Mais oui, dit-elle, je veux les regarder. C'est certainement très intéressant.

Il lui prend la main pour l'aider à grimper sur le redent, près du trou creusé par les tempêtes d'hiver dans la paroi rocheuse.

— Vous n'avez jamais vu pêcher au *trabucco?* demande-t-il.

— Seulement de loin, répond-elle.

Il s'assoit dans une encognure du rocher. Elle se tient debout près de lui.

— Une fois, dit-il, je les ai vus prendre cinq cents kilos de poisson d'un seul coup de filet.

— Ils devaient être heureux, dit-elle.

— Mais c'est très rare, dit-il.

Comme ils sont placés, lui assis, elle debout, il est malaisé pour Lucrezia de voir la manœuvre du *trabucco;* elle s'approche pour qu'il ne pense pas qu'elle est indifférente aux exploits des pêcheurs; sa longue cuisse s'appuie contre l'épaule du garçon. Le redent dans le rocher est un peu plus long que large, long comme un corps allongé, large comme deux corps étendus côte à côte; le sol est meuble, poussière sèche de roches pulvérisées par le travail de la mer, l'hiver. « C'est ici, pense Francesco, que je dois la prendre. » Les conversations d'étudiants sont présentes à sa mémoire, comment il faut s'y prendre pour éveiller une femme, pour la préparer au plaisir, pour la combler; il craint de faillir à tant d'obligations.

L'homme de vigie répète sur un ton de plus en plus pressant :

— Hisse! oh! hisse!

Les pêcheurs tournent en piétinant autour des cabestans, les uns dans le sens des aiguilles d'une montre, les autres dans le sens inverse, selon les treuils.

Francesco passe le bras autour des genoux de Lucrezia, les enserre et les presse.

Lucrezia écarte le bras du garçon.

— Ne bouge pas, dit-elle.

Elle lui prend la tête et l'attire contre son flanc.

— Ne bouge pas, répète-t-elle.

Sur le balcon de planches, deux mousses trépignent.

— Hisse! oh! hisse! crient-ils sur le même rythme que l'homme de vigie.

Les poulies grincent, les câbles crissent, les filins frémissent. Le filet s'élève lentement au-dessus des flots. Tout l'équipage du chalutier terrestre crie :

— Hisse! oh! hisse!

Les bords du filet sont déjà haut, mais le fond avec sa charge de poisson n'est pas encore à fleur d'eau.

Lucrezia appuie la tête du garçon contre son flanc.

Francesco hésite à enserrer à nouveau les genoux de sa maîtresse. Il est embarrassé de son bras, qu'elle a éloigné, mais il n'ose pas chercher une position plus commode; « Si je bouge, elle croira que je l'écarte de moi, par représailles. »

Elle caresse sa tempe, son front. Elle l'effleure à peine. Ce n'était pas ainsi qu'il avait imaginé les ardeurs de la passion. Mais il cesse de penser à ses devoirs. Il ferme les yeux.

Elle met la main sur les yeux clos et presse la paupière, légèrement.

Il enserre de nouveau ses genoux, mais désormais sans les presser. Il la serre tendrement contre lui. Elle n'écarte pas son bras. Mais, par la grâce de tant de tendresse, il ne se sent pas obligé « de profiter de l'avantage acquis pour gagner du terrain », comme disent ses camarades de la Faculté.

Ils restent ainsi, un long moment.

— Tu n'es pas comme les autres, dit Lucrezia. Ils ne pensent qu'à leurs chienneries. Comme je t'aime d'être si patient et si bon avec moi. Je t'aime, Francesco.

Il laisse aller sa tête contre le flanc de la forte femme, sa tendre maîtresse. Les paroles déliantes qu'elle sait dire. Il abandonne sa tête sous la caresse légère de la main de Lucrezia, contre la chaleur de son ventre. Il sent se dénouer tout le malheur qui est en lui.

Les hommes du *trabucco* ont bloqué les treuils. Le fond du filet est maintenant à fleur d'eau. Les grands poissons prennent élan sur la dernière vague qui se retire sous eux pour de grands sauts qui les jettent contre le filet relevé; ils se cabrent dans l'air; ils retombent les uns contre les autres, dans un frissonnement de peaux luisantes et de nageoires. Les hommes épongent leur sueur, soupèsent de l'œil les prises, supputent le bénéfice. Les mousses mettent en mouvement l'épuisette géante.

Naguère, c'était un des grands plaisirs de Francesco que de voir monter du fond de la mer le filet du *trabucco*. Enfant, il avait trépigné comme les mousses, criant avec eux « hisse! oh! hisse! ». Adolescent, il avait aidé à la manœuvre des treuils; il remplaçait l'homme qu'il voyait peiner davantage. Il est fort, il a du poids, il pesait dur sur les bras du treuil.

Aujourd'hui il ferme les yeux et abandonne son front à la chaleur de Lucrezia, grande et belle femme. Il a entendu le saut des gros poissons qui battent en vain les flancs du filet; il n'a pas entr'ouvert l'œil. Il est désormais un homme; il ne fait plus partie de la jeune cohorte des chastes héros des jeux violents; il abandonne, il s'abandonne.

Lui, le garçon qui avait appris, *contre* son père Matteo Brigante, à contrôler tous ses gestes, toutes ses paroles, l'expression de son regard, terrible école, il laisse maintenant monter à sa bouche des paroles qui n'obéissent à aucun dessein.

— Sainte Mère de Dieu, murmure-t-il...

Vingt-deux ans de malheur se dénouent.

— Donna Lucrezia, comme je vous aime, je vous aime...

Elle dit à son tour : « Je t'aime Francesco », en serrant la tête du garçon contre son ventre. Elle le répète plusieurs fois, jusqu'à ce qu'il se laisse aller au déliement du *tu*.

— Je t'aime Lucrezia.

Les yeux fermés, les muscles dénoués, sans plus penser à aucune sorte de devoir, pour la première fois de sa vie, comme un homme dans les bras de sa maîtresse.

Ainsi restèrent-ils longtemps, sans bouger, se taisant ou répétant les mêmes mots. Quand il rouvrit

les yeux, le filet était de nouveau immergé, l'homme
de vigie à cheval sur le mât et les autres hommes
endormis sur le rivage.

— J'ai reçu, dit-il, la réponse du directeur de la
maison de Turin.

Il fit lire à Lucrezia la lettre qu'il s'était fait
envoyer poste restante et qui lui avait valu tant de
questions de son père. Le directeur acceptait de l'engager aux conditions indiquées par son agent de
Naples. Mais il voulait le voir auparavant et il lui
demandait de profiter des vacances universitaires
pour se présenter à lui. S'ils se convenaient, comme
il était probable, le jeune homme pourra commencer
à travailler en octobre et poursuivre en même temps
ses études à l'université de Turin.

— Il faut y aller, dit-elle.

— Oui, dit-il. Je peux m'échapper deux jours de
chez mon oncle de Bénévent. Mon père n'en saura
rien. Mais je n'ai pas d'argent pour le voyage.

Il avait beaucoup appréhendé de lui dire cela.
Mais maintenant qu'elle l'avait délié, il en parla tout
naturellement.

— Moi, dit-elle, j'ai de l'argent.

C'était le lendemain qu'il devait partir pour Bénévent. Ils convinrent qu'elle lui ferait porter l'argent,
dans la soirée, sous enveloppe fermée, par Giuseppina.

A midi, Matteo Brigante et Pizzaccio s'étaient assis
à leur place habituelle, devant des Coca-Cola, sur le
plancher en plein air du bar de la Plage. Les planches
posées sur des maçonneries fragiles, édifiées sur le
sable, sonnent creux ; quand on frappe du pied une

poussière grise sourd d'entre les joints; impression
désagréable; Matteo Brigante préfère le solide, les
céramiques du bar des Sports, les marbres des bars
de Foggia. L'hiver, la vie de Porto Manacore se
concentre sur la Grande Place; inutile de quitter le
bar des Sports où tout ce qui se passe sur la place,
— par exemple un marché conclu d'un signe entre
deux hommes qui se séparent aussitôt, sans que personne ne paraisse s'être aperçu qu'ils se sont rencontrés — se répercute aussitôt en échos quasi imper-
ceptibles mais que Brigante saisit et sait interpréter.
L'hiver est plus commode. Mais du 15 juillet au
30 août, de midi à deux heures de l'après-midi, c'est
sur la plage qu'il y a à contrôler.

Dix cabines de chaque côté du bar. Un haut-
parleur juché sur un mât diffuse les chansons de la
radio italienne. Sur le plancher, des chaises et des
tables de fer, peintes en vert, déjà occupées.

La plage est longue et étroite, en bordure de la
route qui descend en lacets de la Grande Place. Près
du port, le sable est encombré de barques de pêche
et de filets qui sèchent. A l'autre extrémité, en direction du promontoire, la plage bute contre le mur de
soutènement d'un grand jardin d'orangers qui appartient à don Ottavio. Largeur : une vingtaine de
mètres. Longueur : dans les douze cents mètres. Le
bar et les cabines vers le centre. Le haut-parleur est
puissant et la radio s'entend d'un bout à l'autre de
la plage.

Du plancher du bar, on a l'œil sur toute la mince
bande de sable et par delà sur toute la baie, eau plate
qui n'intéresse personne, sauf entre la rive et le premier banc de sable, parc marin des nageurs, des
esquifs en caoutchouc et des pédalos. On ne lève
le regard vers l'horizon que pour s'assurer que le

libeccio n'est pas en train de l'emporter sur le
sirocco; on verrait alors le banc de nuages s'avancer
jusqu'à la côte et se changer en pluie dans le moment
même qu'il toucherait la cime de la montagne; mais
ce n'est encore jamais arrivé cette année. Si l'on
regardait vers la pointe Manacore, qui ferme la baie
vers l'est, on distinguerait l'armature du *trabucco*
(près duquel Francesco Brigante et Lucrezia sont en
train de se dire l'un à l'autre leur amour), semblable
à un grand navire en train de doubler la pointe;
mais la plupart des baigneurs ne s'intéressent pas
au *trabucco*.

Une toute petite plage, tirée d'un trait, du môle
du port jusqu'à l'orangerie de don Ottavio. Du large,
on ne la distingue pas des murs de soutènement
des jardins d'orangers et de citronniers qui touchent
à la route. Trois sociétés cependant s'y côtoient, avec
chacune son territoire précisément délimité, bien
que nulle barricade ni ligne d'aucune sorte n'en
marquent les frontières.

Depuis le port jusqu'à une cinquantaine de mètres
des cabines, le sable appartient au peuple. C'est tout
nouveau que le peuple vienne à la plage, conquête
entreprise aussitôt après la guerre par une avant-
garde de garçons d'entre treize et quinze ans auxquels
un instituteur gênois déplacé à Manacore, obscure
disgrâce, apprenait le crawl, et à plonger du haut
du môle. Puis étaient venues quelques jeunes filles,
la même vaillante cohorte des jeunes filles qui, dans
le désordre de l'après-guerre, avaient osé monter à
bicyclette malgré les injures des vieilles et les pierres
des *guaglioni* excités par le curé, qui avaient imposé
à Manacore de les voir passer à bicyclette, malgré les
obscénités criées par les hommes qui comparaient
la selle des vélos à tout ce qui est pointu et les

vélos à tout ce qui peut être chevauché, malgré un
autre instituteur, un Rouge cependant, mais qui disait
qu'il fallait d'abord prendre le pouvoir et ensuite
seulement réformer les mœurs, qui soutenait que la
prétention des femmes à la bicyclette comme la prétention de Clara Zetkine à l'amour libre faisaient
partie de revendications petites-bourgeoises condam-
nées par Lénine dans une lettre fameuse. Ces mêmes
jeunes filles, après avoir conquis la bicyclette, affron-
tèrent la plage, dans les maillots de bain qu'elles portent encore à présent, montant haut sur les épaules,
tombant jusqu'à mi-cuisse, un soutien-gorge sous
le maillot, une jupe le doublant sur le ventre et sur
les cuisses. Pendant les deux premières saisons, leurs
frères les protégeaient, faisant les cent pas sur la
route, la main dans la poche, fermée sur le greffoir,
tandis qu'elles se baignaient ou s'étendaient au soleil,
glorieuses de défi, ivres d'audace.

La liberté depuis lors a progressé à pas de géant.
Les mères maintenant viennent avec leurs filles à la
plage, descendant de la Vieille Ville avec toute la
marmaille accrochée après elles, bavardant par
groupes, accroupies sur le sable, allant parfois jusqu'à se baigner elles aussi, les mères, avançant dans
la mer jusqu'à mi-cuisse, dans leurs longues chemises de toile blanche, avançant dans la mer à petits
pas craintifs, mais affirmant leur liberté, par deux,
par trois, riant un peu nerveusement et, pour
prendre courage, se donnant l'une l'autre de grandes
tapes sur le dos, avec la main mouillée, les mères,
serrant de l'autre main leur longue chemise de toile
blanche autour des jambes et la faisant bouffer sur
les hanches pour qu'on ne voie pas leurs fesses.

Mères, jeunes filles et marmaille, le peuple occupe
la plage des abords du port (là où sèchent les filets

parmi les barques tirées sur le sable) jusqu'à une
cinquantaine de mètres des cabines. Les hommes du
peuple ne viennent pas à la plage, soit qu'ils travail-
lent, soit qu'ils soient désoccupés, à leur poste, le
long des murs de la Grande Place; le dimanche ils
préfèrent la pêche, le football ou jouer à La Loi
dans les tavernes.

De chaque côté des cabines, le sable appartient
aux notables de Porto Manacore et aux émigrés
fortunés, revenus passer les vacances au pays.

Par un accord tacite, un espace vide, un *no man's
land*, sépare le sable des notables du sable du peuple.

Côté notables, les femmes sont étendues sur des
chaises longues, sous des parasols, les mères et les
épouses en robe de plage, les jeunes filles en maillot
de bain. Les hommes prennent l'apéritif sur le plancher du bar; quelquefois l'un ou l'autre se lève et
va parler aux femmes, debout près des chaises
longues.

La vie sociale est très intense dans cette zone qui
ne s'étend guère qu'à cinquante mètres de chaque
côté des cabines mais qui se trouve subdivisée en
plusieurs territoires, selon les clans et coteries, avec
des enclaves et des divisions dans les subdivisions et
quelquefois des irrédentismes dans l'ombre du même
parasol, à cause des appartenances politiques, religieuses ou antireligieuses et des idées plus ou moins
« avancées » quant aux mœurs et à toutes sortes de
choses, interférant avec les nuances innombrables
des conditions sociales.

Cinq ou six jeunes femmes de la coterie des idées
avancées sont en maillot de bain comme les jeunes
filles, nagent et prennent l'apéritif avec leurs maris
sur le plancher du bar. Les autres femmes les regardent avec envie ou avec mépris, — cela dépend de

leur conception de la morale, des mœurs et du
progrès.

La troizième zone, jusqu'au mur de soutènement
de l'orangerie de don Ottavio, est abandonnée aux
estivants, familles de fonctionnaires, d'employés ou
de commerçants de Foggia, femmes et enfants des
notaires, des avocats, des pharmaciens des petites
villes de la montagne; ils préféreraient aller sur de
vraies plages, qui ont leur nom sur l'annuaire des
stations balnéaires et où l'on peut regarder des
étrangers en short danser dans des établissements de
nuit; mais c'est trop cher; ils sont aigris, les jeunes
filles surtout; ils se groupent par familles, par tribus;
ils se déshabillent sous des tentes de toile ou dans
leurs voitures, rangées sur le bord de la route; c'est
une horde sans hiérarchie, étrangère à la vie de Porto
Manacore, un accident d'été.

Don Ottavio possède une plage privée, un peu de
sable blanc, au fond d'une crique, en bas de son
orangerie. Il n'y va jamais.

Sur la route, vont et viennent sur leurs scooters
les fils de notables en quête d'une estivante qui
acceptera de faire une promenade avec eux; ils ne la
trouvent jamais, car les estivantes aussi ont des
mères, des frères, des sœurs, des fiancés.

D'un bout à l'autre de la plage, insoucieux des
frontières, foulant indifféremment le sable des trois
zones, passent en courant les *guaglioni* à l'affût d'un
larcin.

Sur la route, en bordure de la plage, vont et
viennent les vigiles urbains, la cravache à la main,
l'œil sur les *guaglioni*.

Sur la route passent les grosses voitures des étrangers. Ils ne s'arrêtent pas sur cette plage grouillante
d'Italiens. Ils poursuivent jusqu'au delà de Schiavone,

vers les belles calanques qu'ils espèrent solitaires
mais où ils trouveront des campements d'Allemands,
de Suédois, de Suisses, toutes les peuplades nordiques
en quête de ciel bleu et de souvenirs romantiques,
quatre heures de bain par jour et les peaux rouquines
crevassées de coups de soleil. La solitude est un luxe
de plus en plus rare sur la terre des hommes, fai-
seurs d'enfants.

A midi trente, le commissaire Attilio arrêta sa
Mille Cento en face de la plage. Anna, sa femme,
était assise à côté de lui, Giuseppina et les trois
enfants sur le siège arrière. Les femmes et les enfants
descendirent. Le commissaire tourna sur place, deux
marches avant, deux marches arrière, nettes, précises,
les roues braquées à fond, puis il se rangea au ras
exactement du talus; c'est un homme. Il descendit
à son tour.

— Le commissaire vient à la plage, annonça Pizzaccio.

Il est rare de voir le commissaire sur la plage, sauf
le dimanche. C'est pourquoi Pizzaccio signala son
arrivée.

Anna, Giuseppina et les enfants s'enfermèrent dans
la cabine, louée pour toute la saison. Le commissaire s'attarda sur le plancher du bar, bavardant
avec les amis, d'une table à l'autre. Brigante le
salua de loin, d'un mouvement de tête. Il lui répondit sans le regarder, en levant la main jusqu'à hauteur de l'épaule, pas plus haut. Ils n'affichent pas
d'être de bons amis, comme ils sont.

Matteo Brigante réfléchissait au rapport que venait
de lui faire Pizzaccio : Pippo, le chef des *guaglioni*,
était allé à l'aube rejoindre la Mariette de don Cesare
dans la resserre d'un de ses jardins. Pippo, Balbo
et leur bande n'ont pas assez de poids pour lui don-

ner du souci; ils lui ont volé son greffoir, à la fin du
bal; il veut leur donner une leçon, rien de plus; c'était
pour en trouver l'occasion, et un peu dans la colère
du moment, qu'à la fin de la nuit il avait chargé Pizzaccio de contrôler Pippo. Or la filature de Pizzaccio
avait révélé un fait nouveau : la Mariette n'avait pas
couché dans la maison à colonnades; elle était cachée
dans la resserre du jardin, elle y avait reçu à l'aube
la visite de Pippo. Brigante ne croit pas Mariette assez
déraisonnable pour avoir choisi Pippo pour amoureux; c'est une fille avisée; quand Brigante trouve
un prétexte pour aller chez don Cesare, elle le regarde
en dessous avec une froideur, une dureté qu'il admire;
s'il avait une fille, il aimerait lui voir ce regard intelligent et fermé, l'intelligence cachée avec une maîtrise
surprenante de la part d'une fille de dix-sept ans.

Il essayait de trouver l'interprétation juste du rendez-vous matinal de Mariette avec Pippo. Il sentait
qu'il y avait là quelque chose de particulier à déceler. Il tournait autour du fait, en pensée, le quittant,
y revenant, l'envisageant sous tous les aspects,
patiemment, avec des distractions voulues; c'est ainsi
qu'il a l'habitude de réfléchir, jusqu'à ce qu'il ait
trouvé une liaison, une analogie, alors les faits inso-
lites s'éclairent soudainement; telle est sa méthode
nonchalante, en apparence, d'analyse de la réalité,
qui lui permet de découvrir bien plus de choses que
ne lui en révèlent les rapports de Pizzaccio et de tous
ses autres informateurs.

Les enfants du commissaire Attilio sortirent de la
cabine, puis Anna et Giuseppina. Cette dernière portait comme les jours précédents le maillot de lastex,
cadeau de donna Lucrezia (mais personne n'en connaissait l'origine, sauf Brigante qui l'avait appris de
Fidelia et qui l'avait noté, dans sa mémoire, cela peut

toujours servir). La femme du commissaire aussi était
en maillot; c'était l'événement du jour; depuis dix ans
qu'elle habite Manacore, depuis dix saisons qu'elle
vient sur la plage, on l'avait toujours vue en robe,
jamais en maillot, c'était l'événement de la saison;
devait-on comprendre que le commissaire Attilio
donnait des gages à la coterie des idées avancées?

Pour aller des cabines sur la plage, il faut traverser le bar. Anna et Giuseppina s'engagèrent sur le
plancher.

Tous les regards convergèrent sur Anna. Même
les hommes qui étaient en train de bavarder avec le
commissaire ne parvinrent pas à dissimuler leur surprise.

— C'est mon tour de me déshabiller, dit le commissaire. Je ne serai pas long...

Il rit avec son assurance de bel homme, élégant
et entraîné aux sports. Il ferma sur lui la porte de
la cabine.

Anna sentait le regard de tous les hommes sur elle.
Les enfants avaient déjà filé, rien à quoi s'accrocher.
Elle hâta le pas pour gagner les trois marches qui
mènent du plancher du bar sur la plage. Mais Giuseppina la coinça dans le passage étroit entre les tables.

— Ne rougissez pas, madame Anna, chuchotait
Giuseppina. Redressez-vous. Ne leur montrez pas que
vous avez honte... Vous n'êtes pas la première femme
mariée qui se soit montrée en maillot... Vous êtes
belle femme, n'ayez pas peur... Montrez-leur que
vous n'avez pas peur d'eux.

Anna est grasse et blanche, Giuseppina mince et
brûlée par le soleil, qu'elle *prend* tous les jours, de
midi à deux heures, depuis le début de la saison.

Anna porte le maillot de bain grenat acheté pour
sa lune de miel, qu'elle a passée sur une plage de

Toscane, il y a dix ans. Elle n'est jamais retournée sur une vraie plage. En Toscane, elle n'était pas la femme d'un notable, mais une estivante; dans le Nord, d'ailleurs, le problème ne se pose pas. Elle a beaucoup grossi en dix ans et trois maternités, et le maillot fait saillir des bourrelets de chair. Elle n'avait pas du tout pensé à cet aspect de la question, toutes les semaines et les jours précédents, quand elle avait tellement insisté pour que son mari l'autorise à se baigner, à venir sur la plage en maillot, comme le font les cinq ou six femmes de la coterie des idées avancées, oubliant qu'elle n'avait pas fait de sport comme elles, qu'elle mangeait trop, qu'elle était molle et paresseuse, déjà informe à trente ans, comme les femmes d'avant le surgissement timide des nouvelles modes, des nouvelles manières de vivre. Comme toutes les filles de la bonne bourgeoisie du Sud, elle avait apporté en dot un triple trousseau : les lingeries ajustées pour la mince jeune fille qu'elle avait été, sans pinces ni plis pour la robuste mère qu'elle est à présent, démesurées pour la matrone qu'elle sera après le « retour d'âge ». Giuseppina avait tellement soufflé sur son envie de venir sur la plage en maillot, qu'elle n'avait plus pensé qu'à ce désir d'affranchissement que toutes les femmes, même celles du Sud, portent en elles, et pas du tout qu'elle allait se trouver exposée, comme toute nue, à tous les regards de la ville, dans son corps sans formes, difforme.

Le commissaire avait résisté très fermement, tantôt en riant, en badinant, avec sa désinvolture d'homme à femmes, tantôt en tranchant : « Inutile d'insister », avec son autorité d'homme habitué à donner des ordres au nom du gouvernement. Il n'a cédé que la veille au soir, brusquement convaincu par Giuseppina. Anna ne sait pas que l'acquiescement soudain de son mari a été payé d'un baiser et de quelques attouchements dans le couloir de la préture. Elle n'est cependant pas sans soupçonner quelque chose de ce genre. Il y a déjà plusieurs mois qu'Attilio répond aux provocations de Giuseppina par des regards, des inflexions de voix, toute sa mimique de conquérant; rien n'a échappé à Anna qui ressasse quand elle est seule ses doléances d'épouse d'homme à femmes; elle n'en invite que davantage Giuseppina, elle craint en l'écartant d'irriter Attilio qui la rencontrera ailleurs; elle préfère tenir sa rivale sous sa surveillance; elle n'est pas sans espérer la désarmer à force de gentillesse, de confiance apparente; au fait, elle la juge moins dangereuse que d'autres, elle la suppose naïvement enorgueillie des hommages du commissaire, donc sans valeur pour lui; elle ne soupçonne absolument pas que c'est la vierge folle qui fait la loi à don Juan. Et maintenant Giuseppina la coince entre les tables, sur le plancher du bar de la Plage, sous le regard des notables, augmentant encore sa honte en la sommant de ne pas la montrer.

— Laisse-moi passer, chuchota Anna qui rougit de honte et de colère.

Elle s'enflamma tellement, de honte et de colère, qu'elle rougit jusque sur les épaules (où les brides du maillot creusent un sillon).

Elle se fraya lentement un passage entre les tables, Giuseppina accrochée à son bras, la freinant tant qu'elle pouvait et criant à tue-tête :

— Vous noircirez tout de suite, avec le soleil-lion; en trois jours vous serez aussi noire que moi, madame Anna!

Le commissaire sortit de la cabine, dans un slip noir. C'est un grand bel homme, musclé, si brun de

peau naturellement qu'on pourrait le croire hâlé,
bien qu'il n'aille à la plage qu'une fois par semaine,
le dimanche.

Il vit Anna qui trébuchait sur les marches d'accès
à la plage, aidée, poussée, freinée par Giuseppina,
rouge jusque sur les épaules. Les regards se dépla-
cèrent vers lui. C'est un fonctionnaire habitué à
contrôler son visage et il ne montra pas son mécon-
tentement.

— Cette nuit, dit Pizzaccio, c'était au directeur de
la Banque de Naples que Giuseppina en avait...

— Au directeur de la succursale, rectifia Brigante.

Le commissaire avança rapidement et sépara les
deux femmes, les prenant chacune sous un bras et
les poussant rapidement vers la mer.

— A l'eau, Mesdames, dit-il bien haut et avec
enjouement, à l'eau tout de suite!

Les regards des femmes et des filles des notables,
étendues sur les chaises longues, à l'ombre des parasols, convergeaient sur eux.

— C'est cela, cria Giuseppina, nous allons
apprendre à nager à madame Anna!

Elle se détacha et courut en avant. Son corps est
joliment dessiné. A Manacore, les femmes sont
lourdes ou bien maigres, droites comme un fil. Giuseppina, les fesses rondes, la taille mince, les seins
grossis par une armature de laiton invisible sous le
maillot de lastex, est réellement *formosa*, tout en
formes, svelte et charnue.

Elle fit quelques pas en courant et se retourna, les
bras au ciel, les pointes (artificielles) des seins tendues sous le maillot.

— Venez, madame Anna! cria-t-elle. Venez, nous
allons vous apprendre à nager.

Elle repartit en courant vers la mer, y pénétra d'un
pied léger, courut jusqu'à ce que l'eau lui monte à
mi-cuisse, s'arrêta net, se souleva sur la pointe des
pieds, joignit les mains au-dessus de la tête et, d'un
coup de rein, plongea. Son corps s'arqua au-dessus
de l'eau, puis on ne vit plus que les jambes ner-
veuses, tendues, pieds joints, puis plus rien. Elle
réapparut quinze brasses plus loin, à hauteur du premier banc de sable, où l'on retrouve pied. Elle surgit de l'eau face au rivage, déployant au-dessus de la
mer (debout sur le banc de sable, de l'eau seulement
jusqu'à mi-jambe) son long corps svelte, ruisselant,
poli par le soleil et par la mer.

Le commissaire, sous le regard des notables, —
les hommes attablés au bar, les femmes sous le parasol — poussait fermement sa femme Anna vers la
mer. Il serrait si fort Anna que ses doigts dessinaient
des sillons, traits blancs bordés de rouge, dans le
gras du bras, — exactement comme font les brides
du maillot dans le gras des épaules. Les yeux de
Manacore, dressés à d'infinies et perspicaces obser-
vations, virent cela. Et l'on chuchotait, on ricanait,
on se réjouissait.

— Laisse-moi, dit Anna. Je veux d'abord prendre
le soleil sous notre parasol.

— On ne prends pas le soleil sous un parasol,
gronda Attilio. Avance.

— Doucement, dit-elle. Laisse-moi m'habituer à
l'eau. J'ai froid.

— L'eau est chaude, dit-il. Avance.

Ils entrèrent dans la mer jusqu'à mi-jambe.

— J'ai froid jusqu'à l'os, dit-elle. Laisse-moi
souffler.

— Tu n'as déjà pas été assez ridicule? Redresse-
toi. Avance.

La mer lui monta jusqu'à l'aine.

— J'aimerais mieux plonger d'un seul coup, dit-elle.

Il s'arrêta, la lâcha, la regarda.

— Plonge, dit-il, plonge! N'aie pas peur! La graisse soutient.

Giuseppina revenait, en brasse sur le dos, la pointe des seins à fleur d'eau. Elle reprit pied à deux pas d'eux. Elle cria :

— Enfoncez-vous d'un seul coup, madame Anna! l'eau est bonne. Sainte Marie de Capoue, comme l'eau est bonne!

Anna les regarda tour à tour l'un et l'autre. Elle s'accroupit brusquement sur le fond de sable et eut de l'eau jusqu'au cou.

— Bravo, madame Anna, cria Giuseppina, bravo! Vous êtes une vraie sportive.

La tête blanche d'Anna paraissait flotter sur la mer. Le commissaire lui parlait à mi-voix.

— Alors, tu es contente? Tu voulais te baigner, te voilà dans l'eau, restes-y. Bien du plaisir...

Il s'élança et d'une nage aisée s'éloigna vers le large.

— Monsieur le Commissaire, cria Giuseppina, vous n'êtes pas galant. Il ne faut pas laisser madame Anna toute seule...

Elle s'adressa à son tour à la tête blanche d'Anna, flottant sur la mer.

— Ne bougez pas, madame Anna, cria Giuseppina. Je vais lui dire ce que nous pensons de lui...

Elle s'élança d'un crawl rapide dans le sillage du commissaire. Elle nage, quand elle veut, plus vite que lui. Elle a de l'entraînement, crawlant chaque jour, du début jusqu'à la fin de la saison. Elle a déjà calculé que quand il sera fatigué et reviendra vers le rivage, elle prendra le devant et c'est lui qui aura l'air de la poursuivre.

Mme Anna se redressa, ruisselante d'eau et revint lourdement vers la plage, sous les yeux des notables.

— Moi, dit Pizzaccio, si j'étais le commissaire Attilio, la Giuseppina, je lui flanquerais des baffes...

— Moi, dit Matteo Brigante, je lui donnerais le maillot jaune.

— Pourquoi un maillot jaune?

— Comme au premier du Tour de France.

— Pourquoi comme au premier?

— Parce qu'elle est champion.

— Elle nage bien, dit Pizzaccio. C'est vrai.

— Idiot, dit Matteo Brigante.

Le commissaire reçoit ses maîtresses dans la tour de Frédéric II de Souabe, que Matteo Brigante loue à la municipalité. On peut y pénétrer de trois manières. Dans un coin de la terrasse de l'Hôtel des Postes, juste en face de la préture, une porte donne accès au deuxième étage, grande salle octogonale, que Brigante autorise le personnel du commissariat à utiliser; on y range les dossiers des affaires classées, personne n'est donc étonné de voir le commissaire y entrer ou en sortir; une autre porte dans un pan de la muraille ouvre sur un escalier de pierre qui mène au troisième étage, garçonnière commune du commissaire et de Matteo Brigante. On peut aussi y accéder de l'appartement de Brigante, par un couloir en soupente sous le toit de la partie Renaissance du palais, au-dessus de la mairie. On peut enfin passer par la chapelle du palais. Les clefs des trois accès sont détenues par Brigante auquel le commissaire doit demander les unes ou les autres pour rencontrer ses maîtresses.

Le troisième étage de la tour, comme le deuxième,

est formé d'une seule vaste salle octogonale. Les
fenêtres en ogive ont été murées, sauf un trou ménagé
dans le haut de l'ogive pour l'aération. Un coin a
été isolé par des tapisseries achetées chez un brocanteur de Foggia et meublé d'un lit de fer, peint de
guirlandes de fleurs, pour imiter les boiseries vénitiennes, d'une table de toilette avec tous les acces-
soires, derrière un paravent de cretonne. Une glace
au mur, derrière le lit, un tapis de style mauresque,
comme en rapportaient les sous-officiers de l'armée
de Libye, au pied du lit. Une petite lampe à abat-
jour garni de perles, sur un guéridon de marqueterie, de même style libyen que le tapis.

Les femmes y viennent généralement en passant
par la chapelle, ouverte au culte; elles s'engagent
dans l'escalier à vis, ménagé dans l'intérieur de
l'antique muraille, et qui mène au sommet de la tour,
lieu fréquenté par les touristes; au troisième palier,
elles trouvent la porte dont le commissaire Attilio
leur a donné la clef, empruntée à Brigante.

Quelquefois, elles passent par l'appartement de Brigante. La femme de celui-ci faisait naguère de petits
travaux de couture, ce qui donne un prétexte pour
aller chez elle. On a confiance en sa discrétion, la
sachant terrorisée par Brigante, craignant tellement
que son mari puisse l'accuser d'avoir trahi un de
ses innombrables secrets qu'elle ne parle jamais à
personne.

Les amours du commissaire se trouvent ainsi con-
trôlées par Matteo Brigante (de même que celui de
Lucrezia par Giuseppina). Dans les petites villes à
population très dense, les amours illégitimes sont
impossibles sans complicité (d'où le rôle des maque-
relles et des ruffians dans la littérature italienne).
Seuls les grands propriétaires peuvent se conten-

ter de prétextes si spécieux qu'ils ne trompent personne. Si la fille ou la femme est pauvre, ils l'engagent pour un temps comme servante. Si c'est la
femme d'un notable, ils invitent le couple dans une
de leurs villas, puis on envoie le mari à la chasse, ou
on lui demande d'aller contrôler le pressoir aux olives
ou de régler quelque affaire ennuyeuse, où il trouvera
son bénéfice.

Il y a autant de distance entre les grands propriétaires terriens comme don Cesare ou don Ottavio et
les notables qu'entre les notables et le peuple. Au
delà encore, il est arrivé à Matteo Brigante de rencontrer les administrateurs de la Montecatini, avec
lesquels il négocie la vente de ses terrains de Margherita di Savoia, ou ceux de la Société des minerais de
bauxite, auxquels il soumissionne des transports; ces
sociétés-là pourraient acheter toutes les terres de don
Cesare ou de don Ottavio, sans que leur bilan de
fin d'année en soit sensiblement modifié.

Le monde est fait à l'image de la flotte royale,
du temps que Matteo Brigante y était quartier-
maître. Les matelots : le peuple. Les sous-officiers :
lui, les hommes d'affaires de Foggia. Les officiers
subalternes : les notables de Porto Manacore ou de
Foggia, les hommes d'affaires quand ils sont inscrits
au barreau. Les officiers supérieurs : don Cesare,
don Ruggero. L'état-major suprême : la Montecatini,
la société de bauxite. Et au-dessus le roi dont on ne
sait plus le nom depuis qu'on est en République, la
Société anonyme du pouvoir d'Etat. Tout en haut :
Dieu.

Matteo Brigante, quoique se trouvant perpétuellement en état de péché mortel, sauf une nuit par
an, entre la confession du samedi saint et la communion du dimanche de Pâques, croit fermement en

Dieu et en la Sainte Eglise. La société humaine, telle
qu'il la connaît, fortement charpentée et hiérarchisée,
constitue à ses yeux une preuve irréfutable de l'existence de Dieu qui la couronne et la clôt, comme le
soleil-lion, à midi, couronne et clôt la baie de Manacore.

Si Matteo Brigante est obligé à tant de péchés
mortels, c'est parce que Dieu, qui lui a permis de
devenir sous-officier, et contrôleur de Porto Manacore, l'empêche d'accéder à la caste supérieure (avocats, notaires, médecins, juges, commissaires, M. le
docteur, M. le professeur, les titres universitaires).
Cela est réservé à son fils. Comme s'il payait par ses
péchés la promotion de son fils. Tout se paie; c'est
la loi.

L'argent ne suffit pas à expliquer la rigidité des
classes. Matteo Brigante dispose de beaucoup plus
d'argent que le commissaire Attilio. Incompa-
rablement plus. Le commissaire paie par traites sa
Mille Cento; si Brigante achetait une voiture, il
n'aurait qu'à signer un chèque sur son compte à la
Banque de Naples; s'il n'achète pas de voiture, c'est
pour ne pas perdre les intérêts du capital que repré-
sente une voiture et aussi parce qu'il trouve plus
plaisant d'utiliser les voitures des gens qu'il contrôle,
surtout quand ils en manifestent de l'humeur. Le
commissaire est un fonctionnaire, mot que Brigante
est déjà assez riche pour prononcer avec mépris. Mais
si riche que devienne Brigante, grâce aux intérêts
composés d'un capital adroitement géré et quels que
soient les services qu'il rende par ailleurs au commissaire, il continuera à dire « monsieur le Commissaire » et *lei* (en italien la troisième personne,
en français *vous*) et le commissaire lui répondra « Brigante » et *tu*. Pour jouir des privilèges des officiers

supérieurs auxquels sa fortune l'apparente désormais, Matteo Brigante devrait quitter Porto Manacore, ce qu'il fera peut-être à l'âge de la retraite, quand son fils sera devenu avocat, propriétaire terrien et aura été dressé par lui à défendre leur fortune. Dans une autre province que celle de Foggia, dans le Nord ou à l'étranger, on lui accordera les privilèges du rang auquel l'argent qu'il dépensera fera croire qu'il appartient. Est-ce sûr? Il se méfie, lui, des étrangers qui traversent Porto Manacore dans de grosses voitures américaines (ou allemandes ou françaises) et qui déjeunent quelquefois à la *trattoria* du port; peut-être ne sont-ils que quartiers-maîtres dans leur pays, parcourant l'Italie dans leurs grosses voitures, visitant les musées, se faisant ouvrir les portes des églises, suant à faire le tour des basiliques en plein midi, sous le soleil-lion, et descendant dans les palaces dont tous les clients ont droit au même respect, peut-être ne font-ils tout cela que pour se donner l'illusion d'être des officiers supérieurs? Du fond de la *trattoria*, Matteo Brigante les épie; il guette le geste, le ton, le manque de désinvolture ou la trop grande désinvolture qui feront la preuve que l'étranger est un tricheur, comme il sera lui-même tricheur s'il s'exile. Le Brigante de l'endroit où il s'exilera découvrira tout de suite qu'il est tricheur. Dans le monde de Dieu, on n'échappe pas aux contrôleurs que Dieu a placés un peu partout et qui, en prélevant leur dîme sur le désordre, contribuent à leur manière au maintien de l'ordre. Voilà à quoi pense Matteo Brigante, nature méditative, que son métier de racket a formé à méditer sur les inégalités sociales, voilà à quoi il pense tout en surveillant du regard le commissaire et Giuseppina qui nagent au large du premier banc de sable.

Giuseppina est plus vive nageuse que le commissaire et quelque louvoiement qu'il imagine, elle
s'arrange pour être un peu en avant de lui, de telle
manière que les notables et leurs femmes qui les
observent depuis la plage puissent croire que c'est
le commissaire qui poursuit Giuseppina. Et de temps
en temps elle se retourne dans l'eau et rit très fort,
pour qu'on l'entende de la plage, — rire d'une jeune
fille à un homme qui la provoque, dont elle ne
repousse pas tout à fait la provocation, mais dont
elle s'amuse, *lo fa caminare*, elle le fait cheminer,
marcher.

Anna est revenue sur la plage et s'est étendue sur
la chaise longue, sous son parasol, avec une ser-
viette sur les cuisses pour cacher les bourrelets de
chair à la lisière du maillot trop étroit. Elle a contenu tant qu'elle a pu les larmes qui lui montaient
aux yeux et que toutes les femmes guettaient. Quand
elle a senti qu'elle était sur le point de ne plus les
contenir, elle est allée s'enfermer dans sa cabine.
Maintenant, derrière la porte close, assise sur un
petit banc de bois, les bretelles du maillot rabattues,
ses gros seins blancs à l'air, elle pleure silencieusement.

Le commissaire continue de nager au large du premier banc de sable, louvoyant de-ci de-là, suivi de
Giuseppina et paraissant la suivre. Il l'injurie peut-
être. Il l'a certainement d'abord injuriée. Pour
l'heure sans doute il la supplie de venir un jour prochain dans sa garçonnière de la tour de Frédéric II
de Souabe; dans ce cas, Giuseppina répond certainement : « Renvoyez d'abord madame Anna à Lucera,
chez ses parents. » De la plage on ne peut pas
entendre ce qu'ils se disent, mais seulement le rire
aigu, provocant-provocateur de Giuseppina.

Les notables, en train de prendre l'apéritif au bar
de la Plage, et leurs femmes, étendues sur les chaises
longues, sous les parasols, ne s'y trompent pas.
Ils savent que ce n'est pas le commissaire Attilio
qui poursuit Giuseppina, qu'il l'injurie peut-être,
que c'est la jeune fille qui, profitant d'être plus leste
à nager. s'arrange pour paraître poursuivie par le
commissaire. Devant un public aussi averti de toutes
les nuances de la vie sociale, Giuseppina joue à
jeu découvert. Elle le sait aussi bien que son public.
Ce qui excite et réjouit les notables de Porto Manacore, c'est que le commissaire Attilio se soit laissé
acculer : 1° à autoriser sa femme, la grasse et respec-
table-respectée Anna à venir sur la plage en maillot
de bain; 2° à s'afficher lui-même sur la plage entre
sa femme, la désormais informe Anna (déformée par
les maternités et la gourmandise) et la svelte Giuseppina (amaigrie par la malaria), la plus effrontée
de toutes les vierges de Manacore; 3° à se faire, au
large du premier banc de sable, le jouet, sous les yeux
de toute la plage, de la vive, alerte et provocante
Giuseppina. Il retarde le moment de reprendre pied
sur la plage, continue de louvoyer, de-ci de-là, parmi
les rires de Giuseppina, parce qu'il ne s'est pas
encore décidé à affronter les regards moqueurs des
notables (et le regard froid de Matteo Brigante); sa
désinvolture d'homme habitué à plaire aux femmes
ne le sert plus dans cette épreuve, brusquement annu-
lée, parce que précisément il se laisse tourner en
ridicule devant toutes les femmes des notables, ses
anciennes et, avait-il espéré, ses futures maîtresses,
par la plus effrontée des vierges folles de Porto Manacore.

Ce n'est donc pas la curiosité qui anime le regard
des spectateurs. Giuseppina n'apprend rien à la plu-

part d'entre eux; il y a beau temps qu'on sait que le commissaire essaie d'avoir Giuseppina, la meilleure amie de sa femme et qu'il impose à sa femme de recevoir comme sa meilleure amie. C'est une excitation d'un autre genre qui anime le regard des spectateurs, plus vive, plus cruelle, plus voisine du plaisir provoqué par un procès d'assises ou par une course de taureaux. Ils assistent à l'exécution du commissaire Attilio, par Giuseppina, la fille du quincaillier de la rue Garibaldi.

Pizzaccio a enfin compris.

— La Giuseppina, dit-il, fait la loi au commissaire.

— Ça devait finir ainsi, dit Brigante.

— Pourquoi? demanda Pizzaccio.

— C'est un faux dur, répondit Brigante.

A cause de leur garçonnière en commun, le commissaire et Matteo Brigante parlent souvent de l'amour, soit enfermés dans le bureau du commissaire, soit même dans la garçonnière, pour l'échange des clefs. Ils en parlent librement, en hommes qui, à cause des circonstances, ne peuvent rien se cacher. Quand ils parlent de l'amour, seul à seul, et seulement dans ces cas-là, Brigante appelle le commissaire par son nom, Attilio, sans faire mention du titre, et le commissaire appelle Brigante, *caro* Matteo. Dans les grandes lignes, les deux hommes se font la même idée de l'amour : ce qui lui donne du prix, c'est de faire la loi à l'autre, femme ou jeune fille.

(Quant au plaisir, les filles de certaines maisons de Foggia, maisons de plaisir précisément, celles à deux et cinq mille lires la demi-heure, à dix mille lires l'heure, sont plus expertes que n'importe quelle amante. Mais c'est un autre genre de plaisir, moins totalement excitant que de faire la loi à une amante. Dans certains cas cependant, la fille de maison peut

surpasser toute amante. Le rapport des filles et des
amateurs de filles est en effet complexe : en payant
la fille, on lui fait la loi; en exigeant d'être payée,
elle fait la loi; elle peut donc procurer le double
plaisir de faire et de subir la loi dans le même instant; c'est le comble de la liberté dans l'amour. La
réussite dépend de l'habileté de la fille à mettre en
évidence, dans chaque geste, cette double dépen-
dance-liberté des deux partenaires à l'égard de la loi
qu'ils s'imposent l'un à l'autre. Mais si la fille n'est
pas habile à ce jeu-là qui constitue l'essence de sa
profession, les deux lois s'annulent l'une l'autre (au
lieu de multiplier, de transcender leur effet réci-
proque) et il ne reste plus que le plaisir de chevau-
cher, peu importe les instruments et positions réci-
proques, le plus plat des plaisirs, que d'autres
trouvent aussi bien avec une chèvre ou dans la solitude ou avec leur épouse qui a, depuis si longtemps,
l'habitude de subir la loi que c'est devenu sans
valeur de la lui imposer. Voilà à peu près ce que
pense des filles Matteo Brigante, en d'autres termes
mais très clairement à cause de sa pratique du jeu
de La Loi, et aussi le commissaire, mais plus confusément.)

Matteo Brigante et le commissaire conviennent
donc que ce qui donne du prix à l'amour, c'est de
faire la loi. Mais ils s'adressent à des objets différents.

Le commissaire Attilio fait la cour à la femme
d'un notable, l'entoure de prévenances et de pièges,
l'enjôle, la dorlote, la cajole, la câline, la persuade
de venir dans sa garçonnière, dans la tour octogonale de Frédéric II de Souable. Il s'épuise dans les
travaux d'amour, persuadé de procurer à la femme
adultère un plaisir qu'elle ne trouve pas, dit-elle,

dans les bras de son mari; il triomphe : « Tu es à
moi »; les hommes des pays chrétiens se persuadent
aisément que quand une femme dit : « Je suis heureuse », elle pense : « Tu m'as marquée, je suis
devenue ta propriété »; métaphysiciens sans le savoir,
propriétaires et juristes par essence, ils pensent le
plaisir d'amour en termes d'absolu : c'est le fer
rouge qui marque à jamais la bête acquise. Quand
Attilio s'est enfin persuadé que son amante lui appartient sans réserve, il lui apprend les gestes, les poses,
les pratiques des filles de Foggia, « Je la dégrade »,
dit-il. Puis il rompt et passe à une autre.

Séduction, possession, dépravation, rupture, telles
sont les quatre figures du libertinage du commissaire Attilio, exercice beaucoup plus religieux qu'il
ne le croit. Et pour finir, il est tombé sous la loi
de Giuseppina. Brigante exulte.

Matteo Brigante, lui, préfère violer les vierges.

Les plaisirs de la plage prirent fin, sur les
deux heures de l'après-midi. On rentra à Manacore
pour déjeuner et faire la sieste. Le commissaire
ramena dans sa Mille Cento sa femme Anna,
Giuseppina et les trois enfants. A la pointe du promontoire, près du *trabucco*, donna Lucrezia et Francesco venaient de se séparer et marchaient dans la
pinède, lui vers l'endroit où il avait caché la Vespa
de don Ruggero, elle vers le portique de la Colonie
de vacances, chacun se répétant à soi-même les
mots d'amour qu'il venait d'entendre de l'autre.

Matteo Brigante dormit jusqu'à cinq heures, chez
lui, dans son appartement du palais de Frédéric II
de Souabe. Il prit une douche et fit toilette; il est

toujours impeccable. Il choisit, pour cette seconde partie de la journée qui commence après la sieste, une veste d'alpaga bleu pétrole, une chemise bleu turquoise et un nœud papillon bleu marine. Le nœud papillon ne se porte plus beaucoup en Italie; Brigante l'avait accepté, quand il débuta dans le racket, après avoir été démobilisé; il estimait à cette époque que le nœud papillon faisait plus sérieux que la régate; maintenant, sans nœud papillon, il ne se ressemblerait plus.

— Tu rentreras souper? demanda Mme Brigante.

— Je ne sais pas, répondit-il.

Il tourna au coin de la Grande Place et de la rue Garibaldi. Au rez-de-chaussée de la préture, derrière les jalousies entrebâillées vers le ciel, les prisonniers chantaient :

Tourne, ma beauté, tourne...

Mais il ne les entendit pas davantage que le pêcheur n'entend le moteur de son bateau. Puis il se dirigea vers le premier contrefort de la montagne, la zone des jardins d'orangers et de citronniers.

Il prit un chemin différent de celui où s'était engagée Mariette, puis Pippo suivi sans le savoir par Pizzaccio.

Il arriva ainsi dans un jardin voisin de celui de don Cesare (où Mariette s'est cachée) mais d'un autre accès, sur le flanc opposé du val aux trois sources. Le métayer du jardin, un de ses amis, surveillait une dizaine de femmes qui sarclaient les vasques creusées au pied de chaque arbre.

Ils bavardèrent un instant.

— Des feignantes, disait le métayer, si je ferme l'œil elles se croisent les bras.

— Si tu ne t'intéresses pas à ton bien, répondait

Brigante, les autres ne s'y intéresseront pas pour
toi.

— Elles se nourrissent sur moi, reprenait le
métayer...

— La main n'est rien sans l'œil, répondait Brigante...

Etc. Ce sont politesses de sous-officiers.

— Je me repose un instant, dit Brigante.

— Fais comme tu veux.

On ne pose jamais de questions à Brigante. S'il
s'arrête dans le jardin, c'est qu'il a quelque chose
à contrôler dans le voisinage. Ça le regarde.

Il s'assit à l'ombre d'un figuier et attendit que le
métayer et les ouvrières s'en allassent.

Le père de Brigante était ouvrier agricole, payé
à la journée (quand il n'était pas désoccupé). Sa
mère aussi travaillait à la journée, sarclant les jardins ou tirant l'eau au puits pour les arrosages; elle
était encore plus souvent désoccupée que le père.
Ils faisaient aussi toutes sortes de corvées, à titre
gratuit, pour le métayer ou le régisseur qui avait
eu la gentillesse de leur donner du travail.

Italo Barbone, un des métayers de don Ottavio,
avait une faiblesse pour son père et l'occupait souvent. Il habitait dans la zone des jardins, à deux
cents mètres de la route par un sentier coupé de
marches. Quand il allait à Porto Manacore, le père
l'attendait, au coin de la route, une lanterne à la
main, de la tombée de la nuit jusqu'à ce qu'il
revînt, pour le guider dans le sentier; il marchait
devant lui, un peu de côté, comme un crabe, pour
ne pas faire écran entre la lanterne et les pieds de
Barbone. Le métayer était grand amateur du jeu de
La Loi et ne rentrait souvent que peu avant l'aube.
Le père de Matteo attendait toute la nuit, n'ayant

jamais osé dire à l'homme qui avait la bonté de le faire travailler : « Je laisserai la lanterne au coin du sentier et j'irai dormir. » Au fait, s'il avait laissé la lanterne, il se serait sûrement trouvé quelqu'un pour la voler; une lanterne est un objet de prix dans un pays de désoccupés. Et s'il l'avait cachée (ils auraient pu convenir d'une cachette), Barbone, rentrant généralement ivre, n'aurait pas trouvé la cachette ou n'aurait pas été capable d'allumer la lanterne. Il n'y avait donc pas d'autre solution que d'attendre, assis par terre, au coin de la route, jusqu'à ce que le métayer se décide à rentrer,

Barbone aussi attendait. En ce temps-là, don Ottavio habitait la plus grande partie de l'année à Rome. Il arrivait qu'il écrivît à son métayer : « Attends-moi lundi à la gare de Villanuova. » Barbone attelait la voiture à deux chevaux et allait attendre son patron à Villanuova, à vingt kilomètres de Porto Manacore. Souvent don Ottavio ne venait pas le lundi, comme il l'avait annoncé, ni le mardi, ni le mercredi; il était arrivé au métayer d'attendre toute une semaine, devant la gare, dormant la nuit sur une botte de paille, dans le fond de la voiture. Aujourd'hui don Ottavio ne prend plus le train; il a plusieurs automobiles. Mais le vieil Italo Barbone continue d'attendre, en maintes occasions, pour toutes sortes de raisons, en beaucoup d'endroits.

Don Ottavio faisait attendre son métayer qui faisait attendre son ouvrier agricole. Le Roi faisait probablement attendre don Ottavio et Dieu le Roi. Telle fut la première idée que le jeune Matteo se fit de la hiérarchie sociale. Chacun attend quelqu'un et fait attendre quelqu'un d'autre. Seul Dieu n'attend personne et seul l'ouvrier agricole n'a personne à faire attendre. Ainsi se définirent pour lui deux

absolus aux deux extrémités de la hiérarchie (bien
qu'il n'employât pas ces mots) : Dieu et l'ouvrier
agricole. L'état d'ouvrier agricole constitua ainsi
pour ce fils d'ouvrier agricole le mal-être absolu.

D'autres, comme Mario le maçon (celui auquel le
commissaire Attilio a refusé son passeport, parce
qu'il a refusé de déchirer la carte de son parti) veulent jeter bas tout l'édifice et en construire un autre
où la hiérarchie sera fondée sur des critères différents
(sans hiérarchie, exigent les anarchistes encore nombreux dans le Sud). Ces conceptions supposent la
lecture de journaux et de livres, ou tout au moins
la fréquentation de lecteurs de journaux et de livres,
toutes choses qui étaient impossibles au jeune Matteo
(de plus, c'était l'époque fasciste). Mais, dès l'âge de
dix ans, il avait pris la décision d'échapper à tout
prix au mal-être absolu, c'est-à-dire à la condition
d'ouvrier agricole. Attendre, soit, puisque c'est inévi-
table, mais au moins en tirer le pouvoir de faire
attendre d'autres. Subir la loi, soit; mais aussi faire
la loi; ainsi l'enfant conçut-il la dignité humaine.

Malgré de sévères corrections, il refusa donc d'aller
même une seule fois sarcler avec les femmes ou tirer
l'eau des puits et la monter, deux seaux par deux
seaux, sur un balancier, dans les jardins qui ne sont
pas irrigués, ainsi que font les enfants d'ouvriers
agricoles, quand par bonheur le métayer a besoin
d'eux. Il estime aujourd'hui que les coups de son
père l'ont trempé. Quand il y pense maintenant, il
est également satisfait d'avoir été battu par son père
et de n'avoir pas cédé à ses coups, c'est ainsi qu'il
est devenu dur comme il se félicite de l'être. Et
c'est pourquoi, à son tour, il a battu son fils, Francesco, non pas dans la colère, comme avait fait son
père à lui, ce qui diminue l'effet du châtiment, lui

conférant l'inexorabilité des catastrophes naturelles, tempêtes, tremblements de terre, malaria, mais froidement à coups de lanières, en comptant les coups ou en obligeant Francesco à les compter, et il s'était réjoui de voir l'enfant serrer les dents sans crier, de sentir que l'enfant le haïssait mais qu'il avait déjà assez de contrôle sur soi-même pour ne pas crier sa haine, pour contenir si bien sa haine qu'elle ne transparaissait même pas dans les yeux, qu'ainsi il durcissait, se trempait, devenait un homme.

Dès qu'il avait été en âge, Matteo Brigante avait travaillé avec les pêcheurs, comme mousse. Le pêcheur aussi est misérable et il a beaucoup de maîtres : le propriétaire du bateau de pêche, le marchand de poissons, le vent, la mer et les migrations des poissons. Mais la multiplicité de ses maîtres lui permet quelque défense; le propriétaire et le marchand le font attendre, mais il peut arguer du vent, de la mer ou de la migration des poissons, il peut aussi jouer de la concurrence entre les marchands, pour les obliger à attendre. C'est un métier qui exige de l'intelligence et qui l'exerce; se servir du vent pour aller contre le vent ne définit pas seulement la navigation à voile mais aussi ce pouvoir que l'intelligence donne à l'homme de plier à son service les lois naturelles et sociales, la mesure de sa liberté. Bien qu'il soit souvent aussi pauvre que l'ouvrier agricole, le pêcheur n'est pas comme lui dans un état de mal-être absolu. Le pêcheur vend son poisson, qu'on lui achète; dès qu'il y a commerce la servitude n'est plus absolue. La relative liberté du patron pêcheur se reflète sur le matelot et même sur le mousse, prix de leur complicité dans la lutte contre la nature et les hommes.

A quinze ans Matteo Brigante nageait bien et plon-

geait encore mieux. Les moules que les autres arra-
chaient avec un grappin, il allait les chercher, les
yeux grands ouverts, parmi les écueils sous-marins,
il les remontait à pleines brassées. Il recevait de
petites primes, en nature ou en argent, mais il
était encore plus sensible à la louange. Sur toute la
côte de Manacore, on ne l'appelait plus que Matteo
Maître de la Mer.

Un garçon de quinze ans qu'on surnommerait
Maître de la Mer ne resterait pas aujourd'hui mousse
au service d'un patron pêcheur. Il irait aux îles,
il guiderait les étrangers qui pratiquent la chasse
sous-marine; il deviendrait maître-nageur, maître-
plongeur; ce serait la porte ouverte à toutes sortes
d'aventures, non seulement la gloire des concours
nationaux et internationaux de chasse sous-marine,
mais aussi la chance qu'un riche étranger s'intéresse
à lui et tout ce qui peut en résulter.

Mais Matteo, Maître de la Mer, ne quitta pas Porto
Manacore, ces occasions n'existant pas encore. Quand
il eut seize ans, un garçon de Schiavone ravit la
virginité d'une de ses sœurs et refusa de l'épouser.
Matteo *lo incoltelló*, l'encoutela, le poignarda. La
Cour fut indulgente, comme elle l'est généralement
pour les crimes d'honneur, et d'autant plus que le
garçon de Schiavone, quoique très proprement encoutelé, survécut. Matteo fut condamné à la prison jusqu'à l'âge de dix-huit ans; on lui permit alors de
s'engager dans la Marine Royale.

Pour l'heure, il est assis sous un figuier, dans le
jardin du métayer, son ami. Il a ôté sa veste d'alpaga bleu pétrole et l'a posée près de lui, soigneusement pliée. Il regarde la mer, le soleil qui descend
vers les îles, le banc de nuages poussé par le libeccio,
repoussé par le sirocco et qui se replie lentement

vers l'ouest. Il se sent dispos. Il attend que les
métayers et les sarcleuses s'en aillent pour sauter
le mur et passer dans le jardin de don Ottavio. Il a
décidé de violer Mariette.

A deux heures, un *guaglione*, mandé par Pippo,
avait apporté à Mariette un pichet d'huile, du pain
et des tomates. Elle était allée à la source, près de
la resserre, renouveler l'eau de la cruche. Voilà pour
son repas. Puis elle avait dormi, jusqu'à cinq heures.

Assise sur les sacs, elle est en train d'échafauder
des projets. La réflexion lui plisse le front. Elle a
joué avec des fétus de paille, les a brisés, dans la
tension de sa pensée, et les brins sont tombés sur
ses genoux; elle les manœuvre maintenant comme
les pièces d'un échiquier, les déplaçant sur ses
genoux, personnages imaginaires, symboles d'obstacles et d'aides. Elle combine un plan à longue
échéance, utilisant les brins de paille, comme un
comptable son boulier.

Les rais obliques du soleil déclinant pénétrèrent
par la lucarne et l'enveloppèrent de lumière blonde.

Le métayer et les sarcleuses quittèrent le jardin
voisin et regagnèrent Manacore, par les chemins
creux, entre les hautes murailles.

Matteo Brigante sauta le mur, adroitement, sans
accrocher sa veste d'alpaga bleu pétrole, aussi agile
que lorsqu'il plongeait aux moules et plus tard
grimpait aux mâts du navire-école.

Il s'approcha de la lucarne de la resserre et
observa Mariette qui ne le voyait pas. Il s'attarda
ainsi, non pour combiner son plan qui était tout
simple et toujours le même dans des cas analogues,

ni pour se délecter à l'avance de son plaisir qui est
un plaisir de l'instant, absolu, dont on ne peut donc
se délecter à l'avance (sauf en le racontant en public,
en présence de quelqu'un qui en souffre, comme
il fit devant Tonio; la souffrance de l'autre donne
une réalité à l'acte imaginaire). Il s'attarda un
moment, avant de pousser la porte et de pénétrer
dans la resserre, parce que, dans l'instant qu'il allait
foncer sur sa proie, il avait pensé au commissaire
Attilio, autre bête de proie, souvent son complice,
mais qu'il avait vu quelques heures plus tôt, plié
sous le joug, par la Giuseppina. Il fit un bref parallèle de la conduite du commissaire Attilio et de la
sienne propre.

Le commissaire Attilio, grand séducteur qui a
amené dans leur garçonnière commune les femmes
de presque tous les notables de Manacore, a finalement accepté le ridicule, c'est-à-dire l'humiliation,
a subi la loi de Giuseppina, devant ses anciennes
et, avait-il espéré, ses futures maîtresses. Si Brigante
voulait Giuseppina, il l'aurait. Mais les vierges folles
ne l'intéressent pas. Il n'aime que les vierges sages,
qu'il prend de force. Il s'estime plus viril que le
commissaire Attilio.

Quand ils parlent ensemble de l'amour, soit dans
le bureau du commissaire, soit dans leur garçonnière
commune, ils opposent souvent leurs points de
vue.

Brigante feint de croire aux prouesses techniques
de son ami.

— Mais, dit-il, je ne vous comprends pas. Vous leur
apprenez tout, vous en faites de bonnes petites
chattes, bien caressantes, bien cajoleuses, bien amou-
reuses, puis vous les renvoyez. Ce sont les maris qui
profitent de vous.

— J'aurai même donna Lucrezia! s'écrie le commissaire.

— Elle ne sera pas facile à dégeler...

— Comme les autres, exulte le commissaire.

Puis il rit, pour donner à son outrecuidance l'apparence de la légèreté.

— Les maris de Manacore, dit-il en riant, devraient m'édifier un monument de reconnaissance.

Mais il ne s'explique pas le goût de Brigante. D'autant moins que celui-ci a jadis poignardé le séducteur de sa sœur. Viol et vengeance du viol relèvent, estime-t-il, du même fétichisme.

Quand un crime d'honneur vient d'être commis sur le territoire qui relève de sa juridiction, le commissaire dit à Brigante :

— Encore un imbécile comme toi, qui va aller au bagne, à cause du pucelage de sa sœur.

Dans l'esprit de Brigante, viol ou encoutèlement, pas de contradiction, c'est la même démarche. Il exécute.

Dans la marine, les hommes de la classe du commissaire Attilio (officiers supérieurs ou subalternes) font des plans, donnent des ordres. Les sous-officiers exécutent (en se servant des matelots, comme la main de l'outil). Le bourreau aussi exécute. Ce n'est pas gratuitement qu'on emploie le même mot.

Le commissaire fait trébucher les « interpellés » et les prévenus dans l'entrelacs de ses questions, dans les filets de son argumentation. Il séduit les femmes des notables. Entreprises de tête, démarche d'officier.

Mais les officiers sont gauches quand les circonstances les obligent à exécuter. Brigante est persuadé qu'Attilio n'accomplit pas les prouesses de lit dont il se vante; et pour finir, il est tombé dans la dépendance d'une vierge folle.

Brigante, lui, viole et encoutèle. Il se vérifie, il se prouve à soi-même, dans l'exécution. C'est pourquoi il s'estime plus viril que le commissaire Attilio.

Même dans son corps, il se glorifie d'être plus viril que le commissaire. Celui-ci est bâti en athlète, jupitérien, haut, les muscles arrondis. Matteo Brigante est petit, trapu, tout en triangles; le trait noir des sourcils, le point noir de la moustache; les épaules larges, les hanches étroites; un couteau.

Mariette lui plaisait, en train de combiner des projets, assise sur les sacs, déplaçant les brins de paille sur ses genoux, l'air concentré, une vierge sage.

Il entra dans la resserre et referma la porte derrière lui, sans prononcer un mot.

Mariette ne posa pas de question. Elle se leva d'un bond et s'accota au mur, les mains dans la poche de sa blouse, le regard aussi dur que celui de Brigante.

Brigante fut ravi de ce regard.

Il retira tranquillement, posément, sa veste d'alpaga bleu pétrole et la posa, les épaules bien en place, sur le dossier de la chaise.

Puis il s'avança à petits pas.

— Couche-toi, dit-il.

Elle ne bougea pas, ne répondit pas. Elle fixait sur lui son regard dur. Aucune peur. Il aima cela.

Il fit encore deux pas et la gifla à toute volée, une fois sur chaque joue. C'est ainsi qu'il procède. On ne peut rien sur une vierge récalcitrante si d'abord on ne l'assomme pas.

Elle ne bougea pas, sauf d'osciller sous chaque gifle, ne baissa pas les yeux. Il répéta :

— Couche-toi!

Mariette avança d'un pas. Il fut surpris. Allait-elle se coucher? Il n'attendait pas cela d'elle.

Elle avança encore d'un pas et se trouva tout contre lui.

— Ton greffoir, dit-elle.

Brigante n'eut pas le temps de comprendre. Le poing de la jeune fille jaillit de la blouse, armé d'un ergot d'acier et barra sa joue de deux traits en croix. Elle fit deux pas en arrière et se retrouva accotée au mur.

Il passa sur son visage sa main qu'il retira dégoulinante de sang. Dans le même instant, il entendit un déclic. Mariette venait d'ouvrir le greffoir, qu'elle tenait fermement en main. Il aperçut la lame, aiguisée comme un rasoir, et au dos de la lame l'ergot (qui sert à soulever l'écorce après l'incision) rouge de son sang. Il recula rapidement vers la porte.

Mariette marcha lentement vers lui, le greffoir en main. Elle lui laissa le temps d'ouvrir la porte, allant à petits pas, mais sans cesser de s'avancer vers lui, le front incliné, comme prête à charger, le regard *en dessous*, le bras replié à l'horizontale, en garde comme un boxeur, avec au bout du poing la lame, tendue à hauteur de gorge.

Brigante tourna le dos et passa la porte en courant. Mariette referma rapidement la porte derrière lui et tourna la clef dans la serrure. Puis elle alla se poster derrière la lucarne. A genoux devant la source, il était en train de laver sa blesssure. Il se redressa et elle vit la croix qu'elle venait d'inciser dans sa joue, deux traits bien nets, qui se coupaient à angle droit, juste assez profonds pour durer autant que Matteo Brigante.

Mariette se détourna de la lucarne et alla examiner

la porte. Les chambranles étaient vermoulus, les gonds rouillés, on voyait le ciel entre les ais, il aurait suffi d'un levier quelconque, une des fourches qui traînaient dans le jardin, pour les faire sauter. Elle reprit en main le greffoir qu'elle avait posé sur la table. Sur le sol de terre battue, les gouttes de sang tombées de la joue de Matteo Brigante avaient encore le beau rouge vif du sang qui n'a pas séché. Elle aperçut le veston d'alpaga bleu pétrole posé sur le dossier de la chaise.

Elle n'a pas du tout réfléchi. *Ha agito con la stessa rapidità che il pensiero*. Elle a tiré de sous les sacs de toile un portefeuille de cuir fauve incrusté d'initiales d'or, elle a tiré de la poche intérieure du veston de Brigante un portefeuille de cuir noir et elle a mis l'un à la place de l'autre, celui de cuir fauve dans la poche du veston, celui de cuir noir sous les sacs. Puis elle est revenue près de la lucarne et elle a attendu.

Brigante revint vers la resserre et s'arrêta devant la lucarne. Mariette se tenait un peu en retrait. Il se regardèrent un moment en silence. La croix sur la joue ne saignait presque plus. Seulement quelques gouttes qui gonflaient lentement entre les lèvres de la plaie, comme des cloques.

— *Dio boia*, jura Brigante, dieu bourreau! Tu m'as marqué pour la vie.

Elle eut une petite lueur dans les yeux, comme d'amusement.

— Je te retrouverai, dit-il.

— C'est avec ton greffoir, dit-elle, ton greffoir à la marque des Deux Bœufs...

— *Porco Giuda*, jura-t-il, cochon de Judas! je n'ai jamais rencontré pareille garce.

— Je le garde, dit-elle, ça peut resservir.

14

— Laisse-moi entrer, demanda-t-il, que je reprenne mon veston.

Elle fit passer la lame à hauteur de ses yeux.

— Si tu essaies d'entrer, dit-elle, je t'ouvrirai la gorge.

— Tu en es bien capable, dit-il.

Il la regardait en dessous, comme elle-même avait fait.

— Essaie voir, dit-elle.

— Je te laisserai tranquille, dit-il. Laisse-moi entrer juste le temps que je reprenne mon veston.

— Je te vois venir, dit-elle.

— Qu'est-ce que tu risques? Je n'ai rien dans les mains...

Il retourna les poches de son pantalon.

— ... Rien dans les poches. C'est moi qui devrais avoir peur de toi.

— Tu ferais bien, dit-elle.

Ils s'observèrent en silence.

— Tous les deux, dit-il, il vaudrait mieux qu'on soit amis...

— Essuie plutôt ta joue...

Plusieurs des gouttes-cloques avaient éclaté entre les lèvres des plaies et de minces filets rouges coulaient le long de la joue. Brigante essuya sa joue avec son mouchoir qu'il avait déjà lavé et relavé dans le bassin de la source.

— Ecoute..., dit-il.

Sa voix était de nouveau dure.

— ... Tu m'as marqué, tu dois payer. Tu n'as qu'une manière de te faire pardonner. Laisse-moi entrer et couche-toi...

Elle rit silencieusement.

— Ouvre la porte!

— Je vais te donner ton veston, dit-elle.

Elle alla prendre le veston sur le dossier de la chaise et se rapprocha de la lucarne. D'une main elle tenait le veston, de l'autre le greffoir ouvert.

— Je vais te le donner, dit-elle. Mais fais bien attention. Si tu passes la main, je coupe.

Elle lui tendit le veston, à travers la lucarne et il le prit sans essayer de saisir le bras.

— Tu commences à comprendre, dit-elle.

Il mit le veston.

— Si tu voulais…, dit-il.

La voix avait molli.

— … Je n'ai jamais rencontré pareille garce…

La voix s'était faite presque tendre.

— … A nous deux… Nous partirions ensemble dans le Nord. Une fille comme toi… Le monde serait à nous. Je suis riche tu sais… Qu'est-ce que nous ne ferions pas?…

Elle rit silencieusement. Et puis, tranquillement, ferma la lucarne, un volet de bois, qu'on pousse de l'intérieur.

Brigante frappa à petits coups sur le volet de bois.

— Je suis riche, tu sais, Mariette, riche, très riche.

Pas de réponse. Il s'en alla.

Le matin, don Cesare était allé chasser la poule d'eau dans le marais. Il avait longtemps marché, de son grand pas silencieux, suivi de Tonio qui portait la gibecière, suant.

Quand l'oiseau se lève d'entre les roseaux, il tire au jugé, comme s'il lançait le fusil; il esquisse le mouvement de lancer, la pointe du canon décrit une courbe, s'immobilise et la volée de plomb projetée moins par l'explosion de la poudre dans la douille,

semble-t-il, que par ce mouvement sec, net et d'une
précision et d'une élégance absolue, fuse dans les
airs et obéissant, semble-t-il, davantage à la volonté
de don Cesare qu'aux lois de la cinétique, frappe de
plein fouet le lourd oiseau qui continue un moment
de voler, mais en redescendant vers les roseaux, battant encore des ailes, mais d'un vol mal assuré, moins
comme s'il avait été atteint de plein fouet par la
volée de plomb que comme si la volonté de don
Cesare, matérialisée dans ce brusque mouvement du
bras redressant le fusil, s'était agrippée à son cou,
dans le duvet, sous les grandes ailes ouvertes, et
l'étouffait peu à peu, le contraignant à redescendre
dans le marais.

En tuant sa quatrième poule d'eau, dans l'instant
même qu'il tirait, don Cesare avait eu le bras noué.
Cela lui était déjà arrivé plusieurs fois au cours des
années précédentes. Il l'attribuait à sa manière de
tirer au jugé, nette, sèche, résolue et absolument
élégante, dont le style s'était peut-être exagéré à
mesure qu'il prenait de l'âge, la netteté devenant
rudesse, le muscle se froissant. Le bras, l'épaule, et
plusieurs fois la hanche, restaient engourdis pour
quelques heures; Elvire les enveloppait de compresses
chaudes. La vieille Julia, persuadée que tout ce qui
est noué l'est par un sort et se dénoue par un contre-
sort, amenait un bol rempli d'eau et d'huile :

— Regardez l'œil, don Cesare!

Et elle prononçait la conjuration qui oblige le mauvais œil à sortir, sous la forme d'un ou plusieurs *yeux*
à la surface du bol. Don Cesare ne croit ni aux sorts ni
aux contre-sorts, bien qu'il estime la sorcellerie, dit-il
souvent, relativement moins déraisonnable que la
religion et la médecine. Il regardait donc le liquide
du bol, jusqu'à ce que l'œil se forme, un peu pour

faire plaisir à Julia, un peu par défi à la médecine et
à la religion, un peu par hommage à l'antique cité
d'Uria où ce rite était déjà pratiqué, un peu parce
que, s'il n'avait pas été incrédule par principe, il
eût, plutôt qu'aux superstitions de la religion ou de
la politique, cédé à ces superstitions-là, dans la tradition de l'antique territoire d'Uria dont il est le dernier seigneur. Le soir ou le lendemain, son bras,
son épaule se déliaient, robuste vieillard qu'il est,
le plus efficace et élégant chasseur de toute la région.

Il regagna la maison à colonnades vers midi (à
l'heure même où Francesco Brigante et donna
Lucrezia commençaient à se dire leur amour, dans
la caverne de la Pointe Manacore, près du *trabucco*).
La sieste achevée il était descendu dans la grande salle
et s'était assis dans le fauteuil napolitain du xviii° siècle
aux accoudoirs de bois doré tourneboulés en forme de
magots, avec des compresses autour de son bras et
sur sa hanche, sous une robe de chambre de soie
bleu marine (les coins d'un mouchoir de soie blanche
sortant de la pochette), entouré de trois femmes
de sa maison, la vieille Julia, Maria, femme de Tonio,
et Elvire, sœur de Maria, sa maîtresse. L'agronome
frappa contre la porte ouverte et entra.

Maria se porta vivement vers lui, pour éviter qu'il
ne parlât à don Cesare.

— Je viens voir, dit l'agronome, si vous êtes toujours d'accord pour Mariette.

— C'est toujours d'accord, répondit Maria.

La vieille Julia s'était approchée à son tour.

— C'est pour ma fille? demanda-t-elle.

Il était là, face aux deux femmes, avec ses joues
roses, fragiles, d'homme du Nord et cette fausse
désinvolture, cet air contradictoirement gauche et sûr
de soi des agronomes qui savent bien plus de choses

que les paysans sur les métiers de la terre, mais qui
savent aussi que les paysans les épient, prêts à saisir
la moindre erreur, le moindre faux-pas, pour remettre
toute leur science en question. Cela raidit toutes leurs
démarches, même celles qui n'ont aucun rapport avec
les techniques agricoles.

— Je suis venu voir, dit-il, si nous sommes toujours d'accord.

— Nous sommes d'accord, répondit Julia, aux
mêmes conditions.

— Eh bien, dit-il, elle pourra commencer ce soir.
J'emmènerai ses affaires dans la voiture.

— C'est qu'aujourd'hui... dit Julia.

— Elle est allée chez sa tante... dit Maria. A Foggia...

— Sa tante de Foggia qui est malade, dit Julia.

— Allons, dit l'agronome, allons, c'est sans importance. Elle commencera demain. Je viendrai la chercher dans l'après-midi.

— Elle ne sera peut-être pas rentrée demain soir...
dit Julia.

— Parce que sa tante est malade, continua Maria.

Elvire s'était approchée, elle aussi.

— Il serait peut-être mieux, dit-elle, que Mariette
ne commence que la semaine prochaine.

La voix de don Cesare s'éleva, dominant toutes les
autres.

— Viens t'asseoir ici, cria-t-il.

Les femmes se turent. L'agronome regarda interrogativement Maria.

— Il veut vous parler, dit-elle.

— Je te dis de venir t'asseoir ici, répéta don
Cesare.

— Don Cesare veut vous parler, dit vivement
Elvire.

L'agronome s'avança lentement vers le fauteuil. Il n'aime pas les manières des grands seigneurs du Sud qui tutoient les jeunes fonctionnaires comme s'ils étaient des gens de leur maison.

Don Cesare lui montra le banc, en face du fauteuil.

— Assieds-toi là, dit-il.

Le Lombard s'assit. Les femmes l'avaient suivi.

— Vous autres femmes, dit don Cesare, laissez-nous en paix.

Maria et Julia s'éloignèrent vers le fond de la salle, du côté de la cheminée.

— Toi aussi, dit don Cesare à Elvire.

Elvire alla rejoindre les deux autres.

— Quel âge as-tu? demanda don Cesare.

— Vingt-huit, répondit le Lombard.

— Tu ne comprends pas qu'elles ont monté une machination pour t'obliger à épouser la Mariette?

— On me l'a déjà dit.

— Tu ne connais pas le Sud, dit don Cesare. Tu ne t'en tireras pas.

— On verra.

— Pourquoi ne te maries-tu pas?

— Je ne dis pas non.

— Tu as de l'argent?

— J'ai mon traitement.

— Ce n'est pas le gouvernement qui a payé le palais que tu as fait construire pour tes chèvres.

— J'avais fait un petit héritage. J'ai tout placé dans mes installations.

— Tu y crois?

— J'aime mon métier.

— Tu pourrais épouser la fille d'un propriétaire.

— Je n'y pense pas.

— Les fils de nos propriétaires ne sont bons qu'à

faire des avocats ou des députés. Voilà le Sud. Un
agronome peut rendre service à un propriétaire. Je
pense que don Ottavio te donnerait une de ses filles.
Veux-tu que je lui en parle?

— Je ne cours pas la dot, dit l'agronome.

Don Cesare le regardait : ce front bombé, ces joues
roses d'homme du Nord, cet air têtu et enfantin de
garçon qui a fait des études supérieures.

— Ici, dit don Cesare, nous avions déjà des agronomes au v° siècle avant Jésus-Christ. Les collines à
chèvres de l'autre côté du lac étaient irriguées...

— Je ne vois pas le rapport, dit l'autre.

Don Cesare pensa: « Paysan qui crois que ta science
de paysan te suffira pour gagner droit de cité chez
nous. Pour être *reçu* de nous, les plus vieux citadins
du monde, il faut savoir vivre. » Mais il pensait aussi :
« Notre savoir-vivre s'est enlisé dans le marais et dans
la dune en même temps que la noble cité d'Uria; il
n'en reste plus que des superstitions. » Il ne voulut
pas humilier le garçon.

— Tu as raison, dit-il.

— Vous ne voulez pas que Mariette entre à mon
service? demanda agressivement l'agronome.

— Elle fera comme elle voudra.

— Si quelqu'un peut s'y opposer, c'est sa mère.
Ce n'est pas vous.

— Qu'est-ce que tu en sais? demanda don Cesare.

— Le droit de cuissage est périmé!

« Gros benêt de Lombard », pensa don Cesare.

— Alors, tu veux te marier avec elle? demanda-
t-il.

— Cela ne regarde qu'elle et moi, à la rigueur
sa mère.

— Je vois, dit don Cesare. Tu préférerais l'avoir
sans te marier. Mais si on t'oblige à la mener chez

le curé, tu te résigneras à aller chez le curé.

— C'est mon affaire, dit le Lombard.

Il se leva.

— Je crois que notre entretien est terminé.

— Assieds-toi, dit don Cesare.

— Je n'ai plus rien à vous dire, protesta le Lombard.

Mais il s'assit.

Don Cesare pensait que, lorsqu'il lui était arrivé de désirer la virginité d'une fille de sa maison, il l'avait prise, sans que s'élevât la moindre contestation. Que s'il accordait Mariette au Lombard, ses gens l'estimeraient en droit d'exiger qu'elle passât d'abord une nuit avec lui, ou autant de nuits qu'il le voudrait. Ensuite ses femmes referaient à la jeune fille une virginité pour l'étranger (comme il était arrivé à sainte Ursule d'Uria). Mais comme il est *uomo di cultura*, il pensait simultanément à toutes les explications historiques, sociologiques, biologiques et psychanalytiques que l'on peut donner de la vénération de la virginité et du désir conjoint de la ravir, obsession dans le Sud. Qu'il ne partageait pas ces superstitions. Qu'il n'avait pas exigé pour lui la virginité de toutes les filles de sa maison. Qu'il prenait les filles ou les femmes, selon son goût, sans se soucier, quant à son plaisir, qu'elles fussent ou ne fussent pas vierges. Qu'il serait long et inutile d'expliquer à l'agronome, pénétré de sa double supériorité de technicien et d'homme du Nord, la juridiction non écrite mais formelle du Sud, pays de juristes. Que ce fonctionnaire démochrétien s'indignerait véhémentement que la noble juridiction féodale fût encore reconnue dans le Sud, tacitement mais absolument. Mais que, quoi qu'il en fût de ses goûts à lui don Cesare et de ses opinions sur la virginité, il était décidé, quant à Mariette, d'user de son privilège.

Le Lombard s'impatientait, face au vieillard qui remuait silencieusement toutes ses pensées.

— Qu'est-ce que vous avez à me dire? demanda-t-il.

Don Cesare pensait que c'était ce matin même, à la chasse, juste avant que son bras se nouât, qu'il avait pris la décision d'exiger pour lui-même la virginité de Mariette. Tout en marchant, aux aguets des lourds oiseaux, il s'était rappelé les événements de la nuit, Mariette assise à ses pieds, sur le petit tabouret de bois, guettant par-dessus ses genoux sa mère et ses sœurs, puis le chant de la jeune fille autour de la maison; il s'était soudain aperçu que sa décision était prise.

— Je n'ai rien à te dire, répondit-il au Lombard.

— Vous m'avez demandé de m'asseoir.

— Mariette ne veut pas aller travailler chez toi.

— Sa mère vient de me dire le contraire.

— Demande à la petite.

— Où est-elle?

— Personne n'en sait rien, répondit don Cesare.

L'agronome s'en alla à grands pas, en grommelant sur son malheur d'être obligé de vivre parmi les paysans arriérés du Sud et les grands propriétaires, encore plus arriérés.

— Elvire! appela don Cesare.

Elvire s'approcha.

— Change mes compresses.

Elvire courut à la cheminée où l'eau chauffait sur un trépied à charbon de bois.

Julia et Maria s'approchèrent du fauteuil. Tonio rentra et veilla à ce que les femmes accomplissent convenablement leur devoir. Les enfants de Maria et Tonio survinrent à leur tour et firent cercle. Don

Cesare eut l'impression que les muscles de sa cuisse à leur tour commençaient à se nouer; mais il n'en parla pas. Les compresses furent changées.

— Elvire, dit don Cesare, à partir de ce soir, tu dormiras dans la chambre de Julia.

C'est ainsi de tous temps dans la maison qu'avaient été prononcées les disgrâces. Elvire pâlit. Cela devait arriver, elle l'avait toujours su. Déchue au rang des servantes comme sa mère, la vieille Julia.

— Il n'y a plus de place dans ma chambre, protesta Julia.

— Elvire dormira dans le lit de Mariette.

— Mariette reviendra.

— Mariette, dit don Cesare, n'est jamais partie. Elle ne se montre pas, parce que vous lui faites peur. Quand vous la verrez, vous lui direz qu'elle vienne me parler.

Il se souleva du siège profond du fauteuil napolitain, s'appuyant aux magots de bois doré. Les muscles de la cuisse se nouaient à leur tour.

— Ma canne, dit-il.

Tonio courut chercher la canne à pommeau d'or. Don Cesare attendit appuyé aux magots, regardant les femmes d'un air qui leur ôtait le courage de parler.

— Je vais travailler, dit-il. Qu'on ne me dérange pas.

Il gagna la porte du fond, appuyé sur la canne. Ils entendirent longuement le bruit des pas et de la canne, dans le couloir, dans les escaliers, puis dans les salles aux antiques.

Matteo Brigante redescendit vers Porto Manacore, par les chemins creux, entre les hautes murailles des jardins d'orangers et de citronniers.

Il était marqué. Il réfléchissait sur ce fait nouveau
d'être marqué, tellement improbable auparavant
qu'il n'en avait jamais envisagé la possibilité, tellement extraordinaire le concernant qu'il avait été loin
d'en mesurer toutes les conséquences, quand cela lui
était arrivé, tout à l'heure, de la main de Mariette,
avec son propre greffoir à la marque des Deux
Bœufs, cette croix indélébile incisée dans sa joue.

Peu d'hommes oseront lui poser des questions,
voire même faire quelque allusion qui révélera
qu'ils auront vu la marque. Mais certains oseront.
Comment se comporteront par exemple ses partenaires de la veille au jeu de La Loi? Ni Tonio ni
l'Américain n'oseront, mais l'Australien interrogera,
certes sans vouloir l'offenser, avec de la déférence
dans le ton, mais il interrogera. Pizzaccio aussi interrogera, à sa manière, en proposant son aide : « Si
tu as des ennuis, je suis là », « S'il y a à frapper et
qu'il soit préférable que ce ne soit pas toi, je frap-
perai à ta place », mais il se réjouira sournoise-
ment. A l'Australien, Brigante répondra : «Celui qui
m'a fait cela est mort. » Non, c'est une mauvaise
réponse qui ne trompera personne. Oui, c'est une
bonne réponse qui ôtera l'envie de poser d'autres
questions. Quant à Pizzaccio, il n'aura qu'à le
regarder pour lui clouer la langue.

Mais si don Ruggero lui dit en riant :

— Tu t'es donc fait égratigner, coq?

Qu'est-ce qu'il lui répondra? Il aura envie de le
tuer, mais un homme qui possède une fortune,
comme maintenant Brigante, ne tue pas à la légère.
Et s'il répond à don Ruggero que l'homme qui a fait
cela est mort, comme il devrait l'être, don Ruggero
rira avec encore plus d'insolence :

— Ça se saurait, dira-t-il.

« L'homme qui a fait cela, l'homme qui a marqué
Matteo Brigante »... C'est une gamine et elle va
s'en vanter. Il s'arrêta net à cette pensée qui ne
s'était pas encore présentée à lui sous cette forme.
Il a été marqué par une pucelle qui va se glorifier de
son exploit devant toute la ville. Il faut retourner au
jardin et demander à Mariette qu'elle garde le secret,
exiger sous menace de mort qu'elle ne se vante pas
de l'avoir marqué, la supplier, émouvoir son cœur,
lui offrir de l'argent, ce qu'elle voudra. Mais il vit
par l'imagination la réponse de Mariette, un petit
rire, un éclair amusé du regard. Elle est comme lui,
inflexible.

Donc toute la ville, toute la province va savoir
qu'il a été marqué par une pucelle. Et même s'il se
décide, tout riche qu'il est, à tuer pour retrouver
son honneur, qui donc pourra-t-il tuer? ni une
gamine ni un *guaglione*, c'est trop mince, sans proportion avec l'honneur de Matteo Brigante.

S'en aller. Quitter Manacore tout de suite; il veil-
lera par correspondance que son fils défende leur
fortune. Avec tout son argent, il sera traité, là où
il ira, comme un membre des classes supérieures.
Non. Il est marqué. Une croix dans la joue, indélébile, n'est pas une cicatrice quelconque, une honorable cicatrice de duel, comme en portent certains
touristes allemands qui viennent dans les ports du
Sud en quête de garçons, mais une marque infamante, comme l'oreille fendue aux tricheurs dans
un pays dont il a oublié le nom.

Il se remit en marche, tournant et retournant
la question. Il est Matteo Brigante, l'homme qui a
toujours serré les dents. A la prison, il avait reçu
sans broncher les coups des gardiens; il n'avait pas
répondu aux provocations des autres prisonniers;

il avait mis son honneur entre parenthèses tout le
temps de la prison, parce qu'il avait décidé d'être
libéré avant son temps fini. Dans la marine, où il
s'était engagé pour sortir de prison avant la fin de
son temps, il avait de nouveau été obligé de mettre
son honneur entre parenthèses, jusqu'à ce qu'il fût
devenu quartier-maître; alors seulement il s'était
battu à la *sciabola*, sous un mauvais prétexte, avec
un quartier-maître qui lui avait fait injure quand il
était matelot. Le motif apparent de son défi était
conforme au code militaire de l'honneur, qu'il estimait dérisoire, mais il avait choisi un prétexte de
ce genre pour que les officiers fermassent les yeux,
indulgents, favorables au sous-officier qui paraissait
essayer de se hausser jusqu'à eux, vainement bien
sûr, mais avec une bonne volonté sympathique,
allant jusqu'à risquer de recevoir et de donner la
mort pour se montrer digne de leur conception de
l'honneur. Mais la vraie raison (ignorée des officiers)
relevait de l'honneur manacoréen, le quartier-maître
ayant, deux ans plus tôt, abusé du droit que son
grade lui donnait de faire la loi à un simple matelot,
pour humilier Brigante dans sa dignité de fils et
d'amant en injuriant sa mère et sa maîtresse (qu'il
épousera plus tard, quand elle sera enceinte de
Francesco), devant tout l'équipage aligné sur le pont.
L'homme fut marqué pour la vie de larges estafi-
lades au visage et sur le torse. Brigante fut mis aux
arrêts sans perdre ses galons, exactement comme il
avait prévu.

Maintenant, c'est lui qui est marqué et par une
pucelle. Voilà la pensée mortifiante qui le taraudait
durant qu'il redescendait vers Porto Manacore.

« Mais, se dit-il, comme il venait de se rappeler
son duel au sabre, l'injure d'une pucelle est sans

proportion avec l'honneur d'un homme comme moi. » Il saurait au surplus faire ravaler sa parole à qui oserait mettre en doute cette disproportion si grande entre l'offensé et l'offense qu'elle annulait l'acte. Il ne devait pas dissimuler son malheur mais au contraire l'afficher, le rendre dérisoire à force de forfanterie.

Il décida d'en faire l'essai sur-le-champ. Au lieu de rentrer chez lui, comme il en avait d'abord fait le projet, il alla droit au bar des Sports.

Il s'arrêta au milieu de l'allée centrale, sortit son mouchoir maculé et essuya lentement les gouttes de sang qui gonflaient entre les lèvres de la double plaie. Il cherchait en même temps les regards des clients; à mesure que ses yeux se posèrent sur eux, ils détournèrent la tête.

Il s'approcha du comptoir et commanda un cognac français. Il chercha les yeux de Justo, le serveur, puis toucha du doigt la marque pour réclamer une question.

Justo haussa interrogativement les sourcils.

— C'est une vierge, dit Matteo Brigante, qui m'a marqué, pendant que je la violais.

Il dit cela à voix bien haute, pour que tout le monde entendît.

— *Sangue per sangue*, répondit Justo, sang pour sang, il n'y a pas offense, monsieur Brigante.

— Sang pour sang, répéta Matteo Brigante.

Il se tourna vers la salle, promenant les yeux sur les consommateurs.

— Sang pour sang, reprit-il. C'est ma devise.

— Et peut-on savoir quelle est cette pucelle? demanda Justo.

— Non, répondit Brigante; je suis un homme d'honneur.

Il rit, puis il ajouta :

— Mais peut-être bien qu'elle s'en vantera elle-même.

Il sortit son portefeuille pour payer.

Ce n'était pas le portefeuille de cuir noir, bien connu de Justo et des clients du bar des Sports et où chaque Manacoréen avait versé sa dîme; mais un portefeuille de cuir fauve avec des initiales d'or incrustées dans le cuir.

Malgré cette maîtrise de soi à laquelle il s'était longuement entraîné d'abord au cours des années passées à serrer les dents puis dans la pratique du racket, il tourna et retourna plusieurs fois dans sa main le portefeuille insolite; il l'entr'ouvrit; l'une des poches était vide; dans l'autre des papiers qu'il ne connaissait pas. Il s'aperçut que Justo avait détourné les yeux, mais l'observait dans la glace. Il replaça lentement le portefeuille dans la poche de son veston d'alpaga bleu pétrole.

— Marque cela sur mon compte, dit-il au serveur.

— *Prego*, répondit Justo, je vous en prie, monsieur Brigante.

Mariette attendait Pippo, près du bassin de la source. Un peu avant que le soleil ne disparût derrière les îles, il surgit d'entre les canaux d'écorce où couraient les eaux vives.

— J'ai marqué Matteo Brigante, dit gravement Mariette.

Elle raconta toute l'affaire, sauf l'échange des portefeuilles. Il écoutait, l'œil étincelant sous les boucles noires qui lui retombaient sur le front.

— Bien, disait-il, bien...

Ils entrèrent dans la resserre pour qu'elle lui mon-
trât la topographie de la bataille. Elle lui fit voir les
gouttes de sang qui avaient bruni, pour l'heure
couleur de rouille.

Beaucoup de questions se posaient qu'ils discu-
tèrent. Par exemple : comment Brigante avait-il
découvert la retraite de Mariette? Pippo se refusait
de croire à une trahison des *guaglioni* chargés de l'entretien des canaux d'écorce. A plusieurs reprises déjà
la jeune fille, après des querelles avec sa mère Julia
ou avec ses sœurs Maria et Elvire, était venue se
réfugier dans la resserre du jardin de don Cesare;
mais elle aurait pu aussi bien se réfugier dans les
resserres des autres jardins de don Cesare, dans les
cahutes de pierre de ses collines à chèvres, dans les
cabanes de ses oliveraies, dans les huttes de paille
du marais. Une fois elle avait passé la nuit dans
la tour de Charles Quint, à la pointe de l'isthme,
vestige de cette ceinture de tours que l'empereur
avait édifiées sur les rivages du Sud, désormais grenier
à fourrage. Si elle était venue dans ce jardin, c'était
précisément parce qu'elle en était convenue avec Pippo
qui était sûr des *guaglioni* chargés de l'entretien.
Serait-ce le laitier qui aurait trahi? Impossible, puisque le laitier ne connaissait pas la signification des
signes tracés sur la borne (un cercle et une croix
dans le cercle), par lesquels il avait été entendu que
Mariette préviendrait Pippo si une nouvelle dispute
avec sa mère et ses sœurs ou quelque événement
imprévu, troublant les plans qu'ils avaient édifiés
ensemble, l'obligeait à fuir la maison à colonnades.

Ils discutaient de ces problèmes avec sérieux, avec
chaleur aussi, une sorte de transport contenu, un
reflet de joie sur tout ce qu'ils disaient, puisqu'ils
étaient vainqueurs de Matteo Brigante.

15

— Il peut revenir, dit Pippo. Tu ne dois pas
rester ici.

— Avec le greffoir, je ne risque rien.

— Même avec le greffoir. C'est un rusé. Il trouvera le moyen de te désarmer.

— Reste avec moi, dit Mariette.

Il n'avait pas pensé à cela.

— Bien sûr, dit-il.

Ils se turent. Ils s'assirent sur les sacs de toile,
la main dans la main, comme ils avaient été la main
dans la main, le matin, sur le bord du bassin de la
source, pendant que Pippo racontait les exploits noc-
turnes de leurs *guaglioni*. Mais maintenant en silence.
Chacun pensait à toute cette nuit qu'ils allaient
passer l'un près de l'autre. Elle n'avait pas prémédité de lui demander de rester; cela s'était articulé
sur leur discussion. Et voilà que pour la première
fois, ils hésitaient à laisser leurs regards se rencontrer.

Ils s'étaient déjà trouvés souvent seul à seule, de
jour et de nuit, dans le marais, sur les collines, dans
les dunes, dans les jardins et même dans la forêt
de l'Ombre. C'était pour marauder et braconner. Il
prenait toujours conseil d'elle avant de se lancer
dans une entreprise avec les *guaglioni*, mais bien que
leurs entreprises eussent parfois été sérieuses, tel
l'enlèvement de la Vespa du carabinier ou cette
autre, de bien plus d'envergure, qui avait eu pour
conséquence entre autres (sans que Pippo le sache
encore) l'échange du portefeuille de Brigante avec
un portefeuille de cuir fauve, le ton sur lequel ils en
avaient parlé était resté celui de l'enfance.

Ils s'étaient déjà dit qu'ils s'aimaient. Ils ne se
quitteront jamais; cela allait de soi. Ils se marie-
ront; c'était une conséquence. Plus récemment, ils
avaient décidé de s'enfuir ensemble de Manacore et

le hasard aidé d'un peu d'astuce leur en avait fourni
le moyen; Mariette devait fixer la date du départ;
ils n'étaient pas pressés. Mais ils n'avaient encore
jamais échangé ni caresses, ni même baisers de
bouche. Et ils n'avaient pas eu à en refréner l'envie.
Ils n'étaient pas du tout puritains. S'ils avaient eu
le désir de s'embrasser de bouche, de se toucher, de
faire l'amour, ils l'eussent fait sans aucune sorte de
scrupule, chefs qu'ils étaient de la bande des *guaglioni*, habitués à violer toutes les lois. Mais ils n'en
avaient pas encore eu le désir.

Pippo n'ignorait pas les gestes de l'amour qu'il
avait pratiqués avec les autres garçons, avec les
chèvres, seul et même, à plusieurs reprises, en tri-
chant sur son âge, avec des filles de la maison de
Porto Albanese. Il en avait le plus souvent tiré du
plaisir, plus ou moins grand, plutôt moins grand
avec les filles toujours trop pressées, sauf une fois
qu'il avait eu assez d'argent pour la demi-heure et
la fille lui avait appris toutes sortes de manières de
se servir d'elle et de lui-même. Mais il n'avait encore
établi aucun lien entre les plaisirs de l'amour et son
amour pour Mariette. Il se plaisait dans sa compagnie,
il en faisait la confidente, souvent la directrice de
ses jeux et de ses exploits et il était entendu qu'elle
sera sa femme, que leur complicité se perpétuera
donc, sans fin. Mais il n'associait pas l'idée qu'elle
fût sa femme à l'idée d'elle même comme partenaire
des plaisirs de l'amour; il savait qu'elle le deviendra,
mais il ne s'attardait pas là-dessus; il évitait plutôt
d'y penser.

Chef des *guaglioni*, en lutte avec tous les adultes
de Manacore, il les avait par nécessité profondément
observés. Les riches font des enfants à leurs femmes,
mais pour les plaisirs de l'amour ils vont dans les

maisons de Foggia ou auprès d'une maîtresse spécia-
lisée dans le plaisir, comme le deviendra Giuseppina
pour le commissaire ou pour quelqu'un d'autre. Il
n'y a que les pauvres pour ne faire l'amour qu'à leur
propre femme, faute de pouvoir payer les autres.
Bien qu'il ne se le fût jamais formulé, cela avait
été son luxe jusqu'à présent que de ne pas penser
aux gestes de l'amour à propos de Mariette, sa présente complice et sa future femme.

Quant à Mariette, formée depuis quatre ans déjà,
belle fille, avec les seins pointus sous la blouse de
toile, elle était perpétuellement obligée de se défendre
des frôlements des hommes, de leurs attouchements,
de l'obsession qu'ils ne cachaient pas de sa virginité.
Même de don Cesare elle surprenait parfois sur elle
le regard lourd, ni égrillard ni enflammé, mais qui
l'enveloppait pesamment; elle ne se révoltait pas
à l'idée de devoir lui donner sa virginité s'il l'exigeait, puisque telle était la loi du Sud, qu'elle avait
été accoutumée à trouver *naturelle;* si elle y pensait, — cela lui arrivait rarement — ce n'était pas
comme à une échéance redoutable, plutôt comme à
l'un de ces innombrables petits ennuis, qu'il n'est
pas toujours possible d'esquiver, on n'y peut rien,
on passe tout de suite à autre chose.

Mais voilà que ce soir, dans la resserre du jardin
d'orangers et de citronniers, avec la perspective de
toute une nuit à passer côte à côte sur les sacs de
toile, dans la complicité exaltante du combat victo-
rieux contre Matteo Brigante, ils commencèrent de
s'embrasser.

Aussitôt qu'ils eurent commencé de s'embrasser
la loi du Sud, les habitudes du Sud et tout ce que
l'un et l'autre avaient préalablement pensé, plus ou
moins clairement, de l'amour et des choses de

l'amour, furent totalement oubliés. La religion
n'ayant jamais été pour eux qu'une superstition
parmi les autres, il ne leur vint pas à l'esprit qu'ils
commettaient le péché; les morales qui n'ont pas
de base doctrinale se défont d'un seul coup. Ils se
retrouvèrent exactement semblables aux pâtres des
collines voisines de la prospère cité d'Uria.

Ils ne pensèrent plus qu'à mêler leurs souffles, à
se toucher toutes les parties du corps, à se presser
l'un contre l'autre, à s'enflammer l'un à l'autre, à
chercher dans son excès même l'apaisement de leur
embrasement. Mariette perdit sa virginité sans même
s'en apercevoir, comme il arrive le plus souvent aux
jeunes filles rompues aux exercices violents.

Ils n'eurent aucune espèce de remords; c'est le
sentiment qui leur est le plus étranger.

Du crépuscule jusqu'à l'aube, ils ne firent que se
prendre, se déprendre et se reprendre, avec un plaisir
toujours croissant. Ils ne prononcèrent pas un mot,
seulement les balbutiements, les exclamations et les
soupirs de l'amour. Lorsque l'un était las, l'autre le
ranimait; c'était l'affaire d'un instant. A l'aube, ils
s'endormirent sur les sacs de toile, les jambes entrelacées, les mains unies et les cœurs battant du même
rythme.

Donna Lucrezia et Francesco Brigante s'étaient
séparés au-dessus de la petite plage de sable blanc,
près du *trabucco*, lui montant puis redescendant à
travers la pinède jusqu'au buisson où il avait caché
la Vespa de don Ruggero, et elle suivant le sentier
de crête de la falaise, haute, droite, dans sa robe sage
à col montant et à manches longues, marchant lente-

ment de son grand pas tranquille, à l'aise dans l'embrasement du soleil-lion qui n'avait pas encore commencé de décliner vers les îles.

Elle n'avait pas jeté un seul regard sur la baie de Manacore, enserrée entre la haute montagne couronnée par la forêt de l'Ombre et le banc de nuages poussé par le libeccio, maintenu au large par le sirocco; elle n'aimait plus ces lieux, comme dix ans plus tôt elle les avait aimés, quand elle y était arrivée avec son jeune mari, le juge Alessandro; elle ne les haïssait pas non plus, comme elle avait ensuite fait; la décision de partir étant prise, les conditions matérielles, croyait-elle, réalisées, elle se sentait déjà étrangère, comme une Turinoise venue en vacances et qui va bientôt repartir, qui est déjà repartie parce qu'elle sait que, là-bas, l'homme aimé a besoin d'elle.

Elle était ainsi arrivée, ne pensant qu'à l'avenir, jusqu'au portique vide de la Colonie de vacances. Elle avait trouvé rapidement le directeur qui avait cru qu'elle s'était attardée dans le village de tentes, à s'occuper des monitrices et des enfants et lui avait offert de la ramener chez elle en voiture, ce qu'elle avait accepté. Elle avait tiré bon augure de ce que sa ruse, tout enfantine qu'elle fût, eût aussi bien réussi.

A son mari, le juge Alessandro, elle avait dit : « J'ai déjeuné avec les monitrices », et elle s'était aussitôt enfermée dans sa chambre. Etendue sur son lit, la tête droite, les yeux grand ouverts, elle avait réfléchi sans fin comment organiser la vie de Francesco à Turin, pour qu'il soit heureux.

A cinq heures, — quand les prisonniers recommencèrent de chanter; le chant montait tout droit des jalousies de la prison à ses persiennes entr'ouvertes, quatre étages plus haut — elle écrivit à Francesco.

Elle lui donnait l'adresse et un mot de recommandation pour un ami de sa famille et d'elle-même, dont
elle venait de se souvenir, ancien fonctionnaire de
la préfecture de Foggia, maintenant en poste à Turin,
et qui pourrait éventuellement lui rendre service.
Elle lui conseillait de profiter de son voyage pour
retenir la chambre ou mieux le petit appartement
meublé qu'ils habiteront en octobre. Elle lui rappe-
lait de mettre une chemise blanche et une cravate
sombre pour se présenter chez son futur directeur.
Elle parlait à peine de leur amour qui lui paraissait
aller de soi. Elle terminait : « Merci d'avoir été si
bon », pensant aux chienneries qu'il aurait pu exiger
d'elle dans la caverne et qu'elle ne se serait pas crue
en droit de refuser. Elle mit dans l'enveloppe, comme
il avait été convenu, trente mille lires pour le voyage.
Puis elle partit à la recherche de Giuseppina pour
qu'elle transmît la lettre.

Du bar des Sports, Matteo Brigante était allé faire
panser sa blessure chez son ami le pharmacien.
Celui-ci n'avait posé aucune question. Les soins
achevés, un pansement rectangulaire posé sur la
joue, fixé aux ailes du nez et aux pommettes par des
bandes de sparadrap :

— Tu ne le sais peut-être pas, avait dit le pharmacien... les récents progrès de la chirurgie... les
greffes, les traitements électriques... C'est une question de sous... Je t'accompagnerai à Naples, tu
reviendras avec une peau de jeune fille.

— Quand? avait demandé Brigante.

— Il faut laisser se faire la première cicatrisation.
Brigante se reprocha de n'avoir pas pensé, aussitôt

le coup reçu, aux merveilles de la chirurgie esthé-
tique. En redescendant vers Porto Manacore, encore
saignant de la blessure infamante inscrite dans sa
chair par Mariette, il avait déraisonné comme un
enfant; il avait même failli aller quémander le silence
de la jeune fille. Il s'étonna d'avoir perdu si aisément son sang-froid; ce n'était pas dans sa manière.

Il rentra rapidement chez lui, doublement allégé
quant à la marque par le *sangue per sangue* du
serveur du bar. et par la promesse du pharmacien.
Restait à résoudre le problème posé par l'échange
des portefeuilles.

— Tu t'es blessé? demanda sa femme.

— Une écorchure, dit-il. Laisse-moi. J'ai du travail.

Il s'enferma dans la salle à manger et posa devant
lui l'objet de cuir fauve à initiales d'or. L'apparence
correspondait à la description donnée par le Suisse,
après le vol des cinq cent mille lires. Il le tourna et
le retourna prudemment.

Puis il l'ouvrit et examina tout, minutieusement.
Les poches étaient vides, sauf une qui contenait des
reçus d'assureur et un papier de douane, au nom du
Suisse, la photographie d'une femme avec des enfants
dans un paysage de neige, deux billets de dix francs.
Tout cela étalé devant lui, il réfléchit.

Seule Mariette avait pu faire l'échange.

Donc Mariette était en liaison avec les voleurs, probablement les *guaglioni*, ou elle-même la voleuse,
mais il était surprenant qu'ils (ou elle) se fussent lancés dans une aussi grosse affaire. Elle avait caché
l'argent; elle n'avait encore rien dépensé; c'était
conforme à la maturité d'esprit qu'il lui soupçonnait
et qu'il admirait.

Mais pourquoi l'échange des portefeuilles? Aurait-

elle combiné de se venger de lui en l'accusant du vol ?
Elle ne pouvait pas ne pas avoir prévu qu'il se serait
débarrassé du portefeuille avant même qu'elle eût eu
le temps de l'accuser.

Il fut tenté d'interpréter le geste de la jeune fille
comme un clin d'œil, un discret appel à l'aide; cela
aurait signifié : « J'ai volé le Suisse, l'argent est
caché, j'ai bien mené l'affaire jusqu'ici mais pour la
suite j'ai besoin de l'aide d'un homme d'expérience
et de maturité. » Il repoussa cette interprétation parce
qu'elle lui parut dictée par le penchant qu'il éprouvait
pour Mariette, accru depuis qu'elle s'était si bien
défendue et méchamment; la méchanceté, où il croyait
avoir trouvé la source de sa propre force, lui inspirait
toujours du respect, chez lui et chez les autres; le
respect s'ajoutant au désir, il se trouvait sur le bord
de la passion; il ne le savait pas encore. Pour l'heure,
il en était à se méfier du penchant excessif qu'il
éprouvait pour Mariette. Il a l'habitude de résister
à ses penchants; il a toujours serré les dents. Il
repoussa donc à plus tard d'éclaircir le mobile de
Mariette. Il ne retint pour l'instant que d'avoir établi
qu'elle était en possession, directement ou indirectement, du demi-million de lires volées au Suisse; cela
entrait dans ses fonctions de contrôleur; il lui faudra
trouver le moyen de percevoir la dîme.

Il ne craignait pas d'être compromis par la possession du portefeuille, même si Mariette essayait de
faire retomber sur lui la responsabilité du vol commis
par elle ou par quelqu'un qu'elle entendait protéger;
il ne croyait d'ailleurs pas qu'elle en vienne à l'accuser; il l'imaginait difficilement en dénonciatrice et
il ne voyait pas quel bénéfice elle pourrait en escomp-
ter; il ne croyait pas non plus qu'elle lui garderait
rancune de son attaque, plutôt flatteuse, estimait-il,

et dont elle avait déjà tiré vengeance et bien au delà,
en le marquant. Justo, le serveur du bar des Sports,
fera certainement un rapport au commissaire Attilio
qui a donné une description très précise du portefeuille à tous ses indicateurs (et à Matteo Brigante);
les initiales d'or sont exceptionnelles à Manacore;
Brigante sera peut-être obligé de laisser entendre au
commissaire qu'il est sur une piste, qu'il a déjà
retrouvé le portefeuille mais pas encore l'argent,
qu'il ne peut pas en dire davantage pour l'instant.
Il ne craint pas le commissaire Attilio, qui n'insistera
pas. Par prudence de principe toutefois, il décida de
ne pas garder le portefeuille chez lui. Il voulait cependant le conserver; on ne se débarrasse pas d'un gage
et c'était bien une espèce de gage sur Mariette qu'il
possédait maintenant. Il alla le cacher au troisième
étage de la tour de Frédéric II de Souabe, dans la
garçonnière qu'il partage avec le commissaire, mais
dont il garde les clefs. Il le fixa avec deux bandes
de sparadrap, sous le plateau du guéridon de marqueterie. Une ébauche de sourire plissa ses paupières;
il trouvait élégant (sans se prononcer le mot) d'avoir
choisi aussi astucieusement la cachette.

Comme il regagnait son appartement par le couloir en soupente, sous le toit de la partie Renaissance
du palais, au-dessus de la mairie, il aperçut Giuseppina qui montait chez lui par l'escalier à ciel
ouvert de la cour intérieure; elle portait des disques
sous le bras.

L'appartement de Brigante est composé de quatre
pièces en enfilade, fragment d'une ancienne suite
princière qui faisait tout le tour des bâtiments; au
fond la chambre à coucher, puis la cuisine où les
Brigante mangent, la salle à manger dont Matteo a
fait son bureau et Francesco sa salle d'études, enfin

une antichambre à la vieille mode, où dort Francesco
et où il range, sur des planches, le long des murs,
ses disques et ses livres. La porte d'entrée (sur un
balcon de pierre où aboutit l'escalier à ciel ouvert)
et la porte du couloir en soupente, la première à
double battant, la seconde faite d'une seule robuste
planche avec une serrure de ferronnerie ouvragée
(dont seul Matteo possède la clef) s'encastrent côte à
côte dans le même pan de mur de l'antichambre.

Mme Brigante venait de sortir, pour les achats du
dîner, sans fermer à clef la porte à double battant.

La sonnette tinta, puis Giuseppina tourna le bouton
et entra. Elle attendit un moment dans l'antichambre.

— Francesco! appela-t-elle à plusieurs reprises.

Matteo Brigante, du couloir en soupente où il se
trouvait encore l'entendit appeler « Francesco! » Il
alla à pas feutrés jusque derrière la porte et s'immo-
bilisa, sans ouvrir.

Il entendit Giuseppina qui parcourait les quatre
pièces, puis revenait dans l'antichambre. Un fauteuil
d'osier, près du tourne-disque, craqua. Puis le silence.

Brigante poussa doucement la porte. Giuseppina
était assise dans le fauteuil d'osier, une main sur un
paquet de disques, sans doute ceux qu'elle avait sous
le bras dans l'escalier, posé maintenant sur la tablette
de la machine à musique. Les yeux mi-clos, elle attendait.

— Qu'est-ce que tu fais là? demanda Brigante.

Elle sursauta et tira vivement sur ses genoux le
paquet de disques.

— J'attends Francesco, dit-elle.

Elle redressa le buste et fixa sur Brigante ses yeux
brillants, un peu égarés, de malarique.

— Qu'est-ce que tu lui veux?

— Je lui rapporte des disques qu'il m'a prêtés.

— Laisse-les là. Il les trouvera.

— C'est, dit-elle, que je voulais lui en emprunter d'autres.

— Tu reviendras.

Il l'enveloppait tout entière d'un regard attentif. Il voit toujours tout. La pile de disques n'était pas d'aplomb. Celui du dessus n'était pas exactement parallèle à celui du dessous. Le troisième ne collait pas exactement au quatrième. Un corps étranger avait été dissimulé là.

— Oui, dit-elle, je reviendrai.

Elle se leva d'un bond et se dirigea vers la porte, les disques sous le bras.

Au passage, Brigante mit la main sur le paquet.

— Laissez-moi, dit-elle.

Il rit en plissant les yeux, sans desserrer les lèvres.

— Je te laisse, dit-il, je te laisse...

D'un coup sec, il tira à lui le disque qui avait retenu son regard, celui dont une des surfaces n'était pas plane.

— ... Mais je prends ça.

Sous la couverture du disque, il découvrit une enveloppe blanche, sans suscription, fermée sur quelque chose de volumineux.

— C'est à moi, dit Giuseppina, je vous défends...

Il eut de nouveau son demi-rire.

— La fille qui défendra quelque chose à Matteo Brigante n'est pas encore née.

Il tourna et retourna plusieurs fois l'enveloppe, l'examinant sous tous ses aspects, comme il est dans sa manière de faire, puis il l'ouvrit, en prenant bien soin de ne pas écorner ce qu'elle contenait. Il en tira plusieurs pages d'écriture serrée et trois billets de dix mille lires.

Giuseppina se dirigea de nouveau vers la porte. Il lui barra la route, s'appuyant contre le double battant.

— Tu n'es pas tellement pressée, dit-il. Tu attendais Francesco...

Il la poussa jusque sur une chaise, à l'autre bout de l'antichambre.

— Laissez-moi partir, dit-elle.

— Reste ici et boucle-la...

Il s'assit dans le fauteuil d'osier, déplia la lettre, regarda d'abord la signature, Lucrezia, puis commença de lire attentivement le long, précis et tendre bavardage de l'amante, semblait-il, de son fils.

Mme Brigante rentra, un panier sous le bras.

Giuseppina se dressa.

— Madame! commença-t-elle...

— Boucle-la! répéta Brigante.

Et à sa femme :

— Va dans la cuisine et ferme les portes. J'ai à parler à Giuseppina.

Mme Brigante passa dans la salle à manger, tirant la porte sur elle. On l'entendit fermer les autres portes. Brigante reprit la lecture de la lettre de donna Lucrezia à son fils, puis il réfléchit, relut la lettre, réfléchit de nouveau. Il se leva, passa dans la salle à manger (en laissant la porte ouverte pour surveiller Giuseppina), prit une enveloppe blanche dans le buffet où il range ses papiers, replia la lettre, la mit sous la nouvelle enveloppe, y joignit les trois billets de dix mille lires, cacheta.

Il revint dans l'antichambre et plaça la nouvelle lettre, exactement la même que la précédente à l'exception de l'enveloppe, dans la couverture du disque, et le disque dans la pile.

— Tu vois, dit-il à Giuseppina, il ne s'est rien passé.

Elle le regardait fixement.

— Je n'ai pas trouvé la lettre, je ne l'ai pas lue, j'en ignore tout. Tu m'as compris?

— Oui, monsieur Brigante.

— Tu vas repartir avec ton paquet. Francesco ne rentrera que pour souper. Tu reviendras à ce moment-là et tu lui remettras la lettre, en cachette de moi. Je ne sais rien et je ne verrai rien.

— Vous ne savez rien, répéta Giuseppina.

Il s'approcha d'elle, qui était toujours assise, et lui prit les pointes des seins entre le pouce et l'index de chaque main. Il tira et l'obligea de se lever. Il n'avait senti sous ses doigts que l'armature du soutien-gorge.

— C'est du toc, dit-il.

Il n'avait pas lâché; il pinça plus fort et elle gémit.

— On finit quand même par trouver quelque chose...

Elle voyait tout près d'elle les petits yeux, au regard dur, et le pansement sur la joue. Une dissymétrie, bandeau sur l'œil, cicatrice ou pansement, donne à un visage sévère l'air terrible.

Son regard fiévreux (de malarique) s'affola. Elle battit précipitamment des cils, comme bat des ailes une chauve-souris surprise par la lumière.

Il promena la main sur elle. Les jambes de la jeune fille tremblaient. Il la palpa comme un vétérinaire une génisse, attentivement.

— C'est donc vrai, dit-il, tu as réussi à le conserver...

Sa main insista. Elle défaillit. Il la laissa s'asseoir.

Il s'éloigna de quelques pas et la regarda, l'œil plissé par un demi-sourire.

— Je ne veux pas te le voler. Matteo Brigante prend les vierges, pas les vieilles filles... Mais si tu me trahis, si jamais tu avertis Francesco ou la Lucrezia que j'ai lu cette lettre, attention : je te marierai à l'oignon de Carrare. Tu sais ce que c'est que l'oignon de Carrare?

— Oui, murmura Giuseppina.

— On t'a raconté comment il enflamme? On t'a dit qu'il n'y a pas de remède contre cette chaleur-là?

— Oui, souffla-t-elle.

— Tu sais qu'une fille qui a été mariée à l'oignon de Carrare est plus usée, plus ravagée, plus béante qu'une vieille putain? Réponds-moi!

— Je le sais, monsieur Brigante.

— Alors, va-t'en. Emporte tes disques et fais comme je t'ai dit.

Giuseppina essaya de se lever, mais ses jambes continuaient de trembler et elle retomba sur la chaise.

— Tu as compris, dit Brigante.

Il passa dans la salle à manger et revint avec une bouteille d'eau-de-vie et un verre à liqueur.

— Bois, dit-il.

Elle but et essaya de nouveau de se lever. Mais ses jambes tremblaient encore. Il remplit à nouveau le verre.

— Ça donne du nerf, dit-il, même à une lavette.

Elle but, se leva, prit les disques et se dirigea en chancelant vers la porte. Brigante la laissa passer et, du haut du balcon, l'observa qui descendait l'escalier de pierre, d'abord lentement, puis de plus en plus vite. Elle traversa la cour d'un pied ferme.

Il rentra et se versa à son tour deux verres d'eau-de-vie qu'il vida sec, coup sur coup.

Le soir, à l'heure du souper, Giuseppina vint rendre à Francesco les disques qu'elle lui avait empruntés. Ils bavardèrent un instant dans l'anti-chambre, puis Francesco revint prendre sa place à table. Vers la fin du repas :

— C'est bien demain, demanda Matteo Brigante, que tu pars pour Bénévent, chez ton oncle?

— Oui, répondit Francesco.

Il posa sur son père le regard impénétrable de ses grands yeux bleus à fleur de tête.

— A quelle heure t'en vas-tu?

Francesco réfléchit un moment, sans quitter son père des yeux.

— Par le car de neuf heures, répondit-il.

— Je t'accompagnerai jusqu'à Foggia... Je dois aller voir un homme d'affaires. Je t'emmènerai déjeûner à l'hôtel Sarti...

Il continuait d'observer son fils qui ne cillait pas.

— Il est bon, continua-t-il, qu'à ton âge tu saches enfin ce que c'est que manger, véritablement manger, dans un bon restaurant.

— Je te remercie, père, dit Francesco.

— Tu trouveras un car dans l'après-midi, pour continuer sur Bénévent.

— Je le trouverai certainement, répondit Francesco.

A neuf heures moins dix, le lendemain matin quand arriva le car Porto Albanese-Porto Manacore-Foggia, Justo, le serveur du bar des Sports, était dans le bureau du commissaire Attilio. Le commissaire adjoint venait de l'amener chez le patron et participait à l'entretien.

Le car s'arrête au coin de la rue Garibaldi et de la Grande Place, devant la préture. Des paysans descendent, chargés de cageots, de paniers, de sacs. Des Manacoréens attendent, prêts à prendre d'assaut les places; les derniers montés voyageront debout. Le chauffeur et son assistant, l'un debout sur le toit du car, l'autre sur l'échelle arrière, se passent des valises et des colis.

Les désoccupés ont quitté leur poste le long des murailles de la place et font cercle, par curiosité, et aussi dans l'espoir pour chacun d'être le premier à tomber sous le regard d'un métayer descendu en ville pour chercher un commis (entre Porto Albanese et Manacore, le car dessert les villages de la montagne et la zone des jardins).

Les fils des notables sont groupés à l'entrée du bar des Sports, à l'affût de quelque jeune paysanne descendue faire des achats en ville et qu'ils poursuivront de rue en rue. Peu de chance de la toucher, sinon en s'arrangeant pour la croiser, le bras ballant, et la frôler, comme par mégarde (en faisant baller adroitement le bras, on arrive à effleurer l'entrecuisse, on appelle cela *la main morte*); on s'écarte en disant « pardon mademoiselle » et toute la bande de garçons rit très fort. Mais ce qui est encore plus plaisant, et même un peu troublant, c'est de la suivre en lui chuchotant d'énormes obscénités; ces rustaudes sont tellement intimidées qu'elles n'osent ni rabrouer leur persécuteur ni se plaindre à un vigile urbain. Elles rougissent et hâtent le pas. On se les repasse de l'un à l'autre.

Les *guaglioni* rôdent dans la foule, attentifs à pro-

fiter de l'ahurissement d'un berger de la montagne
venu faire des achats en ville. Les vigiles, la cravache
à la main, surveillent les *guaglioni*. Les prisonniers,
derrière les jalousies du rez-de-chaussée de la préture,
chantent le dernier refrain de la radio.

Ainsi à chaque passage de car.

De son bureau, juste au-dessus de la prison, le
commissaire Attilio peut suivre toutes les phases de
ce spectacle, quelquefois plein d'enseignements, toujours plaisant, surtout le soir, quand arrive le car
de Foggia, correspondance des trains de Rome et
de Naples, qui amène les nouvelles estivantes (il saura
le lendemain matin, par ses services, dans quel hôtel
ou chez qui elles sont descendues; c'est merveilleux
pour un homme à femmes d'avoir un bureau bien
placé et des services bien organisés, on est ainsi toujours le premier à repérer le gibier et à savoir où
il gîte; mais maintenant que Giuseppina lui fait la
loi, le commissaire n'a plus le goût de chasser, ou
presque plus, juste ce qu'il faut pour se prouver à
lui-même qu'il est encore un homme).

— Cuir fauve, précisa Justo, initiales M. B. en
lettres d'or incrustées dans le cuir.

— Le portefeuille du Suisse, souligna l'adjoint.

— Absurde, répliqua le commissaire Attilio.
Primo, Brigante n'est pas homme à se mouiller dans
un coup de ce genre. Secundo, il était à Foggia le
jour du vol. Tertio, il ne se serait pas amusé à te
mettre le portefeuille sous le nez.

— Je vous dis que je l'ai vu, insista Justo. Je l'ai
vu d'un côté à l'autre de mon comptoir, de plus près
que je ne vous vois maintenant...

Les paysans étaient tous descendus. Les Manacoréens montaient à l'assaut des places. Matteo Brigante et son fils sortirent de la petite cour du

palais de Frédéric II de Souabe et se dirigèrent lentement vers le car.

Francesco dans un costume de toile gris clair, le
plus sobre de ses *complets*, chemise blanche et cravate noire. Sa mère avait manifesté sa surprise de
tant d'austérité. « Bénévent, avait-il expliqué, est
une ville véritable, où l'on ne peut s'habiller comme
pour aller à la plage. » En vérité il avait pensé que
Lucrezia, dans l'entrebâillement de ses persiennes, le
regarderait partir et il avait voulu la rendre heureuse
en se montrant par avance docile à suivre ses conseils. Mais comme il avait prévu qu'après s'être pré-
senté au directeur, son futur patron, il aimerait faire
la *passeggiata*, sous les arcades de Turin, qu'on dit si
animées, il avait emmené dans la valise qu'il tenait
à la main des costumes et des chemises mieux adap-
tées à sa conception de l'élégance.

Matteo Brigante marchait à côté de son fils, plus
petit, plus ramassé, pantalon de toile blanche au
pli impeccable, veston bleu croisé et l'habituel nœud
papillon. C'est sa tenue, inspirée de ses souvenirs
de la marine, quand il va voir ses hommes d'affaires.

— Vous voyez, dit Justo. Il sait qu'il est *fait*. Il
se tire.

— Faut-il l'appréhender? demanda l'adjoint.

— Pas de bêtises! s'écria le commissaire.

— Il semble bien qu'il se tire, insista l'adjoint.
Il a même pris une valise qu'il fait porter par son
fils.

— Un homme qui a du bien au soleil, dit le commissaire, ne se tire pas pour un portefeuille qui n'est
pas à lui.

— Précisément parce que le portefeuille n'est pas
à lui! s'écria l'adjoint. Vous venez de le dire, patron.
Il n'en finit plus de rire.

— Tout ça va me retomber sur le dos, dit Justo. S'il sait jamais que je l'ai dénoncé...

— Suffit, dit le commissaire. Vous pouvez disposer. *Motus!* J'interrogerai moi-même Brigante, à son retour.

Les deux hommes passèrent dans la pièce voisine.

— Bien sûr, dit l'adjoint. Si le Brigante avait des ennuis, le patron ne saurait plus où recevoir ses poules.

— Ça va me retomber dessus, gémit Justo.

— Le Brigante doit en savoir long sur le patron.

— Il me marquera, gémit Justo. Il a été marqué, il faut qu'il se venge.

— Laisse-moi faire, dit l'adjoint.

Matteo Brigante et Francesco entrèrent les derniers dans le car.

Le chauffeur fit de la place pour la valise. Deux obligés de Brigante se levèrent pour céder leurs places au père et au fils, qui les acceptèrent. Le car démarra. Les désoccupés allèrent reprendre leur poste, le long des murs de la Grande Place. Les prisonniers chantaient « Parlez-moi d'amour... »

Le commissaire adjoint monta chez le juge Alessandro.

Vers les onze heures le commissaire Attilio monta à son tour au tribunal pour s'entretenir avec le juge Alessandro des affaires en cours d'instruction.

— Et le campeur suisse? demanda le juge...

— Rien de nouveau.

Le juge en était au troisième jour de son accès de malaria.Les yeux jaunes, brillants de fièvre, le front en sueur, la chemise déboutonnée, grelottant dans sa veste de laine.

— On m'a dit qu'on avait vu le portefeuille.

— Des potins, *caro amico*...

— On m'a dit, coupa le juge, on m'a dit très précisément que le serveur du bar des Sports avait vu hier soir le portefeuille du Suisse dans les mains de Matteo Brigante.

— Mon adjoint divague, répondit le commissaire. Laissez les chiens aboyer. Cette histoire ne tient pas debout.

Le juge se dressa, s'appuyant des mains sur la table, les bras tremblants.

— Vous méprisez la justice, Commissaire...

Le commissaire était assis de l'autre côté de la table, dans un fauteuil, les jambes croisées. Il leva les bras au ciel.

— Doucement, Alessandro. doucement...

— Avant-hier, vous faites un chantage politique à un honnête ouvrier qui réclame le passeport auquel il a droit. Aujourd'hui vous couvrez le crime d'un repris de justice, d'un racketer, votre ami, votre...

— Attention, Alessandro...

« Cocu », pensait le commissaire du juge, « hargneux comme tous les cocus. » Il savait déjà que donna Lucrezia, la veille, avait passé quatre heures dans la pinède. Il ne savait pas encore avec qui. Mais il ne tarderait pas à le savoir. Une jeune femme ne reste pas seule, quatre heures, dans la pinède.

« Trousseur de jupes », pensait le juge du commissaire, « et qui se laisse mener en bateau par une petite catin. » On lui avait déjà raconté l'exécution d'Attilio par Giuseppina devant toute la ville rassemblée sur la plage. « Corrompu, pourri, concussionaire, comme tous les trousseurs de jupes. »

Le juge se rassit.

— Ecoutez-moi, Commissaire... En tant que juge commis par le parquet pour instruire la plainte en vol contre x...

Il avait préparé un mandat de perquisition au domicile de Matteo Brigante, pour y rechercher le portefeuille vu la veille dans ses mains.

Le commissaire protesta qu'ils allaient se couvrir de ridicule. Le juge prévint que si le mandat n'était pas immédiatement exécuté, il informerait le parquet de Lucera.

La perquisition fut effectuée au début de l'après-midi par le commissaire, son adjoint et deux policiers. Ils s'excusèrent longuement auprès de Mme Brigante; qu'elle dise bien à son mari qu'ils ne faisaient qu'exécuter le mandat impératif du juge Alessandro. Ils visitèrent superficiellement l'appartement, prenant soin de ne rien déranger et le faisant bien remarquer. Au fait, ils étaient certains que Matteo Brigante, même s'il eût effectué le vol, ce qu'il ne croyaient pas, n'eût pas gardé le portefeuille chez lui.

— Il ne me reste plus qu'à m'excuser, dit le commissaire à Mme Brigante.

— Excusez-moi patron, intervint l'adjoint... Il est précisé que nous devons visiter la tour dont Monsieur Brigante est également locataire.

Le commissaire haussa les épaules. Les policiers échangèrent des clins d'œil. C'étaient eux qui avaient suggéré au juge de mentionner la tour, ils brûlaient de visiter la garçonnière du patron, dont toute la ville soupçonnait l'existence et sur laquelle ils avaient eu quelques précisions arrachées à des femmes, mais que personne n'avait jamais vue.

— Je crois qu'on peut y accéder par ici, dit

l'adjoint, en désignant la porte de chêne aux ferron-
neries ouvragées.

Mme Brigante n'avait pas la clef. Il fallut chercher
un serrurier. Le commissaire s'assit dans le fauteuil
d'osier et plaça sur le pick-up un Prélude de Chopin,
manière de marquer la distance entre lui et ses subor-
donnés qui n'aimaient que l'opéra et la *canzonetta*.
Enfin les quatre hommes s'engagèrent dans le couloir en soupente, l'adjoint en tête, le commissaire en
queue, suivi de Mme Brigante et des deux témoins
requis.

Ils pénétrèrent ainsi dans la pièce octogonale du
troisième étage de la tour de Frédéric II de Souabe
et derrière les tapisseries achetées chez un brocanteur
de Foggia, dans cette sorte de chambre, sommairement installée, où Brigante violait les vierges et où
le commissaire Attilio dépravait, croyait-il, les
femmes des notables.

Ils tombèrent tout de suite sur un porte-cigarettes
oublié par le commissaire et que chacun lui avait vu
dans les mains.

— Vous aussi, patron, le Brigante vous a volé!
s'écria l'adjoint.

Façon de parler. Personne ne croyait que le porte-
cigarettes eût été volé. Sa présence était la confirma-
tion des débauches secrètes d'Attilio.

Devant cette preuve enfin tenue, l'adjoint et les
deux policiers ne purent dissimuler leur joie. Comme
s'ils tenaient leur patron lui-même. A lui de subir
la loi qu'il leur faisait subir depuis des années. Ils
oublièrent la présence de Mme Brigante et les futures
vengeances de Matteo. Sous prétexte de se moquer
de Brigante, ils pouvaient se moquer de leur patron,
en sa présence. Ils touchaient le lit de fer peint de
guirlandes vénitiennes :

— Ah! le brigand, ce qu'il a dû en renverser là-dessus!

Ils nommaient toutes les maîtresses qu'on avait soupçonnées au commissaire, feignant de les attribuer à Brigante :

— Il leur a... Il les a... Elles lui ont...

Ils ne pouvaient plus contenir leur jubilation.

Sous prétexte de chercher le portefeuille, ils tripotaient toutes choses, spécialement les objets de toilette, imaginant à haute voix les utilisations érotiques qui avaient pu en être faites.

Dans son enthousiasme obscène, l'adjoint, grimpé sur le guéridon de marqueterie, manipulait la glace « pour voir ce qu'on pouvait voir du lit ». Il trébucha et tomba, renversant le guéridon.

Ce fut ainsi que le portefeuille du Suisse, dissimulé sous le plateau du guéridon, apparut aux yeux de tous.

Impossible de ne pas le voir. Fixé par deux bandes de sparadrap en croix (comme le pansement sur la joue marquée de Brigante), au centre du plateau renversé. De cuir fauve avec des initiales d'or, M. B., incrustées dans le cuir, exactement comme il était mentionné sur le mandat de perquisition.

Il se fit un grand silence. Maintenant les policiers pensaient à toutes les vengeances que ne manquera pas d'exercer Matteo Brigante. Il n'y avait pas un seul d'entre eux dont la carrière ne pût être brisée par une indiscrétion du racketer.

Le commissaire Attilio rompit le silence.

— Quand le vin est tiré, dit-il...

Dès qu'il eut le portefeuille entre les mains, le juge Alessandro rédigea un mandat d'arrêt et informa par téléphone la police de Foggia, où se trouvait probablement Brigante, et le parquet de Lucera.

Matteo Brigante et son fils déjeunèrent face à
face, à une petite table, dans la salle à manger cli-
matisée de l'hôtel Sarti, à Foggia.

Les autres tables étaient occupées par des étrangers,
les hommes en short, la chemise sans manches
ouverte sur la poitrine, la plupart des femmes en
pantalon. Francesco s'affligea de paraître provincial,
avec son col blanc et sa cravate sombre, en compagnie de son père, veston boutonné, nœud papillon
noué serré. Puis il pensa que, dans quelques années,
s'il lui prend fantaisie de venir en touriste dans le
Sud, avec Lucrezia, il leur sera loisible, Turinois
tous les deux, de se débrailler aussi insolemment que
des étrangers.

Brigante commanda le menu le plus cher et des
vins français. Francesco n'aimait pas le vin, mais
il en but pour ne pas paraître insensible à la libéra-
lité de son père ou inapte à apprécier la délicatesse
de ses manières. Il avait l'estomac serré. Le sentiment de déliement qu'il avait éprouvé la veille auprès
de Lucrezia, en laissant s'échapper les mots d'amour
qui sourdaient en lui, n'avait pas persisté au delà
du moment où il s'était retrouvé en face de son père.
Pendant la nuit, le persécuteur de son cauchemar
habituel était venu, visage ambigu comme au cours
des précédentes semaines, les yeux de son père et de
donna Lucrezia confondus dans le même regard
exigeant. Depuis son réveil, l'angoisse ne l'avait pas
quitté, et persistait.

Après le repas, Brigante poussa son fils dans un
taxi.

— Où allons-nous? demanda Francesco qui n'avait
pas compris l'adresse.

— Il faut que tu connaisses cela aussi, dit Brigante.

Francesco leva vers son père ses grands yeux impénétrables.

— Ce n'est pas exactement une maison publique, dit Brigante. Ce n'est pas ouvert à n'importe qui... Madame est une vieille connaissance à moi.

Brigante fixa ses petits yeux durs dans les grands yeux liquides de son fils.

— Je sais que tu n'as pas d'argent, dit-il. C'est moi qui t'invite. Chez Madame, ce n'est pas tout à fait un bordel. La fille que tu prendras ne te demandera rien; libre à toi de lui faire un petit cadeau. Dans les maisons de premier ordre, comme celle-ci, on fait conversation avec Madame, on va avec la fille et l'on paie la sous-directrice (ou sous-maîtresse). C'est comme à l'hôtel Sarti; tu as sans doute remarqué que j'ai payé la note, non pas au garçon qui nous avait servi, mais au maître d'hôtel; avant de me mettre à table, j'étais allé discuter du menu avec le patron; en partant j'ai laissé un petit pourboire au garçon. Voilà comment on se tient...

Il ajouta :

— Ne te fais pas de souci. C'est moi qui réglerai à Mademoiselle Cynthia, la sous-maîtresse, le prix du temps que tu passeras avec la fille de ton choix.

— Merci père, dit Francesco.

Le taxi les laissa devant une villa isolée, dans la banlieue de Foggia. Madame les reçut dans un petit salon, fauteuils de cuir clair, guéridon de citronnier.

— Je te présente mon fils, dit Brigante.

Madame enveloppa Francesco d'un bref regard, puis, se tournant vers le père, esquissant un sourire :

— Comment t'y es-tu pris pour faire un si beau garçon?

Elle dit cela légèrement, comme une politesse qui va de soi. Une femme dans la quarantaine, grande, svelte, discrète robe de jersey de laine. Francesco lui trouva le même *ton* que l'infirmière chef d'une élégante clinique de Naples où il était allé voir un camarade malade.

— J'ai pensé à Fulvie pour lui, dit Brigante.

— Fulvie est libre, répondit Madame.

— Mais il en préférera peut-être une autre, reprit Brigante.

— J'en ai sept ou huit en ce moment dans le grand salon, dit Madame.

Elle se tourna vers Francesco :

— Mais vous préférerez sans doute que je vous les présente l'une après l'autre. Vous me ferez connaître ensuite votre choix.

— Tu vois ce que c'est que le style d'une maison, dit Brigante à son fils.

— Je voudrais te parler, dit-il à Madame.

— Allons dans mon bureau, dit-elle.

Elle le précéda vers la porte.

— Attends-nous, dit-il à Francesco.

Sur le seuil :

— Au fait, comment s'appelle-t-il? demanda Madame.

— Francesco, répondit Brigante.

Elle se retourna.

— A tout à l'heure Francesco, dit-elle.

Il resta seul. D'une pièce voisine venait le bruit assourdi d'une conversation à plusieurs voix, des voix de femmes, un rire un peu plus haut, puis une rumeur confuse d'exclamations, comme si on saluait un arrivant, « peut-être mon père », pensa Francesco.

Le petit salon avec ses fauteuils de cuir lui rap-

pelait aussi la clinique de Naples. Les gravures au
mur, des Fragonard, étaient à peine indécentes; le
pharmacien de Porto Manacore avait les mêmes dans
sa chambre à coucher. Mais ici, les cadres étaient
plus jolis, en citronnier, comme le guéridon.

L'angoisse persistait, mais l'effet du vin de l'hôtel
Sarti aidant, se changea en torpeur. Francesco
sombra dans une somnolence ni moins douloureuse
ni plus aisément surmontable que l'angoisse.

La porte s'ouvrit.

Une grande fille brune se tenait sur le seuil, dans
une robe de soie noire haut-montante, étroit fourreau qui soulignait la maigreur du corps, prolongé
à hauteur du cou par un pan rejeté asymétrique-
ment sur l'épaule.

— Je m'appelle Fulvie, dit-elle.

Elle le regardait sans, estima-t-il, aucune provocation. Il ne s'était pas du tout attendu à cette
sorte de distance. Son angoisse en fut plutôt accrue.
Elle l'examinait. Il secoua la tête pour chasser la
torpeur. Elle eut un sourire amusé. Il pensa qu'elle
avait l'air très sûre d'elle-même; « une fille si maigre », s'étonna-t-il. Elle se tenait dans l'entrebâillement de la porte, les bras le long du corps, sans le
provoquer des yeux ni des hanches ni du buste ni
des lèvres, l'examinant tranquillement, une lueur de
moquerie dans le regard. Il sentit vivement cette
moquerie et se leva.

— Suivez-moi, dit-elle.

Elle le précéda dans le couloir; il la suivit. Quand
ils furent dans la chambre (velours gris, tentures
grises, un grand lit ouvert sur des draps blancs, aux
plis encore raides) :

— Mettez-vous à l'aise, dit-elle.

Elle l'aida à ôter son veston et le suspendit à un

cintre. Il était resté debout, immobile, la suivant du
regard. Elle revint vers lui et dénoua la cravate
qu'elle alla poser sur l'épaule du veston. Elle s'approcha de nouveau. Il porta la main, — ainsi crut-il
devoir faire — vers le sein maigre qui saillait sous
la robe. Elle repoussa doucement sa main.

— Laissez-moi faire, dit-elle.

La moquerie du regard s'accentua.

— Pour l'instant, dit-elle, c'est moi le patron.

Elle défit les boutons de la chemise et l'aida à
ôter les manches. Elle alla placer la chemise sur le
cintre, par-dessus le veston. Il resta debout, en pantalon, le buste nu.

— Etendez-vous, dit-elle.

Il se coucha sur le lit.

Elle défit quelque chose sous cette sorte d'écharpe
par quoi se terminait sa robe sur le cou, le fourreau
se déroula et elle se trouva nue, au-dessus de lui.

Elle était encore plus maigre qu'il n'avait cru, les
seins un peu tombants, mais si petits qu'ils poin-
taient pourtant, comme les clous, pensa-t-il, dans la
main du grand Christ de bois, à l'entrée du sanctuaire de Sainte-Ursule-d'Uria. Il voulut de nouveau
toucher; elle l'en empêcha. Elle lui prit les bras les
mit en croix sur le lit et les caressa, du bout des
ongles, dans la saignée d'abord, doucement, avec
un crissement des ongles sur la peau, mais sans le
blesser, d'un lent et régulier mouvement, comme
d'un râteau. Il se laissa aller.

La caresse aigre-douce, tendre, coupante, descendit
vers les poignets, monta vers les épaules. Il gonfla
vers la fille sa poitrine mamelue de grand garçon
roux, s'arquant à la rencontre des seins maigres aux
pointes dures. Les ongles commencèrent de s'ins-
crire dans le creux de l'épaule, dans le creux de

l'aine. Il se mit à gémir de plaisir et d'angoisse.

Matteo Brigante cependant parlait affaire avec Madame. Une ancienne pensionnaire, maintenant associée à la direction de l'entreprise, Mlle Cynthia, participait à la conversation. Ils s'étaient installés dans le bureau, autour d'une grande table recouverte d'une plaque de verre, près d'un classeur où étaient rangés factures, traites, contrats.

Les affaires ne marchaient pas mal en cette saison, l'afflux des touristes sur la Via Adriatica enrichissait les restaurateurs et les hôteliers, ce qui avait d'heureuses conséquences pour les autres commerçants. Madame songeait à fonder un autre établissement, sur le littoral cette fois, à Siponte, station balnéaire fréquentée par la bourgeoisie de Foggia et par les étrangers. Il faudra intéresser les portiers d'hôtel au rabattage des touristes. Les frais de départ seront importants mais les bénéfices élevés, l'amortissement rapide. Pendant que Madame exposait ses projets, Brigante calculait qu'une fille comme Fulvie rapportait au moins cinquante mille lires par jour, plus qu'un petit hôtel, un garage moyen, une grande oliveraie ou trois camions faisant le transport de la bauxite. La difficulté était d'établir le pourcentage des frais généraux; à combien, par exemple, chiffrer la tolérance de la police? Désireuse d'appâter son éventuel associé par la perspective d'un gros profit, Madame sous-estimait sans doute ce genre de servitudes. Brigante décida de s'informer personnellement auprès d'amis qu'il a dans la police provinciale.

Madame expliqua que Cynthia dirigera le nouvel établissement. Elle est sérieuse et capable. Mais une femme est une femme. Il lui faut le soutien d'un homme de poids et d'expérience, non seulement pour les frais de lancement mais aussi pour les négociations avec la police, la municipalité, les racketers.

On frappa légèrement à la porte. Fulvie entra, dans sa robe de soie noire. Elle tenait à la main un billet de dix mille lires qu'elle tendit à Brigante.

— Et d'un, dit-elle.

Madame sourit. Cynthia fronça le sourcil.

— La suite à tout à l'heure, dit Fulvie.

Elle se dirigea vers la porte.

— Comment as-tu fait ? demanda Brigante.

Fulvie se retourna.

— Ton fils est une gonzesse, dit-elle.

— Ferme-la, dit Brigante.

— Il en veut, dit-elle.

— Boucle-la, dit-il.

— Je l'ai laissé, dit-elle. Il m'a supplié de revenir. Si j'avais voulu, je lui aurais pris les trois billets d'un coup.

Cynthia pinça les lèvres en signe de désapprobation.

— Je vais te flanquer une paire de baffes, dit Brigante.

Fulvie le regarda moqueusement.

— Ne te frappe pas, dit-elle. Huit hommes sur dix sont comme ton gamin. Ce n'est pas par ce que tu crois qu'on les tient.

Elle sortit, refermant doucement la porte derrière elle.

Brigante tenait du bout des doigts le billet de dix mille lires, plié en deux dans le sens de la longueur.

— Je ne comprends pas, dit sèchement Cynthia, l'entôlage n'est pas dans le style de notre maison.

— C'est un arrangement entre Matteo et Fulvie. avec mon autorisation, dit Madame.

— Il ne faut pas donner le mauvais exemple au personnel, dit Cynthia.

— Tu vois qu'elle a des principes, dit Madame à Brigante.

— Explique-lui, dit Brigante.

— Tu permets?

— Puisque je te le dis.

— Voilà, expliqua Madame; le fils de Matteo a combiné de se tirer avec une dame. Nous avons confié le gamin à Fulvie pour qu'elle le guérisse.

— Ça n'explique pas l'argent, dit Cynthia.

— La dame a donné au petit trente mille lires pour qu'il prenne le train, trouve un nid et autres fariboles. Nous avons chargé Fulvie de soulever les trois billets. Le garçon ne pourra pas partir, la bonne femme lui demandera des comptes, il reviendra chez papa, la queue entre les jambes.

— Qu'est-ce que c'est que cette bonne femme? demanda Cynthia.

— La femme d'un juge, répondit Brigante.

— Pas d'histoire avec les juges, dit Cynthia.

— Nous ramenons sa femme au juge, dit Brigante.

Il eut un demi-sourire, un plissement d'yeux.

— Le juge nous remerciera.

— Tout est correct, dit Madame. Fulvie rend au père l'argent qu'elle a pris au fils.

— Qu'il lui a donné, dit Brigante.

Cynthia pinçait toujours les lèvres.

— Elle est entêtée, dit Madame.

— Non, dit Brigante. Elle veut me prouver qu'elle sera une directrice consciencieuse. De combien avez-vous besoin pour votre affaire de Siponte?

— Nous allons étudier cela, dit Madame. Tu n'es pas pressé...

Brigante tendit le billet à Cynthia.

— Champagne, dit-il. Tournée générale.

Cynthia sortit et passa dans le grand salon. Il faisait sombre et frais. Des rais de soleil, filtrant au travers des persiennes, allumaient çà et là les ors des fauteuils. Une fille tricotait. D'autres lisaient les magazines illustrés.

— Monsieur Brigante offre le champagne, dit Cynthia.

— Qu'est-ce qu'il lui arrive? demanda une voix.

— Il marie sa fille, dit Cynthia.

— Avec qui? demanda une autre voix.

— Avec un juge, dit Cynthia.

Elle retourna dans le bureau, avec une bouteille de champagne dans un seau de glace. Une femme de chambre apporta des coupes. Madame demanda à Brigante :

— C'est une vieille la femme du juge?

— Vingt-huit ans, répondit Brigante, et bien roulée. Bien mieux que ta Fulvie.

— Fulvie fait le plus gros chiffre d'affaires de toute la maison.

— Tu me l'as déjà dit. Comment expliques-tu son succès? On la croiserait dans la rue, on ne se retournerait pas sur elle.

— Elle est intelligente, dit Madame.

— Elle sait, dit Cynthia, deviner du premier coup d'œil quel est le vice d'un homme.

— Moi aussi, dit Brigante, je sais voir cela. Sans doute que je n'avais jamais bien regardé mon fils.

— Pour ce qui est de notre affaire, dit Madame; voyons les chiffres...

Elle chercha dans le classeur. On frappa légèrement à la porte. Fulvie réapparut et tendit deux billets de dix mille lires à Brigante qui les prit.

— Comment t'y es-tu prise cette fois?

— Tu le demanderas au gamin.

Il se leva et lui rendit les deux billets, qu'il lui mit dans la main, pliés.

— C'est pour toi, dit-il, tu les as bien mérités.

— Merci.

— J'ai offert le champagne. Va boire une coupe avec tes copines.

— Plus tard, dit-elle. Il faut que j'aille finir ton môme. Je suis bonne fille.

— Il t'a laissé partir?

Elle le regarda dans les yeux, moqueuse.

— Il est très docile, dit-elle. Tu as dû être sévère avec lui. Il a pris de mauvaises habitudes. Ça lui plaît qu'on lui fasse la loi.

Il s'approcha d'elle à la frôler.

— Alors comme ça, dit-il, tu sais tout de tout le monde?

— De toi aussi, dit-elle.

— Moi, dit-il, on ne m'a jamais fait la loi.

Il se tourna vers Madame et Cynthia.

— Attendez-moi, dit-il. Je vais un moment avec Fulvie.

Fulvie rit.

— Non, Matteo, dit-elle, pas aujourd'hui.

— Pourquoi?

Elle se pencha vers son oreille.

— Pour te faire attendre. Toi aussi tu ramperas.

Elle avait parlé de manière que les autres n'entendissent pas.

— Moi je suis un homme, dit-il.

Il se pressa contre elle, durci.

— Je n'y peux rien, dit-elle. Les mecs et les flics, je les fais ramper. C'est cela qu'ils attendent de moi.

Elle s'éloigna et du seuil, à voix haute :

— A bientôt, Matteo. Dans cinq minutes, je te renvoie ton fils.

Brigante retourna s'asseoir devant la table couverte d'une plaque de verre.

— Voyons les chiffres, dit-il...

— Qu'est-ce que vous penseriez de Fulvie pour notre maison de Siponte? demanda Cynthia. Si Madame voulait nous la céder, nous aurions un départ du tonnerre.

— Ne nous perdons pas dans les détails, dit Madame.

Une heure passa à discuter chiffres.

— Et ton fils? demanda Madame.

— Il doit dormir, dit Brigante. Fulvie l'a épuisé.

Cynthia envoya chercher Fulvie. Celle-ci avait laissé Francesco dans la chambre, en train de se rhabiller, après lui avoir montré le chemin du petit salon où attendre son père; puis elle était allée rejoindre un client qui l'avait fait demander. Cynthia interrogea la femme de chambre; le garçon avait quitté la chambre quelques instants après Fulvie et était aussitôt sorti de la villa. On fit venir le jardinier qui se rappela avoir vu, trois quarts d'heure plus tôt, le grand jeune homme qu'on lui décrivait sortir de la villa, gagner la route et se diriger à pied vers Foggia.

— Avait-il l'air pressé? demanda Madame. Ou bien désemparé? Paraissait-il savoir où il allait?

— Je ne sais pas, dit le jardinier.

Durant les trois quarts d'heure qui s'étaient écoulés depuis son départ de la villa, Francesco avait eu largement le temps de gagner le centre de la ville. Un car partait bientôt pour Bénévent; le garçon le prendrait sans doute, pour aller chez son oncle, comme il avait été convenu. Mais Brigante ne se

sentit pas la patience d'attendre le soir pour téléphoner chez un voisin de l'oncle, vérifier si son fils
était arrivé.

— Appelle-moi un taxi, demanda-t-il à Madame.

Elle téléphona : le taxi fut tout de suite là. Brigante se fit conduire à la gare des autobus. Le
dernier car pour Bénévent partait. Francesco n'était
pas dedans.

Brigante fit le tour des bars où il était connu.
Il donnait le signalement de son fils, demandait si
on ne l'avait pas vu. Non. Certainement pas. Aucun
client qui lui ressemblât.

Le car pour Porto Manacore partait à six heures
et demie. A six heures et quart, Brigante se dirigea
de nouveau vers la station. Peut-être Francesco,
après avoir erré par la ville, s'était-il tout simplement décidé à rentrer à la maison.

Pas de Francesco à la station.

A six heures vingt-cinq Brigante vit se diriger
vers lui deux policiers en civil, qu'il connaissait.

Il s'avança vivement au-devant d'eux.

— Mon fils? demanda-t-il.

Il était persuadé qu'on venait le prévenir d'un événement fâcheux.

— Il ne s'agit pas de votre fils, dit l'un des policiers.

— Nous avons un mandat d'arrêt vous concernant, dit l'autre.

— Excusez-nous, reprit le premier. Mais nous
avons un mandat d'arrêt.

— Montrez, dit Brigante.

Il lut attentivement le papier. La découverte du

portefeuille n'y était pas inscrite. Il pensa que le juge Alessandro avait déliré, dans une crise de paludisme. Ou bien on lui avait révélé l'intrigue de donna Lucrezia et de Francesco et il avait voulu se venger, autre délire. Le juge avait fait une sottise; il faudra réfléchir au moyen d'en tirer parti.

— Nous devons vous emmener à Porto Manacore, dit l'un des policiers.

— Il faudra vous mettre les menottes, dit l'autre.

— Montez avec nous dans le car, reprit le premier. Nous ne vous mettrons les menottes qu'à l'arrivée.

— Je paie un taxi, dit Brigante.

Ce sera comme il voudra.

— Mais j'ai rendez-vous avec mon fils pour prendre le car. Attendons encore un peu.

Les policiers n'étaient pas pressés.

Le car partit sans que Francesco fût apparu. Les trois hommes s'en allèrent ensemble chercher un taxi.

Un peu avant Porto Manacore, le taxi fut doublé par une voiture rouge, une Guilietta, qui amenait au marais un médecin de Foggia, appelé au chevet de don Cesare.

Brigante entra dans la préture, menottes aux mains. Il fut aussitôt conduit dans le bureau du juge. Il répondit peu de choses aux questions qui lui furent posées. Il n'avait jamais vu le portefeuille du Suisse. Il ne comprenait pas par suite de quelles circonstances on avait pu le découvrir dans une dépendance de son appartement. Il ne l'avait jamais eu dans sa poche. Le serveur du bar avait menti.

Le juge lui dit qu'il serait confronté le lendemain matin avec Justo et le fit conduire à la prison, dans l'unique cellule individuelle.

Un quart d'heure plus tard, le commissaire Attilio le faisait amener dans son bureau et s'enfermait seul avec lui.

— Explique-toi...

— Tout à l'heure, répondit Brigante. Nous allons éclaircir cela ensemble... Mon fils Francesco est disparu. J'ai peur qu'il ne fasse une bêtise...

Il raconta toute l'affaire : la lettre surprise, les amours de donna Lucrezia et de Francesco, leur projet de fuite, les trente mille lires données; qu'il avait emmené son fils chez Madame, que Fulvie s'était fait donner l'argent et que le garçon honteux et se croyant peut-être déshonoré pouvait s'abandonner au désespoir.

Le commissaire alerta aussitôt par téléphone la police provinciale.

— La leçon était bonne, dit-il. Mais tu y es peut-être allé un peu fort...

— J'ai appris tout à l'heure, ajouta-t-il, que donna Lucrezia avait rencontré hier ton fils dans la caverne des Toscans, près du *trabucco*. Un pêcheur les a aperçus ensemble sur la petite plage, au bas de la pinède. La Lucrezia, je ne l'aurais pas cru... J'ai eu tort de ne pas m'occuper d'elle plus tôt; elle ne doit pas manquer d'agréments et je vous aurais épargné bien des ennuis à ton fils et à toi... Maintenant, parlons de ce portefeuille.

— Parole de Brigante, parole d'homme, je ne suis pour rien ni directement, ni indirectement dans le vol...

— J'ai toujours pensé que tu étais trop intelligent pour te mouiller dans une affaire de ce genre. Mais c'est toi qui as caché le portefeuille dans... ta garçonnière de la tour.

— C'est moi.

— Tu sais où est l'argent?

— Je ne le sais pas encore.

— Pourquoi as-tu montré hier soir le portefeuille à Justo?

— Je ne savais pas qu'il était dans ma poche.

— Qui l'a placé dans ta poche?

— Je ne le sais pas encore.

— Tu couvres quelqu'un.

Brigante réfléchit un instant.

— Je ne peux pas encore vous répondre.

— Si tu connais le voleur, tu pourras difficilement prouver que tu n'es pas complice.

— Je ne crois pas que ce soit le voleur qui ait mis le portefeuille dans ma poche.

— Je t'ai toujours connu prudent. Mais j'ai l'impression qu'en ce moment tu te laisses manœuvrer! Je me demande par qui...

— Je n'y vois pas encore clair, répondit Brigante.

— Tu ne peux pas m'expliquer l'affaire, entre nous...

— Pas encore.

— Qui est-ce qui t'a griffé la joue?

— C'est sans rapport.

— Tu t'es battu?

— Non, dit Brigante. C'est une vierge que je violais.

— Nous n'avons pas de chance avec les vierges, dit le commissaire.

— Prenez Giuseppina dans un coin, dit Brigante. Foutez-lui une trempe et violez-la. Ensuite vous n'y penserez plus.

— Je n'ai pas la manière, dit le commissaire.

— Alors, occupez-vous d'une autre femme.

— J'essaie. La Lucrezia va être défaite quand elle apprendra comment ton fils...

Le front de Brigante se plissa.

« Il aime son fils », pensa le commissaire. Il eut un mouvement de plaisir, d'avoir découvert une faille à la force de Brigante. Il se demanda si Francesco n'avait pas participé de quelque manière au vol du demi-million de lires; ainsi s'expliqueraient les réticences du père.

— La Lucrezia... reprit-il.

Brigante porta vivement la main à l'aine; c'est ainsi qu'on conjure le mauvais œil. Il essayait de se persuader que la femme du juge avait jeté un sort à Francesco. Le commissaire eut du remords de paraître prendre à la légère la douleur qui faisait déraisonner l'homme le plus raisonnable qu'il eût jamais connu.

— Ton gamin a encore de l'argent? demanda-t-il.

— Dans les cinq mille lires que je lui avais données comme argent de poche...

— Il reviendra quand il les aura dépensées. Nous avons l'habitude de ce genre de fugues.

Le front de Brigante se plissa de nouveau.

— Francesco n'est pas si solide que je croyais, dit-il.

— Qu'est-ce qui te le fait penser? demanda vivement le commissaire.

— Fulvie l'a eu trop facilement.

Le commissaire fut déçu. Il avait espéré que c'était l'affaire du Suisse qui revenait sur le tapis.

— C'est de son âge, dit-il.

— Je le materai, dit Brigante. Finies les études. Je le mettrai sur un de mes camions, à la mine de bauxite. Douze heures de travail par jour. Mangera à la cantine des mineurs. Dormira sur une paillasse.

dans une baraque. Maigrira. Il est trop gras pour son âge. J'aurais dû m'en apercevoir avant.

— Avant quoi?

— Avant Fulvie.

Le commissaire l'interrogea du regard. Il vit soudain, pour la première fois depuis dix ans qu'ils se rencontraient chaque jour, les yeux de Brigante mollir.

— Je vous en prie, dit Brigante, cherchez-le. Retrouvez-le.

— J'ai téléphoné, dit le commissaire.

— S'il apprend que je suis arrêté... Il se peut qu'il se croit déshonoré encore davantage. J'ai peur...

— Mais non, dit le commissaire. A cette heure-ci, il doit être ivre mort dans une taverne. Les fugueurs, nous connaissons cela; ils se conduisent tous de la même manière...

Le commissaire se leva.

— Je téléphonerai de nouveau tout à l'heure à Foggia, pour qu'ils activent leurs recherches... Je suis obligé de te faire reconduire dans ta cellule. Nous avons déjà parlé trop longtemps. Mon adjoint va raconter que nous avons mis ta défense au point ensemble.

— Non, dit Brigante. Vous m'avez interrogé. C'est régulier.

Il se leva. Son regard avait retrouvé sa fermeté habituelle.

— Qu'est-ce que tu m'as répondu?

— La même chose qu'au juge, je n'ai jamais vu le portefeuille. Je ne l'avais pas dans ma poche hier soir. Justo a menti.

— Il a été le seul à le voir?

— Oui, dit Brigante. Comme j'étais placé, les

clients ne pouvaient rien voir. Personne d'ailleurs n'osera témoigner contre moi.

Le commissaire sourit.

— Je vois, dit-il, Justo a monté une machination contre toi.

— Si j'étais la police, c'est ce que je penserais.

— Comment est-il entré dans la tour pour y cacher le portefeuille?

Brigante réfléchit un court instant.

— Voilà... dit-il. Justo m'a volé la clef de la tour ...un soir de la semaine dernière... Elle était dans la poche de mon veston bleu pétrole... que j'avais posé sur le dossier d'une chaise... Je me suis éloigné pour parler avec Pizzaccio... je n'ai pas retrouvé la clef... j'ai cru à un coup des *guaglioni*... Je n'en ai parlé qu'à Pizzaccio... Je l'avais complètement oublié... Je m'en souviendrai quand la police aura retrouvé la clef et m'interrogera à ce sujet... Pizzaccio aussi s'en souviendra.

— Où la police retrouvera-t-elle la clef?

— Par terre, dans le bar, répondit Brigante... demain matin vers onze heures... elle tombera de la poche de Justo pendant qu'il servira un verre à Pizzaccio.

— Non, dit le commissaire. Même le juge sait que Pizzaccio est ton second.

— Pendant que Justo servira l'Australien... Les policiers assis à la table voisine ramasseront la clef... Ils seront intrigués par une étiquette accrochée à la clef et sur laquelle ils liront : « Petit portail de la resserre de la tour. »

— Ils me feront un rapport, dit le commissaire, et ils porteront la clef au juge.

— Moi, dit Brigante, j'ai toute la nuit pour réfléchir. J'aimerais vous aider à retrouver le voleur du demi-million de lires. Ce serait une bonne note sur votre dossier. Vous finirez peut-être par recevoir cette mutation...

— Tu en sais plus que tu ne me dis.

— Une piste, dit Brigante, rien qu'une piste...

— Tu ferais un meilleur policier que moi.

— Oui. Parce que je suis plus méchant. C'est que je travaille pour mon compte.

— Je vais te faire porter à dîner dans ta cellule, dit le commissaire. Tu veux du vin?

— Non, répondit Brigante. Cette nuit il faut que je réfléchisse.

Il eut son demi-sourire, un plissement des yeux.

— Cette nuit, reprit-il, je vais travailler pour vous.

Le commissaire appela son adjoint.

— Faites reconduire l'inculpé, dit-il.

— Suivez-moi, dit l'adjoint à Brigante.

— Monsieur le Commissaire, dit Brigante, je vous demande de ne pas oublier...

Les deux hommes se regardèrent.

— ...le gamin.

Il se raidit et suivit l'adjoint.

Quand il fut dans sa cellule, seul avec le gardien chef qui est un de ses obligés.

— A quelle heure finit ton service? demanda Brigante.

— Il est fini, répondit le geôlier. Je ne suis resté qu'à cause de vous.

— Il faut que je parle à Pizzaccio.

— Je vais aller le prévenir. Mais il ne pourra venir qu'à minuit. Il y a un gardien dont je ne suis pas sûr; je vais lui payer à boire; il faut me laisser le temps de l'endormir.

— Minuit ça va, dit Brigante.

De la fenêtre de son bureau, le commissaire Attilio vit le juge Alessandro qui sortait de la préture pour faire son habituelle promenade d'après-dîner. Il fit porter un mot à donna Lucrezia, lui demandant, malgré l'heure tardive, de passer dans son bureau. Elle venait d'apprendre l'arrestation de Matteo Brigante et descendit aussitôt.

— Chère amie, lui dit le commissaire, les fonctionnaires de la police tombent par nécessité dans la connaissance de beaucoup de secrets de la vie privée. Leur honneur et quelquefois l'amitié les obligent à feindre de les ignorer. Mais ce soir l'honneur et l'amitié me contraignent à vous parler à cœur ouvert... Vous avez confié de l'argent à un garçon qui ne mérite pas votre confiance...

Il résuma l'affaire à sa manière et sans lui parler de la confession de Matteo Brigante. Cela se ramena à une sorte de rapport de police, auquel il n'ajouta aucun commentaire. Francesco Brigante avait passé l'après-midi dans une maison de plaisir de Foggia, y faisant des dépenses disproportionnées à ses moyens. On avait trouvé sur lui une lettre de donna Lucrezia, d'où l'on pouvait déduire qu'elle était sa maîtresse, qu'ils avaient fait le projet de partir ensemble pour une ville du Nord et qu'il tenait d'elle une trentaine de milliers de lires qu'il venait de donner à une fille de joie.

Donna Lucrezia, assise en face du commissaire Attilio, écoutait en silence, impassible, le buste droit.

Francesco avait disparu, emportant malheureusement la lettre. La police le recherchait. Le commissaire avait déjà pris ses précautions pour que la lettre, si elle est encore en la possession du garçon quand on le retrouvera, soit détruite ou rendue personnellement à donna Lucrezia.

— Pourquoi, demanda-t-elle, la police le recherche-t-elle?

Le commissaire garda le même ton détaché, « objectif », sur lequel il avait *dit* son rapport (falla-cieux).

— La gêne de reparaître devant vos yeux, l'émo-tion d'apprendre que son père est arrêté et accusé de vol...

Elle se dressa.

— Il s'est tué? demanda-t-elle.

— Non.

— Vous n'osez pas me le dire.

— Non, reprit fermement le commissaire, non. Il est disparu et nous le recherchons. C'est tout.

— Vous ne me cachez rien?

— Je vous en donne ma parole.

— Attilio, dit-elle, il faut le retrouver. Il faut. C'est un enfant.

— Je ne cesse de téléphoner dans toute la pro-vince.

— Cette fille sait peut-être où il est.

— Nous ne le pensons pas.

— Vous avez bien une idée de ce qu'il a pu faire.

— Nous cherchons.

Elle insista.

— Prévenez-moi dès que vous saurez où il est, A n'importe quelle heure. Réveillez toute la maison.

— Mais... protesta-t-il.

— Ah! s'écria-t-elle, je crierai mon amour à toute la ville.

— *Carissima amica...*

— Retrouvez-le, dit-elle.

Elle sortit. Il l'entendit monter rapidement l'esca-lier. La porte du quatrième se referma.

Il se reprocha d'avoir passé tant d'années dans

la proximité de donna Lucrezia, la rencontrant presque quotidiennement, sans avoir soupçonné la fougue dont elle est capable. Tant de violence et tant de naturel dans la passion la plaçaient bien au-dessus de toutes les maîtresses qu'il avait eues. Il dressa aussitôt un plan d'action. Rester le lendemain et les jours suivants dans le même ton que ce soir, discret, haut fonctionnaire pensait-il, mais laisser deviner la profondeur de son sentiment par de petits détails, l'empressement à donner des nouvelles, l'attention à écarter les importuns, la chaleur d'une poignée de main, la discrétion scrupuleuse. Gagner méthodiquement sa confiance, le droit à ses confidences. Francesco sera probablement retrouvé, rentrera penaud à Manacore; ne pas l'accabler, plutôt le défendre, attendre que donna Lucrezia soit convaincue par sa propre expérience de la mollesse, de la lâcheté de son amant. Où viendra-t-elle alors chercher refuge, sinon auprès de son seul ami, du seul homme véritable qu'elle connaisse, lui? Alors, passer à l'attaque, conquérir.

Il se leva de son siège, gagna le milieu de son bureau et fit quelques mouvements de gymnastique : la main droite à la pointe du pied gauche sans plier le genou; flexion sur les genoux sans plier le torse. « Je suis en pleine forme. Le Sud possède un trésor, je l'aurai. J'ai faim. »

Il quitta son bureau, monta chez lui, deux étages plus haut. Anna tricotait en compagnie de Giuseppina.

— Bonsoir, monsieur le Commissaire, dit Giuseppina.

— Bonsoir, répondit-il sans la regarder.

Il pensa que celle-ci aussi il l'aura, après trois mois de froideur. L'autre lui permettra d'attendre.

— On passe à table? demanda-t-il.

— Alors je m'en vais, dit Giuseppina.

— Bonsoir chez toi, dit le commissaire.

Et à sa femme :

— J'ai faim, *carissima*. Je crève de faim.

Vers les onze heures du matin, Mariette et Pippo s'étaient réveillés, dans la resserre du jardin d'orangers et de citronniers, couchés sur les sacs de toile, les jambes entrelacées et les mains unies, comme ils s'étaient endormis à l'aube.

Pippo avait envoyé les deux *guaglioni* chargés de l'entretien des canaux d'écorce acheter à Manacore du pain et de la mortadelle. Lui, il avait grimpé dans un figuier et cueilli les premiers fruits mûrs de la saison. Mariette avait puisé un pichet d'eau dans le bassin de la source.

Pendant la nuit, le sirocco l'avait emporté sur le libeccio et le banc de nuages s'était éloigné vers le large, bien au delà des îles; il se confondait à l'horizon avec la mer, simple trait pour l'heure, cerne qui soulignait la séparation du ciel d'avec la mer. Mais sous les orangers, les citronniers et les figuiers, dans le bruissement des trois sources du jardin, il faisait presque frais.

Mariette et Pippo avaient mangé du meilleur appétit du monde. Puis ils étaient rentrés dans la resserre, s'y étaient enfermés et ils avaient recommencé de se mordiller, de se toucher, de se prendre, de se déprendre, n'en finissant pas de s'émerveiller que des gestes aussi simples pussent leur procurer tant de plaisir.

Pippo n'était redescendu à Porto Manacore qu'à

la nuit tombée. Il y avait aussitôt appris, par des *guaglioni* du marais, que don Cesare avait depuis la veille au soir la jambe et le bras droit paralysés, qu'un médecin de Foggia venait d'arriver à son chevet, un illustre médecin qui ne se déplaçait que pour des milliers de lires, venu dans une Alfa-Romeo, une Guilietta rouge conduite par un tout jeune homme; ce garçon avait bien de la chance.

Les *guaglioni* du marais lui dirent aussi que don Cesare ne cessait de réclamer Mariette; que c'était par elle qu'il voulait être soigné.

Pippo apprit enfin qu'on avait vu Matteo Brigante descendre d'un taxi, menottes aux mains, entre deux policiers en civil. Qu'il avait été dénoncé par Justo, le serveur du bar des Sports. Qu'une perquisition avait été effectuée dans l'après-midi à son domicile et qu'on y avait découvert le portefeuille volé au campeur suisse, mais pas les cinq cent mille lires.

Pippo remonta au jardin et rapporta à Mariette tous ces événements. Il conclut :

— Quelqu'un a monté une machination contre Brigante. Pourquoi raconte-t-on qu'on a trouvé le portefeuille chez lui?

— Parce qu'il y était, dit Mariette.

Pippo courut aux sacs, les souleva, chercha. Pas de portefeuille.

— Explique, demanda-t-il.

Mariette lui raconta comment elle avait procédé à l'échange des portefeuilles, avant de rendre à Brigante marqué son veston d'alpaga bleu pétrole.

— Pourquoi ne me l'as-tu pas dit plus tôt?

— J'avais mon idée.

— Tu as toujours ton idée, protesta Pippo. Moi, je ne vois qu'une chose, c'est que Brigante sait maintenant que c'est nous qui avons fait le coup au Suisse.

— Petite tête, dit Mariette. Qui est-ce que la police a arrêté? Est-ce nous ou Brigante?

— Il va te dénoncer.

— Ce n'est pas moi qui ai le portefeuille du Suisse.

— Ils vont trouver l'argent.

— Qu'ils cherchent, dit Mariette.

— Tu ne veux pas me dire où tu l'as caché?

— Tu es trop petite tête.

— Et qu'est-ce que tu as fait du portefeuille du Brigante?

— Enterré.

— Je ne comprends pas, répétait Pippo, je ne te comprends pas...

Comment Mariette, sans quitter la resserre, — et il savait bien qu'elle ne l'avait qas quittée — avait-elle pu mettre sur pied la machination qui avait abouti à la perquisition chez Brigante à Manacore et à l'arrestation de celui-ci à Foggia. Au demeurant, il n'appréciait guère cette intervention de la police. Pourquoi Mariette avait-elle fait cela? et comment?

— Explique-moi, insista-t-il.

Elle passa la main dans les boucles noires du garçon.

— Moi, dit-elle, j'ai quelque chose dans le crâne.

Puis elle décida :

— Il faut que je rentre à la maison. Tu vas m'accompagner. Nous allons faire le tour par les oliveraies, afin d'éviter Manacore où il ne faut pas qu'on nous voie de quelques jours. Tu te cacheras dans la tour de Charles Quint, où j'irai te porter à manger.

Le médecin de Foggia était un humaniste, comme il s'en trouve encore en Italie du Sud, où les spécialisations ne sont pas tellement poussées qu'elles interdisent au praticien de se faire une *conception du monde*. Il avait connu et fréquenté don Cesare, vingt ans plus tôt, et appréciait en lui un *uomo di alta cultura* comme lui-même. Il ne crut pas nécessaire de lui mentir. Un certain niveau de culture, estimait-il, suppose surmontées la peur de la vérité et la crainte de la mort. Ils étaient tous deux maçons, — du rite écossais, mais athées.

Après les membres, la paralysie avait gagné tout le côté droit, sauf la face. Un léger engourdissement gênait les mouvements de la mâchoire, sans toutefois empêcher don Cesare de parler comme à l'habitude.

Le médecin ausculta le cœur et ne constata ni rétrécissement mitral ni aucune autre affection susceptible de donner naissance à une embolie cérébrale.

Il éclaira vivement l'œil; la pupille ne se contractait plus à la lumière. Il fit lire don Cesare en éloignant progressivement le texte; la pupille continuait de s'accommoder à la distance.

Température : 38°2.

Le médecin demanda au malade s'il n'avait jamais eu d'accident syphilitique. Il en avait eu, vingt-cinq ans plus tôt; il s'était soigné selon la thérapeutique habituelle à l'époque. Avait-il eu des rechutes? Il supposait que non, il ne pouvait pas en être sûr, il n'avait rien remarqué, il n'avait jamais consulté de médecin; quand il éprouvait des malaises, il prenait de la quinine, comme il en faisait prendre à ses paysans et à ses pêcheurs; dans le marais, on attribue tous les maux du corps au paludisme.

Oui, il avait déjà ressenti des engourdissements,

des faiblesses; sa jambe ou son bras droits s'étaient
parfois dérobés, mais rarement. Non, jamais de tremblements; il était resté jusqu'à la veille le meilleur
chasseur du district. Oui, il éprouvait parfois une
sensation de fourmillement dans le pied ou dans la
main.

Le médecin fit une ponction lombaire et une
prise de sang. Il ne pourra se prononcer qu'après
les analyses.

— Vous faites bien une hypothèse? demanda don
Cesare.

— Oui, dit le médecin. Hémiphlégie par étapes,
d'origine syphilitique.

— Votre pronostic?

— Il y a peu de chance de guérison.

Il expliqua pourquoi, dans le langage médical
du début du siècle, dont les termes et la dialectique
étaient accessibles à tout homme de culture.

L'idée de la mort prochaine provoqua chez don
Cesare une certaine excitation. Pour la première fois
depuis des années, depuis qu'il s'était *désintéressé*,
il philosopha à voix haute. Le plaisir que provoque
le commerce des femmes ne l'avait jamais déçu;
le goût qu'il éprouvait d'elles n'avait jamais faibli;
dans l'instant même que la paralysie l'avait frappé,
il méditait de faire conduire dans son lit la plus
jeune et la plus belle des filles de sa maison. Comme
un soldat qui tombe sur le champ de bataille, il
mourait des blessures reçues dans le corps à corps
d'amour, son combat d'élection; une mort glorieuse,
estimait-il. L'antique ville d'Uria avait été consacrée
à Vénus; le dernier seigneur d'Uria, après avoir
durant des années arraché au sable et aux marais les
vestiges de la noble cité, mourait du mal de Vénus;
sa vie s'achevait sans dissonance.

Le médecin estima à part soi que la vérole ne méri-
tait pas tant de lyrisme. Mais il fut heureux de voir
son ami ferme devant la mort. Ce n'est qu'au point
final qu'on peut être tout à fait rassuré sur la qualité d'un homme. Don Cesare était en train de confirmer qu'il était homme de qualité.

Il demanda de combien de temps il disposait pour
mettre en ordre les affaires de sa maison. Le mal
progressait rapidement; la température avait commencé de monter. Le médecin ne pouvait pas pro-
mettre plus de vingt-quatre heures de lucidité et
de possibilité de s'exprimer. Au fait, il ne pouvait
rien assurer. L'aphasie pouvait se manifester d'un
instant à l'autre. Il reviendra le lendemain matin,
avec les analyses.

Cependant dans la grande salle, sous la chambre,
la vieille Julia, Elvire, Maria, Tonio et quelques-uns
de leurs enfants récitaient le rosaire pour que leur
maître retrouve la santé. Ils se tenaient debout autour
de la grande table de bois d'olivier, Tonio les bras
croisés et les femmes les mains jointes.

« *Ave Maria piena di grazia*, commençait Julia.
*Il signore è teco e benedetto è il frutto del ventre
tuo, Gesù.* »

Elle se taisait et les autres continuaient en sour-
dine :

« *Santa Maria, madre di Dio, prega per noi pec-
catori, adesso e nell'ora della nostra morte.* »

Et tous ensemble. Julia et les autres :

— *Cosi sia*, ainsi soit-il.

Puis Julia reprenait seule : « *Ave Maria...* »

Le grand fauteuil napolitain du xviiie siècle aux
accoudoirs de bois doré tourneboulés en forme de
magots avait été écarté de la table. Il tenait le milieu
de la salle, vide.

Sur le terre-plein, devant le perron de la maison
à colonnades, les hommes et les enfants des huttes de
roseaux faisaient cercle autour de la Guilietta du
médecin, interrogeant le jeune chauffeur sur les par-
ticularités de la machine.

Les femmes des pêcheurs, groupées devant le perron, attendaient.

Mariette surgit de derrière les bambous, contourna
le groupe des hommes, se fraya un passage parmi
les femmes, gravit rapidement les marches du perron et se glissa entre Tonio et un enfant, devant la
grande table. Elle joignit les mains.

— *Il frutto del ventre tuo, Gesù*, achevait la vieille
Julia.

Mariette reprit avec les autres :

— *Santa Maria, madre di Dio...*

Ils entendirent le pas du médecin qui descendait
l'escalier. Ils se turent et se tournèrent vers la porte
du couloir.

Le médecin les regarda, cherchant quelle était la
jeune fille que don Cesare méditait de faire conduire
dans son lit, quand le mal de Vénus lui avait noué
les membres. Ses yeux s'arrêtèrent sur Mariette et
ce fut à elle qu'il s'adressa :

— Je reviendrai demain matin, dit-il. Je ne peux
pas me prononcer.

Il se tut un instant, puis ajouta :

— Il y a très peu d'espoir.

Il sortit. Elvire commença un long gémissement.

— Tais-toi, dit la vieille Julia.

Elle toucha la corne de corail, contre-sort, qu'elle
porte au cou à côté de la médaille de la Vierge.

— Tais-toi. Il ne faut pas pleurer tant que la
mort n'est pas entrée dans la maison.

Ils montèrent dans la chambre de don Cesare et

se groupèrent autour du lit à baldaquin. Il promena les yeux sur eux, en silence, jusqu'à ce qu'il eût vu Mariette.

— Te voilà donc revenue, dit-il.

Il était assis sur le lit, appuyé sur des oreillers. Son bras droit, qui ne bougeait plus, reposait sur un coussin de brocart, blanc et or. Il avait été rasé par Tonio, de très près, comme chaque jour. Peigné par Elvire, et ses cheveux blancs couronnaient régulièrement son front, comme d'habitude. Une pochette blanche, de linon, sortait de la poche du pyjama bleu sombre, de soie.

Mariette se précipita à genoux, près du lit, et baisa sa main droite.

— Pardon, don Cesare, pardon !

Elle inondait sa main de larmes.

Il sourit en la regardant.

— Voilà mes ordres, dit-il. C'est Mariette qui va me soigner. Elle seule. Vous autres, vous attendrez en bas. Tonio va préparer la Lambretta et se tiendra toute la nuit prêt à aller où il faudra. Mariette vous dira ce que vous devez faire et si j'ai besoin de vous.

Ils sortirent en silence. La vieille Julia s'arrêta sur le seuil :

— Don Cesare, dit-elle, il faut envoyer chercher un prêtre.

— Ecoute-moi bien, Julia...

Il parlait sans colère, mais en scandant les mots pour qu'on ne le taquine plus là-dessus.

— ... J'ai encore un bras valide et je ne fus jamais embarrassé de tirer du bras gauche. Si un prêtre entre dans ma maison, moi vivant, je lui enverrai une volée de plomb dans les fesses.

Julia se signa et sortit. Il resta seul avec Mariette, toujours agenouillée près du lit, les lèvres sur sa

main droite, pleurant et répétant : « Pardon, don
Cesare! »

Il aurait voulu retirer sa main, la poser sur la tête
de la jeune fille, lui caresser le front. Mais la main
n'obéissait plus.

— Lève-toi, dit-il, et passe de l'autre côté du lit.

Elle se leva et passa de l'autre côté du lit, à la
gauche de don Cesare.

— Prends un fauteuil et assieds-toi.

Elle prit un fauteuil et s'assit au chevet du lit.

— Donne-moi la main.

Elle donna sa main fraîche qu'il prit dans sa main
brûlante.

— Et maintenant, dit-il, raconte-moi ce que tu
as fait pendant ces deux jours.

Elle le regarda droit dans les yeux.

— J'ai fait l'amour, répondit-elle.

Il la regardait en souriant.

— Qu'est-ce qu'une fille peut faire de mieux?

Il pressa sa main.

— Souris-moi, demanda-t-il.

Elle lui sourit à travers les larmes. Il sentit la
main fraîche qui se détendait dans sa main brûlante.

— J'avais espéré, dit-il, que ce serait moi qui
t'apprendrais l'amour. Je me suis décidé trop tard...
Mais dis-moi qui tu as choisi pour ami.

— Pippo le *guaglione*.

— Le garçon aux boucles noires sur le front?

— Oui.

— Il est beau et sûrement ardent. Tu as gagné à
ce que je me décide si tard.

— Mais je vous aime, don Cesare! s'écria violemment Mariette.

Elle inclina le buste vers lui, les yeux grands
ouverts, sans **réticence**.

Don Cesare la regardait en silence.

Il pensait qu'elle était sincère et non-sincère. Qu'il y a beaucoup de façons d'aimer. Que depuis de nombreuses années il ne donnait plus à ce mot le sens absolu et en quelque sorte sacramentel que lui confèrent les jeunes amants. Que depuis des dizaines d'années, il ne s'était plus dit à soi-même « j'aime », au mode intransitif, comme il se l'était répété avec exaltation la première fois qu'il avait connu la passion d'amour. Mais qu'il était certainement vrai que Mariette l'aimât, d'une certaine manière. Qu'il avait été l'image même de ce qu'on avait appris à la jeune fille à respecter, à redouter et à aimer, dès sa plus tendre enfance, semblable à Dieu le père, dans les moments où, assis dans son grand fauteuil napolitain, immobile et pensif, il donnait des ordres aux gens de sa maison; à Dieu le fils, quand il cajolait et dorlotait les filles de sa maison; à Dieu le Saint-Esprit, quand il enseignait, calculait et soignait; il aurait préféré semblable à Zeus, à Phébus et à Hermès, mais c'était l'autre mythologie qu'on avait enseignée à Mariette. Qu'aujourd'hui encore, assis sur son grand lit, à demi paralysé par le mal de Vénus, il inspirait la crainte, la vénération et l'amour, trois faces d'un seul sentiment qui n'a pas de nom mais qui lie bien davantage que tous les autres, le plus proche de l'amour absolu auquel aspirent en vain les amants. Que l'amour que lui proclamait à présent Mariette était bien plus proche de l'amour absolu et inatteignable auquel aspirent les amants que l'amour de circonstance qui la liait à son jeune ami, mais qu'elle ne le savait pas.

Voilà ce que pensait don Cesare en regardant Mariette qui pleurait silencieusement à son chevet et en se regardant lui-même, par les yeux de la pen-

sée comme il en avait l'habitude, le bras droit posé
sur le coussin de brocart, la main gauche tenant la
main de la jeune fille et les yeux posés sur elle.

Quant aux plaisirs de l'amour, il eût su, estimait-il, y éveiller la jeune fille plus magnifiquement
que ne pouvait le faire son jeune amant, lui, don
Cesare, estimait-il, redoutable et cajoleur comme
Zeus tonnant dont chaque mouvement fait trembler
la terre. Mais la cruelle Vénus l'avait frappé de paralysie dans l'instant même où il avait décidé de faire
conduire la vierge dans son lit.

Mariette cependant continuait de pleurer.

— Tu me caches quelque chose, dit-il.

— J'ai peur de Matteo Brigante, répondit vivement Mariette.

— Tu ne t'étais pas promise à lui?

— Non, dit Mariette, non.

Don Cesare lâcha la main fraîche qu'il tenait dans
sa main brûlante.

— Essuie tes yeux, dit-il, et raconte-moi ton histoire.

Elle sécha ses larmes et commença de dire ce
qu'elle avait décidé de dire, le regard de nouveau
ferme, la voix assurée.

C'était elle qui avait volé le portefeuille du Suisse,
avec l'aide de Pippo. Elle l'avait mené, à bord de
la nacelle dont elle se sert habituellement, naviguant
à l'abri des roseaux, jusqu'à aborder l'isthme, non
loin du camp. Elle avait fait le guet. Pippo s'était
avancé d'un buisson de romarin à l'autre, jusqu'à
proximité des deux tentes. Puis en quelques bonds,
il avait atteint la voiture, celle-ci le dérobant aux

yeux des baigneurs et les tentes aux yeux de la
femme. Il était revenu aussi lestement. Elle l'avait
ramené dans la nacelle jusqu'aux abords de la tour
de Charles Quint, où ils ont toutes sortes de caches.

C'était elle aussi qui la veille, en rôdant autour
du camp, puis en parlant avec la Suissesse, avait
remarqué le veston plié sur le siège arrière et repéré
le portefeuille dans l'ouverture de la poche; elle
n'avait pas à vrai dire espéré y trouver tellement
d'argent. Elle avait caché le demi-million de lires,
sans se permettre ni à Pippo d'en distraire un seul
billet, ayant souvent remarqué que les voleurs se
font toujours prendre, parce qu'ils attirent l'attention de la police par leurs dépenses excessives. Elle
s'était juré de n'entamer le magot que lorsqu'il
se serait écoulé assez de temps pour qu'ils puissent,
Pippo et elle, quitter Manacore pour une ville du
Nord, sans éveiller de soupçons.

Don Cesare l'écoutait avec ravissement. Il y avait
donc encore des enfants hardis dans cette Italie qu'il
avait crue n'être plus préoccupée que de scooters et
de télévision. Il était heureux que ce fût une fille
de sa maison qui fît revivre la tradition des brigands.
Peut-être était-elle sa fille? Il lui était encore arrivé
de dormir avec Julia, à l'époque où Mariette avait
été conçue.

Il lui sourit.

— Te voilà donc riche, dit-il.

— Non, dit-elle, parce que Matteo Brigante va me
dénoncer.

— Tu n'as tout de même pas confessé ton exploit
à Brigante?

— Non, dit-elle. Cependant...

Elle raconta le combat dans la resserre et comment elle avait marqué Brigante.

Don Cesare était de plus en plus content d'elle. Il se persuadait qu'elle était sa fille. Il réfléchissait aux dates, il se promettait d'interroger Julia.

Puis Mariette en vint à l'échange des portefeuilles.

— Mais pourquoi as-tu fait cela?

— Je ne sais pas, répondit-elle. Je n'ai pas eu le temps de réfléchir. J'étais contente de moi. Brigante qui est toujours si prudent. Il emportait dans sa poche le portefeuille du Suisse, de quoi aller au bagne. Je riais en dedans.

Elle raconta enfin que la police avait découvert le portefeuille chez Brigante, qu'il était arrêté. Qu'allait-il dire? qu'avait-il déjà dit? Il sera d'autant plus mauvais qu'il a été marqué.

Pourquoi avait-elle mis le portefeuille du Suisse dans la poche de Brigante? se demandait don Cesare. N'avait-elle pas voulu, sans se le formuler (comme le montrait son explication embarrassée) se décharger, en le faisant assumer symboliquement par Brigante, d'un larcin plus encombrant qu'elle ne l'avait imaginé? Il repoussa cette explication qui diminuait la hardiesse de Mariette. Elle n'avait jamais peur, la brigande! Elle n'avait pas sollicité, même allusivement, la complicité du racketer. Elle était forte. Mais il revit, par l'imagination, le visage triangulaire de Matteo Brigante, ses épaules larges, ses hanches étroites, son air d'assurance tranquille; il retrouva la jalousie (sentiment oublié, aboli depuis longtemps).

— Maintenant, dit-il, je ne vois plus qu'une solution pour toi : tu dois rendre l'argent.

— Non, dit Mariette.

— Je ne te dis pas d'aller le porter au commissaire. Nous allons chercher un moyen qui te permette de ne pas apparaître.

— Ça ne me plaît pas, dit Mariette.

— Je vais convoquer le juge, continua don Cesare.
Je lui remettrai le paquet de billets, lui disant qu'un
de mes hommes l'a trouvé dans une cache en tra-
vaillant dans le marais. De moi, il n'exigera pas
d'autre explication.

— Je ne veux pas, dit Mariette.

— Réfléchis, reprit don Cesare. Matteo Brigante
t'a sûrement déjà dénoncée. On va venir te chercher. On va t'interroger. On te tourmentera jusqu'à
ce que l'argent soit retrouvé. Si moi, je le restitue
et si je te mets formellement hors de cause, l'affaire
tombera. Tu n'auras qu'à dire que Brigante ment,
qu'il veut se venger d'avoir été marqué.

— Je ne veux pas rendre l'argent, dit Mariette.

L'entêtement de Mariette rendit don Cesare à
son enchantement. Intransigeante comme un bandit
d'honneur. Inaccessible à la crainte. Il voulut s'expliquer l'échange des portefeuilles par la volonté de
marquer Brigante une seconde fois : je t'ai inscrit
une croix dans la joue et, en plus, je te charge
d'un forfait que tu n'as pas commis. Depuis des
dizaines d'années aucun être humain n'avait fait
ressentir à don Cesare en un si court espace de
temps des sentiments aussi vifs et aussi contradic-
toires.

— Si j'avais dans la maison, dit-il, cinq cent
mille lires d'argent liquide, je les donnerais à ta place
et tu serais tranquille. Je peux envoyer Tonio demain
matin à la banque. Mais j'ai peur qu'on vienne te
chercher avant demain matin.

— Je peux me cacher jusqu'à ce que Tonio soit
allé à la banque.

— Non, dit don Cesare, je veux te garder auprès
de moi.

Mais il aima passionnément qu'elle fût aussi déraisonnablement entêtée.

— Va chercher de quoi écrire, dit-il.

Il lui dicta un codicille à son testament. Elle écrivit soigneusement, d'une écriture gauche mais claire, à grandes lettres, aux boucles bien fermées. Il épela chaque mot, sachant qu'elle n'avait pas d'orthographe. Il lui léguait une grande oliveraie et plusieurs jardins d'orangers et de citronniers.

— Les terres que je te donne, expliqua-t-il, me rapportent, bon an mal an, dans les six cent mille lires. C'est comme si je te donnais douze millions de lires.

La plume levée, elle le regardait, muette.

De la main gauche, il data et signa.

— A toi, dit-il, elles rapporteront bien davantage, parce que tu seras plus dure que moi avec les régisseurs et les métayers.

— Je ne me laisserai pas voler, dit-elle.

Elle avait le même regard que Matteo Brigante. Mais il était si bien disposé à son égard qu'il ne l'en aima pas moins. Elle avait toujours été trop pauvre pour pouvoir être bonne. C'est la loi. « Au fait, pensa-t-il encore, je n'ai pas été bon mais nonchalant. »

— Maintenant, dis-moi où tu as caché ce demi-million de lires.

Un éclair de malice passa dans les yeux de Mariette.

Elle se leva et plongea le bras dans un vase grec posé sur la commode. C'était le seul vase de l'antique cité d'Uria qu'au cours des fouilles on eût retrouvé complètement intact. Elle en sortit, roulés dans un vieux journal, les cinquante billets de dix mille lires. Elle les posa sur le lit.

— Ils n'auraient jamais pensé, dit-elle, à venir
fouiller dans votre chambre !

« Comme tu me plais », pensa don Cesare.

Il l'envoya chercher Tonio auquel il donna l'ordre
d'aller chez le juge Alessandro, de le découvrir où
qu'il fût, de le réveiller s'il le fallait, de lui dire
qu'il était mourant et de le ramener sur-le-champ.

Ils attendirent le juge. Mariette pensait à la fortune qu'elle allait hériter, don Cesare au regard dur
des filles pauvres.

Après de dures campagnes sur la Piave, il avait
achevé la Première Guerre mondiale capitaine de
cavalerie. A l'armistice, il fut détaché à Paris auprès d'une commission qui préparait le traité de
paix puis en régla les modalités d'application.

L'officier français avec lequel il travaillait le
plus habituellement, un commandant d'état-major,
ne mesurait pas tout à fait un mètre soixante et
souffrait de myopie ; il portait un pince-nez. Sans
fortune, il avait épousé la fille d'un rédacteur à
la préfecture de la Seine, sans dot, belle. Il rentrait
chez lui en métro et trouvait Lucienne en train
de retailler ses robes de l'année précédente, pour
les mettre à la mode.

A plusieurs reprises don Cesare ramena son col-
lègue, dans la grosse Fiat de la Commission d'armistice italienne. On le garda à dîner. Il envoya
les fleurs les plus rares et rendit le dîner au Café
de Paris, au champagne. Il n'avait aucun souci
d'argent, la pension paternelle s'ajoutant à son
traitement d'officier et aux indemnités de séjour.
Lucienne ne résista pas longtemps à ses assauts.

Comme il était épris, il ne voulut rien laisser au mari et l'installa dans deux pièces, rue Spontini.

Ils passaient les nuits de bar en bar, de dancing en dancing, dans la compagnie des officiers des corps expéditionnaires anglais et américain, des aviateurs français et des diplomates de toutes les nations victorieuses. Ils formaient un couple admirable, elle presque aussi grande que lui, blonde comme il était brun, et l'air endiablé qui convenait à l'époque; elle fut une des premières Françaises à se couper les cheveux.

Lucienne était avide. Elle disparaissait des journées entières, revenant avec un nouveau chapeau, une fourrure, une robe, une fleur. Les aviateurs l'emmenaient au Bois, dans des Voisin carrossées sport. Pour la première fois de sa vie, don Cesare fut jaloux. Devant les autres, il gardait le masque impassible et souriant, fruit de la bonne éducation, mais quand ils rentraient rue Spontini, au lever du soleil, il lui faisait des reproches, pendant des heures. Il mit en lambeaux des robes dont elle ne pouvait justifier l'achat. Elle le regardait durement : « Quand tu seras retourné en Italie, tu ne t'inquiéteras pas de savoir qui m'habille. » « Je t'emmènerai. » « Jamais. Je ne veux pas finir ma jeunesse à manger des macaronis dans les Pouilles. » Quand il s'était épuisé à l'injurier, elle se laissait prendre, froidement, sans que son regard fléchît. Cette froideur l'empêchait de la quitter comme il croyait que son honneur l'y obligeait. Sûr de sa virilité, il était persuadé qu'il finirait par lui faire connaître le plaisir qu'elle s'obstinait à ne pas même feindre d'éprouver. Alors seulement, selon sa conception manacoréenne de l'amour, il la possédera; ce sera son tour à elle

d'être jalouse. En attendant, comme un joueur qui
se ruine en s'obstinant dans une impossible mar-
tingale, il subissait chaque nuit des humiliations
plus grandes.

— Il est arrivé, dit don Cesare à Mariette, il est
arrivé qu'une femme me fît la loi... Il y a très
longtemps de cela; ta mère n'avait encore que qua-
torze ans et je vivais dans une capitale étrangère, à
Parigi...

Mariette le regarda avec étonnement. Ce n'était
pas dans la manière de don Cesare de faire des
confidences à une fille de sa maison. Elle pensa qu'il
faiblissait, effet fatal de la maladie qui venait de lui
nouer les membres. Elle sentit les larmes lui monter
de nouveau aux yeux.

Don Cesare essaya de faire à la jeune fille le récit
de son unique passion malheureuse. Ce n'était pas
facile. Elle n'avait jamais quitté Porto Manacore ni
vu contester la souveraineté de son maître.

Elle réagit vivement quand il évoqua les infidélités
de Lucienne.

— Il fallait la chasser! s'écria-t-elle.

Il avait en effet chassé Lucienne. Ce jour-là, elle
ne l'avait pas mortifié plus cruellement que d'habitude. A quelqu'un qu'il ne connaissait pas, elle
avait répondu, devant lui, au téléphone, par des
badinages et des provocations. C'était bien la
moindre des humiliations qu'elle lui eût infligée.
Mais lui, dans le même instant, s'était aperçu qu'il
ne subissait plus sa loi. Il l'avait brusquement vue
et lui-même à côté d'elle, dans leur garçonnière
de la rue Spontini, lui assis sur le lit et elle au
téléphone, tels qu'ils étaient en effet, mais comme
il aurait vu deux amants qui n'eussent été ni lui
ni elle, par exemple sur la scène d'un théâtre ou à

la manière du diable boiteux, en soulevant le toit
d'une maison. Sur la Piave, il avait reçu une balle
autrichienne dans la cuisse; deux jours s'étaient
passés avant qu'on pût le conduire dans une ambu-
lance; pendant ces deux jours, la balle, avec
toute la souffrance qui irradiait d'elle, avait été
la partie la plus sienne de lui-même; par moments,
il s'identifiait complètement avec cette lancinante
chair de bronze inscrite dans sa chair d'homme;
on l'endormit; quand il se réveilla, la balle était
posée sur sa table de chevet, corps étranger,
désarmé, inoffensif. Ainsi en avait-il été brusquement de sa passion, dans l'instant qu'il avait cessé
d'en subir la loi. Il avait regardé avec étonnement
Lucienne et cet homme qui avait aimé Lucienne
à la passion, lui et elle, deux étrangers désormais.
Il avait aussitôt chassé la maîtresse infidèle.

Il l'avait regardée, qui descendait l'escalier,
traînant ses bagages après soi. Elle s'était retournée, le visage inondé de larmes, ce visage dont la
veille encore chaque expression s'inscrivait au
creux de sa poitrine, le remplissant d'angoisse ou
de bonheur; c'était la première fois qu'il la
voyait pleurer. Mais il était déjà *désintéressé*
d'elle.

Elle était revenue quelquefois dans ses rêves
du sommeil, le punissant de jalousie, comme au
temps de sa passion. Il la voyait descendre l'escalier, comme le jour du départ, mais c'était un
visage joyeux qu'elle tournait vers lui : « Je vais
rejoindre mon amant », disait-elle. Puis de ses
rêves aussi il l'avait effacée.

— Dieu sait si elle vit encore, dit Mariette.

— Je n'ai plus jamais pensé à elle, dit don Cesare.
Il y repensait seulement à l'heure de sa mort,

19

parce que le regard dur de Mariette lui avait rappelé
le regard dur de Lucienne.

Pourquoi Mariette avait-elle glissé le portefeuille
du Suisse dans la poche de Matteo Brigante? Pippo
a un regard de flamme et de tendresse; c'est lui le
romantique chef de brigands. Un jour viendra, pensa
don Cesare, un jour prochain sans doute, où Mariette
demandera à Matteo Brigante de s'associer à elle pour
imposer plus impitoyablement sa loi aux travailleurs
de son oliveraie et de ses jardins.

Ils attendaient le juge. Mariette pensait à tout
l'argent que don Cesare avait dépensé pour Lucienne;
don Cesare pensait aux refus successifs sur lesquels
il avait édifié sa vie.

Il avait été joueur et ivrogne, comme la plupart
des officiers de son régiment. Pourquoi n'aurait-il
pas joué et bu? Même le strict code de l'honneur
militaire n'interdisait ni les cartes, ni le vin. Un
jour cependant, il s'était perçu sous les traits d'un
joueur, c'est-à-dire d'un homme dont tout le comport-
tement est conditionné par l'habitude du jeu, dont le
jeu est la loi. Mais, s'étant vu ainsi, c'était déjà un
étranger qu'il avait vu. Le même jour, il avait cessé
de jouer.

Sa seule morale, mais qui avait été la règle intrans-
gressible de toute sa vie, avait été de se préserver
pour une tâche qu'il n'avait jamais eu à accomplir.
Chaque fois qu'il s'était trouvé sur le point d'être
complètement *engagé* dans ce qu'il sentait ne pas
être cette tâche essentielle (qu'il n'avait finalement
jamais eu à accomplir) il avait brusquement et aisé-

ment *dégagé*, comme dégage un escrimeur bien né
et entraîné aux armes.

Il lui avait été relativement moins aisé de se
libérer de l'ivrognerie. Les hommes d'honneur
s'abandonnent plus facilement à l'alcool qu'à des
amours humiliantes ou à la mécanique du jeu qui
implique de se commettre dans toutes sortes de mauvaises compagnies, et souvent l'ennui. L'alcool fait
flamber (expression de joueur) tout autant, en laissant l'illusion de n'engager que soi-même et la
moindre partie de soi-même. Vint le temps où, dès
le réveil, il avait besoin d'un verre d'eau-de-vie. Il
n'eut pas la force de briser seul; il lui fallut faire
appel à un médecin.

Cela s'était passé à Florence. Un lit et une chaise
de fer, une table de bois blanc; une chambre comme
une cellule; aussi bien y enfermait-on parfois les
fous. Le bâtiment était édifié sur une colline qui
domine l'Arno, où menaient des jardins en terrasse;
mais de son lit, il ne voyait que le ciel. Aussitôt
apaisés les spasmes du sevrage, analogues aux convul-
sions du nouveau-né, comme un fruit dont on vient
d'arracher l'écorce, nu pour la première fois dans la
lumière, le froid, les bruits et les attouchements,
aussitôt dégorgées les humeurs de la mue, il fut
comme mort.

De petits bancs de nuages pommelés, que la
lumière et la fin de l'après-midi rendaient roses, glis-
saient très lentement dans le ciel de la fenêtre. Il
était comme mort. Il se sentait se dénouer, exactement comme se déliaient ces fragiles nuages, quand
le vent très léger qui les avait fait entrer dans l'horizon méridional de la fenêtre et accentuait lentement
la courbure de l'arc qu'ils dessinaient dans le ciel,
tendait, à mesure qu'ils approchaient de l'horizon

septentrional, à les dissiper en une brume dorée.
Ainsi, avait-il pensé, sans angoisse ni bonheur,
comme s'il était une chose pour lui-même, ainsi,
avait-il pensé, est la mort, ma mort. Mais si tu
perçois ta mort, c'est que tu vis, ô homme! Et il
s'était mis soudain à chérir ce ciel tendre de mai,
sa vie, au-dessus de l'Arno qu'il devinait, fleuve lent,
et comme son regard, le reflétant.

La passion finalement dont il avait eu le plus de
difficulté à dégager avait été la passion politique.
Dès l'enfance, il s'était voué à la maison de Savoie
et à l'idée de la royauté, aux héros-rois. Adulte, il
avait tué et risqué cent fois la mort, durant la Première Guerre mondiale, pour rendre Trente et
Trieste à Victor-Emmanuel III. Il avait pris jusqu'aux tics du petit homme, son roi. Mais Victor-
Emmanuel avait laissé Mussolini s'emparer de la
réalité du pouvoir; le dictateur, souverain illégitime,
remplissait le monde des éclats de sa voix de bate-
leur, gonflait les muscles pour acheter les suffrages
de la plèbe. Le *buffone* s'était installé sur le trône du
baffone [1].

Le temps des héros-rois était révolu.

Don Cesare s'était retiré dans la maison à colonnades. Puis il avait de nouveau pensé : « Si tu perçois
ta mort, c'est que tu vis, ô homme.» Mais cette fois
il fallut plus d'une année avant qu'il ne redevînt un
vivant parmi les vivants. Il avait commencé des
fouilles pour reconstituer l'histoire de la noble cité
d'Uria. Mais il n'avait plus jamais identifié sa raison
de vivre avec la tâche entreprise.

----

1. Jeu de mots intraduisible en français. *Baffone*, moustachu. *Il
baffone*, le moustachu, sobriquet affectueux pour désigner les souverains de Savoie, porteurs de moustaches. *Buffone*, bouffon.

Don Cesare est assis sur son lit, appuyé sur des oreillers, son bras noué posé sur un coussin de brocart. Mariette est assise à son chevet, dans sa blouse de toile tirée sur les seins, l'oreille attentive à un bruit de moteur qui ne vient pas. Ils attendent le juge Alessandro. Mariette s'inquiète que le juge mette si longtemps à venir; elle craint que la police ne le précède et ne l'emmène. Don Cesare pense à sa mort.

Il ne se demande pas s'il y a un autre monde, s'il y trouvera Dieu, si Dieu le jugera et si au Jugement Dernier il ressuscitera dans son corps pour une récompense ou un châtiment éternels. Il sait que non.

Il ne se demande pas si la mort va être une souffrance ou la souffrance d'entre les souffrances. Il sait que la souffrance est un des multiples aspects de la vie et que la mort, par définition, n'est rien.

Il pense qu'il est né là où il est né, qu'il y a vécu comme peut y vivre un homme de qualité, selon la qualité qu'il était possible à un homme de sa naissance et de sa formation de manifester dans ce temps-là, dans cet endroit-là et dans ces circonstances-là. Il prononce à haute voix :

— *Cosi sia*, ainsi soit-il.

Il n'entend pas par ces mots proclamer sa soumission à la loi divine, comme le font les chrétiens, ni à une loi biologique ou sociale ou personnelle, comme le font les fidèles de toutes sortes de sectes. A lui-même, il témoigne de lui-même. Il a été ainsi. Il ne regrette rien; il n'a honte de rien; il ne désire plus rien; il se reconnaît, il se proclame (à lui-même) tel qu'il a été et tel qu'il demeure à l'heure de sa mort. Voilà ce qu'il entend dire en prononçant « ainsi soit-il ».

— *Cosi sia*, répond Mariette.

Elle croit répondre en chrétienne à la prière d'un chrétien dans l'heure de sa mort. Mais elle est si fondamentalement païenne que le sens qu'elle donne à son *amen* n'est pas (sans qu'elle se le formule) tellement différent du sens que lui donne don Cesare.

Plusieurs fois dans sa vie, un homme de qualité est amené à faire la guerre. Il en a été ainsi à toutes les époques de l'Histoire. Le reste du temps, il garde ses distances. Don Cesare a bien fait la guerre et il a bien gardé ses distances.

Il pense qu'Athénien avant Périclès, citoyen romain à l'époque des guerres puniques, conventionnel en 1793, son refus de subir la loi l'eût intégré à la petite communauté de ceux qui abattent les structures périmées et ouvrent de nouvelles voies à la vie des sociétés. En certains pays, à certaines époques, l'homme de qualité trouve appui dans le mouvement de l'Histoire et se confirme dans sa qualité en transformant le monde.

Il pense aussi que né sous le règne d'Auguste ou de Tibère, de Laurent de Médicis ou d'Ivan le Terrible, son refus de subir la loi l'eût obligé à se suicider, comme le font les hommes de qualité quand il leur est impossible d'échapper personnellement à la tyrannie. Le droit au suicide, que les geôliers les plus attentifs, les tortionnaires les plus habiles n'arrivent à suspendre que pour un temps, lui a toujours paru la seule, mais l'irréfutable preuve de la liberté de l'homme.

Ainsi, estime-t-il, et selon les circonstances, l'homme de qualité s'estime obligé tantôt à l'action, tantôt au suicide, mais le plus souvent seulement à une succession d'engagements et de dégagements l'un l'autre s'engendrant. C'est dans ce mouvement

même, qui tantôt le contraint à s'engager, tantôt à
dégager, que réside sa qualité.

Lui qui est né en 1884, en Europe occidentale
et plus précisément en Italie méridionale, il s'est
suicidé lentement, par phases successives, à la mesure
de son époque. Cela a duré soixante-douze ans et n'a
pas toujours été désagréable. Ainsi soit-il.

Les plaisirs de l'étude, de l'amour et de la chasse
ont peuplé plaisamment les loisirs auxquels les circonstances l'ont obligé. Il est né riche et comblé
des dons qui permettent de devenir *uomo di alta
cultura* (comme disent les Italiens du Sud) et homme
de plaisir (comme disaient les Français des grandes
époques), dans un temps et dans un pays qui
l'ont obligé à se suicider lentement (mais non sans
plaisirs) pour ne pas détruire sa qualité. Ainsi
soit-il.

Il acquiesce à lui-même tel qu'il a été et tel qu'il
demeure à l'heure de sa mort. Cet acquiescement n'a
de valeur que pour lui-même, vis-à-vis de lui-même,
mais dans l'heure de sa mort, de sa lucide mort
d'athée acceptant la mort, cet acquiescement prend
une valeur absolue. Ainsi soit-il. Il prononce à voix
haute :

— *Cosi sia.*

— *Cosi sia*, répond Mariette.

Ils entendirent la Topolino du juge qui franchis-
sait le pont sur le déversoir du lac. Mariette descendit dans la grande salle et se mêla aux femmes
qui priaient, groupées autour de la table de bois
d'olivier. Tonio conduisit le juge dans la chambre
de don Cesare.

— Mon cher Alessandro, dit don Cesare, j'ai une requête à vous faire...

Historien de la cité d'Uria, il s'adressait à l'historien de Frédéric II de Souabe. Il allait mourir, plus précipitamment qu'il n'avait imaginé. Il lui demandait de veiller à ce que les antiques qu'il avait rassemblées ne fussent pas dispersées et à ce que son manuscrit sur les colonies grecques dans le Manacore à l'époque hellénistique soit mis à la disposition des érudits. Il aimerait que la maison à colonnades fût transformée en musée; il avait prévu dans son testament un petit fonds à cet usage; si ce n'est pas possible, que collection, manuscrit, notices, notes et fonds soient offerts au musée provincial de Foggia; cette éventualité aussi était prévue dans le testament. Il serait reconnaissant au juge, homme de culture, homme de science, de veiller à ce que ces clauses soient scrupuleusement respectées.

Au fait, il se demandait pourquoi il attachait tant d'importance à ces frivolités. Lui mort, l'univers entier sera pour lui-même aboli. Depuis bien des années d'ailleurs, il se considère déjà comme mort. Mais dans l'instant même de sa mort absolue, il ne lui est pas déplaisant d'assurer une sorte de pérennité aux vestiges de l'antique cité d'Uria, arrachés par lui au sable, au marais et à l'oubli. Que son ami Alessandro lui pardonne cette ultime coquetterie.

Le juge remercia avec effusion, comblé que don Cesare lui fît tant de confiance.

Don Cesare qui n'était pas sans craindre, expliqua-t-il, les gens de sa maison et encore davantage les parents qui allaient accourir de Calalunga, confia au juge son testament et les codicilles qui venaient d'être rédigés, pour qu'il les remît au notaire. Puis

il lui donna les cinquante billets de dix mille lires
enveloppés dans un journal.

— Un de mes pêcheurs a trouvé cet argent dans
une cache du marais. Il s'agit sans doute de la
somme volée au Suisse...

— Il faut que je voie votre pêcheur, dit le juge.

— Vous savez comme ils sont, répondit don Cesare. Ils n'aiment pas avoir affaire aux hommes de
loi. Il m'a demandé de ne pas révéler son nom. Je
l'ai félicité de son honnêteté et je lui ai donné ma
parole qu'il ne serait pas inquiété.

— Mais, s'écria le juge, un homme a été arrêté.
J'ai des preuves accablantes contre lui...

— Raison de plus pour ne pas tourmenter mon
pêcheur.

— Je dois les confronter!

— Alessandro, protesta don Cesare, d'autres sou-
cis...

— Pardonnez-moi, dit vivement le juge.

Il partit avec le testament, les cinq cent mille lires
et, à l'intention de donna Lucrezia, en ultime hommage du mourant à une femme belle, une lampe à
huile du IIIe siècle avant Jésus-Christ, terre cuite
ornée de figurines nues.

Mariette revint prendre sa place au chevet du
malade.

Au-dessous de la chambre, autour de la table
d'olivier, les pêcheurs du voisinage s'étaient joints
aux femmes. La salle tout entière était remplie
d'une foule serrée qui récitait les oraisons pour la
guérison des maladies.

Mariette s'assoupit rapidement, ébauchant parfois

dans un soupir, un mouvement de la lèvre, un creu-
sement du ventre, quelqu'un des gestes délicieux
qu'elle avait appris de Pippo, la nuit précédente et
cet après-midi, sur les sacs de toile, dans la resserre du jardin aux trois sources.

Don Cesare passa cette nuit-là, tantôt assoupi,
tantôt éveillé, comme il avait passé les nuits précédentes. Quand il ouvrait l'œil, Mariette tombait sous
son regard, dans la lueur de la lampe à pétrole, la
tête renversée sur le dossier du fauteuil qu'elle avait
approché du lit, les lèvres entr'ouvertes et les yeux
battus d'amour.

Lorsque le jour se leva, il la réveilla pour qu'elle
ouvrît les persiennes.

Le paysage familier s'offrit à ses yeux, le déversoir du lac qui se fraie un chemin parmi les roseaux
et les bambous jusqu'à son embouchure toute proche, à gauche les dunes de l'isthme, à droite le
mamelon rocheux, comme planté dans la mer, sur
lequel s'était élevé le temple de la Vénus d'Uria et
où ne poussent plus que des romarins, et au delà
toute la baie de Manacore et le promontoire qui la
ferme, prolongé par les mâts du *trabucco*, constructions gigantesques, mais, du lit de don Cesare,
le *trabucco* ne paraît pas plus grand qu'une barque
de pêche en train de doubler la pointe du promontoire. Le soleil montait au-dessus de la pinède et
dorait les sables de l'isthme. Le sirocco, durant
toute la nuit, l'avait emporté sur le libeccio et
maintenait au large le banc de nuages.

Don Cesare pria Mariette de changer les taies
d'oreiller et le drap de dessus. Il aimait le contact
de la toile fraîche, aux plis encore raides.

— Tout à l'heure, dit-il, nous demanderons à
Tonio de me raser.

Il vit un de ses pêcheurs qui remontait le déversoir du lac, maniant en silence les rames courtes, assis à l'arrière d'une nacelle étroite. Un vol d'oiseaux de fer se leva derrière lui et se dirigea vers le lac.

Don Cesare pensa qu'il ne partirait plus jamais à la chasse, dans la fraîcheur de l'aube. Il eut le sentiment qu'on le privait de quelque chose et il en éprouva de la tristesse. Puis il se moqua de son sentiment : il n'y a pas d' « on », et il avait chassé jusqu'à être saoulé d'ennui. Ce qu'il avait vraiment aimé, c'était cette marche sur les sentiers de terre battue du marais et sur la plage de l'isthme, dans la fraîcheur de l'aube. Il ne sentira plus jamais sous son pied l'élasticité de la terre battue, dure et non-dure à cause de l'humidité du marais. C'est ainsi, *cosi sia*. Les arbres finissent par mourir quand ils ont poussé toutes leurs branches, même les oliviers qui vivent plus longtemps que tous les autres; quatre hommes réunis n'encerclaient pas de leurs bras le tronc de certains oliviers de ses oliveraies et leurs nœuds perpétuaient le souvenir des tempêtes qui les avaient tordus, aux derniers siècles de l'Empire romain; mais il arrivait qu'il en mourût un; les feuilles se flétrissaient soudain, sans raison apparente; quand on sciait le tronc, on ne trouvait jusqu'au cœur que du bois mort.

Don Cesare pensa aussi que plus personne jamais ne sera capable de voir du même œil que lui ce qu'il était en train de regarder : le marais, l'isthme, le mamelon du temple de Vénus, le golfe et le promontoire; d'envelopper comme lui d'un seul regard le passé et le présent, la noble ville d'Uria de laquelle il avait reconstitué le plan, ressuscité les vestiges; la morne ville romaine du IIe siècle, avec sa garnison

de Germains; les sables et la boue qui avaient tout
recouvert, incurie chrétienne, quand les prêtres du
dieu étranger avaient enlevé la Vénus d'Uria,
l'avaient traînée au sommet de Manacore et, lui volant
jusqu'à son nom, l'avaient emprisonnée dans le sanctuaire de leur Ursule, vierge sotte et martyre, sainte
de la nuit; les havres de fortune édifiés par les Sarrasins dans le marais; les quais de pierre reconstruits
pour quelques dizaines d'années par Frédéric II de
Souabe; les sables et la boue de nouveau, sous les
imbéciles Bourbons de Naples; et enfin le territoire
des chasses et des plaisirs de don Cesare, les huttes
de paille de ses pêcheurs dont il avait connu toutes
les femmes. Plus personne ne sera jamais capable
d'envelopper dans un seul regard tout ce passé et
ce présent, ce passé de l'histoire des hommes et de
l'histoire d'un homme étroitement unis dans le présent solennellement présent d'un homme en train de
mourir en pleine lucidité. Tout cela n'aura été ainsi
que pour lui-même et ramassé enfin dans cet instant.
Così sia.

Un bateau de pêche qui revenait du large et qui
se dirigeait vers Porto Manacore entra dans son
horizon. L'écho du moteur pénétra dans la chambre
par la baie grande ouverte, un de ces moteurs à huile
lourde, dont le rythme est lent, dont le bruit sourd
résonne dans les profondeurs de la mer et dans le
creux de la poitrine de ceux qui l'écoutent.

Mariette et don Cesare suivirent du regard le
bateau de pêche qui traversait d'ouest en est la baie
de la fenêtre.

Le moteur eut des ratés, hoqueta puis s'arrêta,
le bateau continua sur son erre, de plus en plus lentement. Mariette fit rapidement les cornes avec
l'index et l'auriculaire. Don Cesare comprit qu'elle

conjurait le sort pour lui : le moteur qui s'arrête, le
cœur qui cesse de battre; elle le défendait.

— Mariette... commença-t-il.

Elle tourna la tête vers lui :

— Mariette, continua-t-il, je te veux tellement de
bien...

Il voulut de nouveau prononcer le nom de la jeune
fille, mais, dans le même instant, sa gorge et sa
bouche se nouèrent. Il fit un grand effort pour
rompre ce nœud qui liait sa gorge et sa bouche, mais
les muscles maxillaires n'obéissaient plus. Il pensa
que l'effort devait contracter ses traits, car Mariette
le regardait avec épouvante. Elle s'était dressée, projetée vers lui, criant :

— Don Cesare! don Cesare!

Il cessa tout effort et s'obligea à sourire des yeux.
Il eut l'impression qu'il y réussissait; les muscles des
paupières, l'inférieure et la supérieure, obéissaient
encore. Le regard de Mariette s'apaisa, mais elle
continuait de crier :

— Don Cesare! don Cesare!

Le bras gauche et la main gauche continuaient
d'obéir. Il porta le doigt aux lèvres pour faire signe
à la jeune fille de se taire. Elle se tut.

Il lui fit signe de s'allonger sur le lit, près de
lui. Elle s'allongea près de lui, sur les draps frais,
aux plis encore raides.

Elle le regardait avec un regard exalté. Il pensa
que dans cet instant elle l'aimait d'une sorte d'amour
qui valait bien toutes les autres.

Il posa la main sur le sein de la jeune fille, sur
la blouse de toile.

Mariette souleva la main de don Cesare, défit
rapidement la blouse (qui se déboutonne par-devant),
puis reposa la main, sur son sein nu. Le sein était

petit, rond et dur, et la large main seigneuriale l'enveloppa tout entier.

Les femmes de la maison attendaient dans le couloir. Elles n'osaient pas entrer, don Cesare ayant dit la veille au soir qu'elles ne devaient venir que sur l'ordre de Mariette. Elles avaient entendu les appels de la jeune fille : « Don Cesare! don Cesare! » et elles étaient surprises de ne plus rien entendre. Un long temps s'écoula ainsi.

Mariette regardait avec exaltation don Cesare qui la regardait en souriant des yeux. Puis elle s'aperçut que le regard n'avait plus d'expression. L'étreinte de la main sur son sein se desserra; la paume commença de froidir.

Mariette allongea le bras de don Cesare le long du corps. Elle abaissa les paupières. Elle posa un léger baiser sur les lèvres froides.

— *Cosi sia*, dit-elle.

Elle referma sa blouse et alla ouvrir la porte.

— Don Cesare est mort, dit-elle.

Les femmes commencèrent de se lamenter. Leurs plaintes emplirent toute la maison, se répandirent sur le marais et allèrent jusque sur la mer frapper les oreilles des pêcheurs dont la barque s'était immobilisée à l'embouchure du déversoir du lac, à l'entrée de ce qui avait été le port de la noble et intelligente cité d'Uria.

Le demi-million de lires volé au campeur suisse avait été restitué, sans qu'il y manquât un centime; le portefeuille avait été retrouvé, sans qu'il y manquât un papier. Mais le juge Alessandro s'entêta toute la matinée à refuser de libérer Matteo Bri-

gante; la restitution n'annulait pas le vol; le délit
subsistait; l'enquête continuait; la loi devait être res-
pectée.

A midi, deux vigiles urbains apportèrent au juge
la clef de la garçonnière de Brigante, qu'ils venaient
de saisir, pour ainsi dire au vol, dans l'instant qu'elle
tombait, sous leurs yeux, du tablier de Justo, le
serveur du bar des Sports. Justo était le seul témoin
qui affirmât avoir vu le portefeuille du Suisse dans
les mains de Brigante. Qu'il possédât la clef du lieu
où l'on avait retrouvé l'objet, retournait le soupçon
contre lui.

Le juge ne fut pas dupe, trop homme du Sud pour
ne pas savoir que les vigiles trouvaient plus d'avan-
tages à servir les intérêts du racketer que ceux de
la justice. Mais les vigiles sont assermentés et un
témoin, l'Australien, confirmait que la clef était tombée de la poche du serveur. Il fallut bien libérer
Brigante et arrêter Justo. Celui-ci ne protesta pas
de son innocence, estimant que pour l'heure la prison
était le seul endroit où il fût relativement en sécu-
rité. L'instruction dura plusieurs semaines et fut
close par un non-lieu.

Donna Lucrezia passa la plus grande partie de la
journée dans le bureau du commissaire Attilio. On
ne retrouvait pas Francesco. Elle ne cessait d'insister pour que le commissaire téléphonât et retélé-
phonât à tous ses collègues de la province. Elle dissi-
mula si peu son anxiété que le commissaire adjoint,
les vigiles, les carabiniers, puis toute la ville surent
bientôt les causes de son égarement.

Francesco avait passé la nuit dans une taverne de
Foggia, buvant et offrant à boire, dépensant ainsi
la totalité des cinq mille lires qui lui restaient. A
l'aube, il était tellement ivre, que le tavernier lui

avait dressé un lit de fortune dans l'arrière-salle de
son établissement. Vers la fin de l'après-midi, quand
il eut cuvé son vin, on lui donna de quoi payer sa
place de car pour Porto Manacore.

Donna Lucrezia le vit descendre du car et se précipita dans la rue. Il l'aperçut qui venait vers lui.
Les yeux de Lucrezia flambaient d'amour, il crut que
c'était de mépris. Il tourna les talons et s'enfuit. Il
fit le tour par les ruelles et rentra chez lui par la
cour intérieure du palais. Matteo Brigante était assis
devant la table de la salle à manger, en train d'écrire
à ses hommes d'affaires. Francesco prit des partitions sur les casiers de l'antichambre, s'assit à côté
de son père et commença de lire en silence la musique
d'une *canzonetta*. Le père et le fils ne recommencèrent à se parler que le lendemain, sur des propos
étrangers aux événements de la veille.

Donna Lucrezia, dès qu'elle eut vu Francesco
s'enfuir, retourna dans le bureau du commissaire.
Elle s'assit dans le fauteuil, en face de lui.

— Comment ai-je pu aimer un lâche? demanda-
t-elle.

Le commissaire en train de rédiger un rapport,
poursuivit son travail, sans répondre. Puis, comme
s'il n'avait rien entendu et comme s'il n'avait jamais
été question de Francesco, il parla de la mort de
don Cesare; c'était l'événement du jour; le vieillard
ayant refusé l'assistance d'un prêtre, lui ferait-on
cependant des funérailles religieuses? les parents de
Calalunga arrivaient; on allait procéder à l'ouverture du testament; le bruit courait qu'un codicille
de la dernière heure avantageait une des filles de la
maison à colonnades, une bâtarde peut-être... Le
commissaire s'estima l'homme le plus délicat et le
plus adroit du monde; il se persuada qu'il aurait

Lucrezia plus vite et plus aisément qu'il n'avait espéré.

Deux semaines plus tard en effet, elle accepta un tête-à-tête dans la garçonnière de la tour. L'émotion provoquée par Francesco, le jour qu'il lui avait serré longuement la main, n'osant encore lui dire : « Je vous aime », exigeait d'être apaisée. Ils se virent avec plaisir, deux fois par semaine, pendant plusieurs mois. Puis elle eut d'autres amants, en changeant souvent. Toujours hautaine, elle méprisait la prudence. On ne dit plus d'elle donna Lucrezia, mais la Lucrezia.

Le juge Alessandro fut informé de l'inconduite de sa femme. Il l'interrogea; elle ne nia rien. Il débattit pendant des mois ce problème : un homme n'a pas le droit d'exiger la fidélité d'une femme qui ne l'aime plus, mais une épouse doit respecter l'honneur de son mari, en fonction de la morale, même désuète, du pays où ils vivent; que faire pour concilier ces deux impératifs? Les questions qu'il appelait sociales continuaient aussi à le tourmenter; il fit des imprudences dans les petits procès politiques qui relevaient de sa compétence, condamnant avec des attendus qui absolvaient et dressant ainsi contre lui les représentants de l'opposition et ceux du gouvernement. On le déplaça. Ils furent envoyés dans une petite ville de montagne, en Calabre.

A force d'entêtement, le juge avait obtenu que Mario le maçon reçût un passeport. En France, Mario ne trouva de travail que dans une mine, où il fut tué, l'année suivante, au cours d'une explosion.

L'agronome renonça à obtenir Mariette, devenue riche, et il demanda à Giuseppina de gouverner sa maison. Elle accepta, désespérant d'arracher le commissaire à la tendre Anna, à la folle Lucrezia et à

tant d'autres. Un agronome d'Etat n'a pas le pres-
tige d'un commissaire de police, mais un traitement
presque égal. Elle se laissa ravir la virginité si longuement défendue et devint une adroite amoureuse.
A vivre dans le Sud, le Lombard finit par adopter
la morale du Sud, et se refusa d'épouser une fille
trop experte. Elle le laissera dans quelques années
pour un propriétaire terrien qui lui achètera une
petite maison à Calalunga et qui l'inscrira sur son
testament. L'agronome mourra jeune, paludique et
désespéré d'avoir échoué dans tous ses efforts pour
améliorer l'élevage des caprins sur le littoral manacoréen.

Quelques semaines après la mort de don Cesare,
ses héritiers tinrent une assemblée générale. Le
conseil provincial avait repoussé le projet de création
d'un musée sur l'emplacement d'une antique cité
dont pas une seule colonne ne restait debout, et avait
pris en charge les collections. On procéda à des
échanges entre héritiers. Mariette céda un grand
jardin d'orangers et de citronniers contre quelques
hectares de marais et la maison à colonnades. On
fut surpris qu'elle consentît à une aussi mauvaise
affaire. On crut à quelque sentimentalité de jeune
fille; le bruit s'accréditait qu'elle était fille de don Cesare (ce qui expliquait l'importance de son legs);
Julia protestait, mais on n'en tenait pas compte,
sachant qu'elle était en mauvais termes avec sa
cadette; on se persuada que, quoique bâtarde,
Mariette tenait à conserver la maison ancestrale; on
l'admira de vénérer le nom, qu'elle ne portait même
pas, jusqu'à échanger une exploitation d'agrumes en
plein rapport contre une vieille bâtisse, perdue au
milieu du marais malarique; on la blâmait aussi
d'être si sotte. Elle laissa dire. Elle avait entendu

des conversations entre don Cesare et des arpenteurs
qui, quelques mois plus tôt, avaient piqueté l'isthme
dans toute sa longueur.

— J'ai mon idée, confia-t-elle à Pippo.

Julia, Maria et Elvire avaient reçu chacune un petit
paquet de titres qui leur constituaient une médiocre
rente. Elles confièrent la gestion de leur « portefeuille »
à des hommes d'affaires de Foggia qui leur pro-
mirent de leur procurer un intérêt bien supérieur.

En attendant, elles restèrent dans la maison à colonnades, au service de Mariette. Après l'enlèvement
des antiques, elle leur fit nettoyer toute la bâtisse,
du grenier aux écuries, et tout passer à la chaux, à
l'intérieur comme à l'extérieur. Elle convoqua un
antiquaire de Naples et liquida, à un prix avantageux
pour elle, le fauteuil napolitain du xviiie siècle, le
vase grec que le conservateur du musée avait négligé
d'emporter parce qu'il se trouvait dans la chambre
de don Cesare, et la plupart des vieux meubles. Elle
les remplaça par des meubles modernes en contre-
plaqué verni et, sur la différence, put encore acheter
une Fiat 400 (qu'elle apprit aussitôt à conduire) et
un poste de télévision. De l'ancien mobilier, elle ne
garda que le lit à baldaquin, où elle dormit, y recevant Pippo presque toutes les nuits, sans se cacher
et sans que personne pensât à protester. L'importance en effet des terres qu'elle avait reçues en héritage, les bruits sur sa filiation et son assurance naturelle lui avaient conféré d'emblée les privilèges d'un
propriétaire terrien. On dira bientôt donna Mariette.

Matteo Brigante prit l'initiative de faire la paix
avec Pippo. Le garçon était trop âgé pour continuer
de frayer avec les *guaglioni*, même comme chef de
bande. La protection de Mariette lui assurait le respect des commerçants et de la couche inférieure des

notables; on commençait à l'appeler *signor* Pippo,
à dire de lui le *signorino* Pippo. Il avait des dons
pour la natation et le plongeon, beaucoup de souffle
et le sens de l'eau; Brigante, devenu son ami, l'entraîna méthodiquement, lui enseignant les techniques
modernes de nage sous-marine, avec et sans bouteille d'oxygène. Au cours d'une séance d'entraînement, ils découvrirent à l'embouchure du lac, au
pied du mamelon rocheux, une statue de marbre de
la Vénus d'Uria. L'expert envoyé par le musée de
Foggia l'attribua à un sculpteur du III° siècle avant
Jésus-Christ; elle battait d'un bon siècle la statue
de pierre du sanctuaire de Sainte-Ursule-d'Uria,
Vénus aussi, retrouvée dans le marais par des moines,
baptisée Ursule, habillée à l'espagnole, et qu'on
promenait sur des brancards, à bras d'hommes,
à travers toute la ville, le jour de la fête patro-
nale. Selon la légende Dorée, une seule jeune fille,
dans la cité païenne d'Uria, Ursule, se trouvait
avoir conservé sa virginité le jour où Dieu décida
d'anéantir la ville pour la punir de ses débauches;
il sauva Ursule en la transportant sur la butte qui
domine le port de Manacore. Don Cesare, du temps
qu'il plaisantait la religion (avant de s'être *désintéressé*) se plaisait à effaroucher sa parenté par
toutes sortes de jeux de mots sur la Vénus-Ursule du
sanctuaire, patronne, disait-il, des commères qui
refont la virginité des jeunes filles déflorées. Malgré
le prix élevé que lui en offrit l'Etat, Mariette voulut
garder la statue de marbre qu'elle plaça dans la
grande salle de la maison à colonnades, à côté du
poste de télévision; elle était convaincue que la déesse,
dont elle avait si souvent entendu parler par son
maître, lui porterait chance; pour la confirmer dans
ce rôle, elle lui suspendit entre les seins une corne

de corail; au fait, elle était persuadée de n'y rien perdre, Matteo Brigante lui ayant expliqué que les antiquités (lorsqu'il s'agissait d'un objet vraiment exceptionnel) n'avaient cessé d'augmenter de valeur depuis le début du siècle et continuaient. La Vénus d'Uria devint ainsi placement en même temps que contre-sort.

Deux ans passèrent. Les étrangers venaient de plus en plus nombreux aux îles dont les falaises, les écueils, les grottes à fleur d'eau étaient particulièrement propices à la chasse sous-marine. Matteo Brigante fournit à Pippo un petit capital pour qu'il s'y installe. Le garçon acheta une vieille maison qu'il meubla sommairement et loua par chambres aux touristes, une barque dans laquelle il mena les sportifs vers les cavernes sous-marines où gîtent les bancs de muges, un plongeoir d'où il donna des leçons. Il reviendra auprès de Mariette à la mauvaise saison.

Un après-midi de l'été suivant (le second que Pippo passa aux îles) Matteo Brigante était allé voir Mariette. Ils étaient assis tous deux, dans les fauteuils modernes de cuir clair, face à l'appareil de télévision. Mariette allait avoir vingt et un ans. Elle était un peu plus forte que du temps de don Cesare, les hanches plus larges, les seins plus élevés.

Brigante expliqua à la jeune fille que la terre est le fonds qui rapporte le moins. Les huiles coloniales, d'un coût de production moins élevé, remplaceront de plus en plus l'huile d'olive. Les orangers et les citronniers de Manacore donnent des fruits qui ne correspondent plus aux exigences du commerce d'exportation; Mariette à la longue ne pourra pas soutenir la concurrence des producteurs de Sicile et de la côte Tyrrhénienne qui font du fruit standard,

comme en Californie. Mais elle peut encore vendre
ses terres un bon prix, un vieux préjugé restant favorables, en Italie méridionale, à la propriété foncière,
il fallait qu'elle se hâtât d'en profiter. Le capital
investi dans les terres de Mariette ne rapportait pas
cinq du cent. Brigante faisait rapporter à ses capitaux du huit et du dix pour cent, parfois davantage.
Il était prêt à donner des conseils à la jeune fille.

Mariette se mit à rire.

— Brigante, dit-elle, Brigante! je te vois venir...
Elle avait son idée, qu'elle lui expliqua.

Une route de bord de mer, qui raccourcira de
moitié la distance entre Porto Albanese et San
Severe, sur la Via Adriatica, était commencée aux
deux extrémités. Elle passera par l'isthme, franchira
le déversoir du lac sur le vieux pont (élargi bien sûr)
en face de la maison à colonnades, longera le marais,
puis traversera de part en part l'oliveraie de
Mariette. Elle avait déjà entendu parler du projet,
du temps de don Cesare qui s'en affligeait, méditant
même de se retirer dans son palais de Calalunga, sur
la montagne. Les travaux avançaient rapidement.
Mariette avait eu des conversations avec l'ingénieur
des Ponts et Chaussées et le directeur de l'*Ente Turis-
tico* provincial. La nouvelle route deviendra la
grande voie de passage des étrangers qui descendent
d'Allemagne, d'Autriche et de Vénétie vers Brindisi
et la presqu'île d'Otrante. Les terres de la jeune fille
y gagneront considérablement en valeur. Mais elle
n'envisageait pas de les vendre. Pourquoi ne pas
édifier dans l'oliveraie un hôtel, un restaurant, une
station-service, des villas, un *ensemble touristique*,
expression qu'elle avait entendue à la télévision. A
côté du sanctuaire de Sainte-Ursule-d'Uria, dominant
le lac, l'isthme et toute la baie de Manacore, à

proximité du port d'embarquement pour les îles,
l'emplacement était admirablement choisi.

Elle rit de nouveau.

— Matteo, dit-elle, j'ai pensé à toi pour me
trouver des capitaux. Et d'abord pour placer tes capitaux dans mon affaire. Associons-nous, nous allons
gagner énormément d'argent.

Brigante saisit aussitôt l'avantage de la proposi-
tion. Sur la côte Tyrrhénienne qu'il avait plusieurs
fois visitée, la prospérité d'Amalfi, Ravello, Positano,
Capri, n'avait pas commencé autrement. Des étrangers, les Allemands surtout, venaient de plus en plus
nombreux sur la côte Adriatique. La nouvelle route
leur épargnera l'étape de Foggia, ville morne, à
l'intérieur des terres.

Même la maison à colonnades sera utilisable,
pensa-t-il. Madame n'avait pas réalisé son projet de
Siponte, la police de la petite station balnéaire met-
tant sa tolérance à un prix trop élevé. La police de
Porto Manacore, qui doit tant à Brigante, sera beaucoup moins exigeante. Cynthia était toujours libre,
Fulvie aussi. Une maison de plaisir, à proximité de
l'*ensemble touristique* et de Porto Manacore, rappor-
tera gros. La Vénus de marbre donnera du cachet au
grand salon.

— Ton idée n'est peut-être pas tellement mauvaise, dit Brigante.

Sa femme venait d'être opérée d'un cancer au sein,
pour la troisième fois. Elle ne survivra pas longtemps
à la majorité de Mariette. Brigante imagina la jeune
fille transportée à Manacore, dans l'appartement de
l'aile Renaissance du palais de Frédéric II de Souabe.
On renouvellera entièrement le mobilier : Mariette
a du goût. Avec une telle épouse, et une telle associée, fille au surplus, dit-on, de don Cesare, Matteo

Brigante franchira la barrière; il sera le pair de ses anciens officiers; il briguera la mairie.

— Je vais réfléchir, dit-il à Mariette. Ton idée mérite d'être étudiée. J'ai toujours pensé que tu avais quelque chose dans la tête.

Les nouvelles perspectives le consolaient des déboires de Francesco qui venait d'échouer pour la troisième fois à l'examen de sa dernière année de droit.

A cette époque-là, les hommes d'affaires de Foggia avaient déjà dissipé le *portefeuille* de Julia, Maria et Elvire. Mariette, après des querelles avec sa mère et ses sœurs, les avait chassées, ainsi que Tonio. Elvire s'était placée comme servante, à Calalunga, chez un cousin de don Cesare. La vieille Julia et sa fille Maria, quand un métayer consentait à les faire travailler, sarclaient les jardins d'orangers et de citronniers, ou charriaient l'eau. Tonio avait pris place parmi les désoccupés, le long des murs, sur la Grande Place de Porto Manacore. Il écoutait, tout le long du jour, les chants qui montaient des jalousies entrebâillées de la prison du rez-de-chaussée de la préture; il avait souvent l'occasion de reconnaître, parmi d'autres, la voix de Justo, l'ancien serveur du bar des Sports, qui ne cessait d'avoir des ennuis avec le nouveau juge, la rancune de Brigante étant tenace.

Mariette ne chantait plus, depuis qu'elle avait acheté le poste de télévision.

Un historien danois, de passage à Foggia, y découvrit les collections de don Cesare et le manuscrit de trois mille pages. Il s'y intéressa vivement, s'émerveillant des vues ingénieuses, et souvent profondes, de l'érudit de province, et de l'exactitude de sa documentation. Il s'en inspire pour un grand travail

sur l'antique cité d'Uria, ouvrage appelé à avoir un
retentissement mondial, parmi les spécialistes de
l'histoire des colonies grecques, à l'époque hellénistique, en Italie méridionale.

FIN

ACHEVÉ D'IMPRIMER
LE 30 NOVEMBRE 1957
PAR FIRMIN-DIDOT ET Cie
LE MESNIL-SUR-L'ESTRÉE
(EURE)

Imprimé en France
N° d'édition 6068
Dépôt légal : 2e trimestre 1957. — 4607